봄
의 노래
12
song of Spring

봄의 노래

초판 1쇄 찍은 날 | 2012년 12월 17일
초판 1쇄 펴낸 날 | 2012년 12월 21일

지은이 | 정미림
펴낸이 | 예경원

편집 | 유경화

펴낸곳 | 예원북스
등록번호 | 제396-2012-000132호
등록일자 | 2012. 7. 25
YRN | 제1-0009호

주소 | 경기도 고양시 일산동구 무궁화로 8-28 삼성메르헨하우스 712호 (우) 410-837
전화 | 031-819-9431 팩스 | 031-817-9432
http://cafe.naver.com/yewonromance
E-mail | yewonbooks@naver.com

ⓒ 정미림, 2012

ISBN 978-89-98102-10-4 03810

봄의 노래
song of Spring

YEWONBOOKS ROMANCE STORY
정미림 장편 소설

목 차
Always

 Prologue

문을 열자 텅 빈 교실에 혼자 앉아 있는 진실이 보였다.

단풍이 점점 짙어지는 창가에 앉아 파스칼의 '명상록'을 펼친 채 꾸벅꾸벅 졸고 있는 모습에 저절로 웃음이 터져 나온다.

"몽실!"

검지로 통통한 볼을 살짝 눌러보았다. 꿈쩍도 하지 않는다.

"어이, 몽실!"

조금 더 힘을 가하자 도톰한 입술이 살짝 벌어졌다.

두근두근. 가슴이 비정상적인 속도로 뛰기 시작했다. 행여 자신의 마음을 들킬세라 진우는 재빨리 손가락을 떼어냈다.

못난이. 잠을 깨라! 오버!

입 모양만으로 다시 불러보았다. 신기하게도 진실이 번쩍, 눈을 뜬다.

하여간, 특이한 놈이라니까.

손가락으로 동그란 이마를 살짝 밀어보았다.

몽롱한 눈빛이 점점 멀어진다. 밤톨 같은 코와 도톰하고 예쁜 입술도.

손에 힘을 빼자 젖혀지던 고개가 오뚝이처럼 제자리로 돌아온다. 재빠른 반응이 재미있다.

"깼냐?"

"흠흠. 왜 이렇게 늦었어?"

눈을 뜬 진실이 목을 가다듬으며 투덜거렸다. 통통한 얼굴과 어울리지 않게 허스키한 목소리가 흘러나오자 진우는 눈살을 찌푸렸다.

"목소리가 왜 그래? 감기 걸렸냐?"

"아니."

"아니긴 뭘 아냐. 멍충아! 아무 데서나 자니까 감기 걸리잖아."

"아니라니까. 요즘 이상하게 목이 잠겨."

"몽실, 너 나 몰래 담배 피냐? 아서라. 피부 삭는다."

"우쒸! 내가 너냐? 시끄럽고. 얼른 일어나! 늦겠어."

자리에서 일어나 가방을 챙겨 드는 진실을 보며 진우는 머리를 긁적였다.

"몽실, 미안한데 너 먼저 가야겠다. 오늘 임원 모임 있대."

"뭐야? 여태 기다렸는데……."

"선생님이 절대 빠지지 말고 다 참석하라고 그러시네. 마치고 밥도 사주신다는데 아무래도 늦지 싶다."

"영화는? 마치고 영화 브러 가기로 했잖아? 오늘이 마지막 상영인 건 알지?"

진실이 원망스러운 눈길로 진우를 노려보았다.

정말이지, 저런 눈빛으로 노려보면 할 말이 없어진다.

진우는 낮은 한숨을 뱉어냈다.

"나도 나름 노력했어. 너랑 한 약속 때문에 참석 못한다 뻗대다가 엉덩이까지 맞았다고."

차분하게 변명을 해보았지만, 진실이 이해한 것 같진 않았다.

"하고많은 날 중에 하필이면 오늘 임원 모임을 해? 니가 하자 그랬지? 엉?"

"여보쇼, 임원 모임이 너가 연다고 열리겠소? 정신 차리쇼, 몽실."

"아, 몰라. 이젠 너랑 절대 영화 보러 안 갈 거야."

"설마?"

"흥. 설마가 사람 잡는 거 몰라? 그리고 내가 너 아니면 같이 영화 볼 사람도 없는 줄 알아?"

"나 아니면 누구랑 같이 가냐?"

"호오. 그 잘난 자존감은 어디에서 나오는 걸까? 마트에서 파나? 아무튼, 몰라. 난 갈 ㄱ니까 넌 임원 모임이나 가."

진실이 투덜거리며 걸음을 옮기기 시작했다.

"야! 화 풀어라. 나도 종례시간에 들었다."

"됐거든! 약속을 하찮게 여기는 거머리 말미잘 같은 놈! 너 같은 놈에게 기대를 한 내가 잘못이지. 이름 모를 소녀와의 약속 때문에 폭풍 속을 뚫고 가다 목숨을 잃으신 막사이사이 대통령에 대한 이야기는 들어보지도 못했지?"

웃을 때도 예쁘지만 화가 나서 턱을 치켜들고 따질 때가 제일 예쁘다는 형의 말처럼 흥분해서 따지고 드는 진실의 눈동자는 초롱초롱 빛이 났다.

"어이. 돌아가신 남의 나라 대통령까지……. 너무 오버하는 거 아냐? 이건 불가항력이라고."

"불가항력 같은 소리 하고 있네."

"진실 님! 고만 노여움을 푸소서. 대신 다음번에 제대로 쏠게. 영화 두 편에 육질 좋은 두툼한 고기, 디저트로 베스킨라빈스 하프 갤런까지. 어때? OK?"

"사람을 뭘로 보고 먹는 걸로 꼬시고 있어. 됐어. 나 혼자 갈 거야."

여전히 심통이 나 있는 진실을 보며 진우는 방향을 틀어보기로 했다.

"그래서? 기어코 혼자 영화를 보러 가겠다고?"

최대한 서늘한 목소리로 물었다.

진우가 아는 대부분의 사람은 낮게 깔리는 그의 목소리와 차가운 눈빛을 어려워한다. 선생님들도 꺼려하는 3학년 짱도, 거칠 것 없다는 유도부 서현재도 그가 목소리를 깔고 한마디 내뱉으면 제대로 긴장을 한다. 하지만, 정작 통해야 할 구진실에게는…… 그 약발이 전혀 먹히지 않는다. 바로 지금처럼.

쾅!

교실 앞문을 소리나게 열어젖힌 진실이 눈썹 하나 까딱하지 않고 그를 노려본다.

"웃기고 자빠졌네. 남이야!"

앙칼지게 대답하는 진실을 보며 진우는 피식, 터져 나오는 웃음을 참기 위해 혀를 깨물어야 했다. 지금 웃었다가는 '사람을 무시하는 거냐'며 토라질 것이 분명했다.

"괜히 돌아다니면서 시내 물 흐리지 말고 얼른 집에 가라."

"싫어. 나 혼자라도 보러 갈 거야."

"거기 인적이 드문 곳이라서 해 지면 위험해."

"흥! 내가 왜 네 말을 들어? 내가 오늘 영활 안 보러 가면 구진실이 아니라 고진실이다."

콧방귀를 뀌며 가버리는 진실의 뒷모습을 보며 진우는 눈살을 찌푸렸다.

하여간 못 말리는 고집.

남포동에 있는 낡은 문화관은 한적하고 조용했다.

약속을 어긴 진우가 얄미워 화를 내고 나오긴 했지만, 사실 혼자서 보는 영화도 나쁘지 않다는 생각이 들었다. 게다가 작년 여름부터 기다린 '여름 이야기'를 드디어 볼 수 있게 된 기쁨은 혼자라는 외로움과 쑥스러움을 이겨낼 수 있을 만큼 강렬했다.

혼자 보는 영화는…… 그 나름의 멋이 있는 법이다.

진실은 정말 영화를 사랑하는 분위기 있는 어른이 된 기분에 들떠 있었다.

#너 지금 어디야? 기어코 갔냐?

가방 안에서 부르르 몸을 떨어대는 진우의 문자메시지를 가볍게 씹어주었다.

흥. 그렇게 걱정이 되면 따라왔어야지.

얼마나 기다렸던 영화인데 포기라니 절대 있을 수 없는 일이다.

드디어 불이 꺼지고 영화가 시작되었다.

놀랍게도 소극장 안으로 아무도 들어오지 않았다.

텅 빈 영화관…….

화면이 돌아가는 스크린을 독차지하는 느낌은 상상했던 것보다 더 좋았다. 마치 자신만의 전용관에 있는 것처럼 근사한 기분이 들었다.

#이상한 사람이 집적거리면 바로 튀어나와라!

또다시 문자가 왔다.

"아무도 없어. 잔소리 대마왕!"

답 문자 대신 혼잣말을 중얼거려 보았다.

웃기시네! 괜히 걱정하는 '척' 하는 거야.

절대 '걱정'이 아닐 것이다. 그냥 습관 같은 것이었다. 오랜 시간 함께한 친구로서 서로에 대한 동선 파악 정도의 습관? 그 이상도 이하도 아니었다. 그래서 진실은 그의 같잖은 호기심을 만족시켜 줄 친절을 베풀고 싶지 않았다. 그런 생각은 개미 똥구멍만큼도 없었다.

진실은 휴대전화기를 집어넣고 다시 영화에 집중했다. 그리고 금세 영화에 빠져들었다.

진실은 할리우드 영화보다 프랑스 영화가 더 좋았다. 엄마와 함께 '라붐'이라는 영화를 빌려 본 뒤로 프랑스 영화의 매력에 빠져 버렸다. 감미롭고 감질맛이 나는 분위기도 좋았고 몽실몽실한 불어 발음과 부산스러운 그들의 삶도 마음에 들었다.

기대하고 있던 영화는 역시 만족스러웠다. 특히 남자 주인공의 훤칠한 키와 시원한 마스크가 마음에 들었다. 나지막한 저음도.

가만 보면 정진우를 조금 닮은 것 같기도 한 남자 주인공을 보는 재미에 흠뻑 젖어 있던 진실이 화들짝 놀란 것은 영화가 절정으로 향할 무렵이었다. 사 들고 간 쥐포를 입에 문 채 중반으로 치닫는 스토리에 몰두해 갈 즈음, 진실은 전혀 반갑지 않은 극장 안의 무법자를 마주하고야 말았다.

'찍찍' 거리며 자신을 올려다보고 있는 붉은 눈. 어둠 속을 뚫고 들어와 꽂히는 레이저같이 붉고 작은 눈의 정체는 쥐새끼가 분명했다.

"헉!"

반사적으로 두 발을 번쩍 들어 의자 위로 올렸다. 숨을 죽인 채
이 사태를 어떻게 헤쳐 나가야 할까 생각을 했다.

인디아나 존스에 나오는 것처럼 조그마한 생쥐 떼가 얼굴로 달
려들어 물어뜯는 상상과 옷 속으로 숨어든 생쥐가 그녀의 살을 파
먹는 끔찍한 장면까지……. 작가 지망생답게 생각의 나래는 한없
이 뻗어나갔다.

차라리 먼저 때려잡을까?

심각하게 고민을 하는 동안에도 쥐새끼는 움직이지 않았다. 자
신의 생명이 위태로운지도 모르는 저 불쌍한 미물은 진실의 손에
있는 쥐포를 탐내는 것이 분명했다.

"저리 가!"

손을 휘저어보았다.

그녀의 손을 따라 대추만 한 쥐새끼의 고개도 옆으로 돌아간다.
마치 '흥! 웃기시네.'라고 콧방귀를 뀌는 것 같았다.

"쯧쯧. 쬐그만 게 먹고살겠다고."

혀를 차며 들고 있던 쥐포를 조금 떼어내어 던졌다. 생쥐가 재
빨리 쥐포를 낚아채고는 돌아섰다.

드디어 끝이 난 것인가? 방심하는 사이…… 사고가 났다. 어디
선가 나타난 쥐새끼의 동료들이 그녀의 주위로 몰려들기 시작한
것이다.

한 마리, 두 마리, 세 마리…….

"헉!"

프랑스 영화의 감미로움은 이미 물 건너가 버렸다.

진실은 들고 있던 쥐포를 멀리 던져 버리고는 쏜살같이 밖으로 뛰어나왔다.

떨리는 손으로 전화기를 꺼낸 뒤 단축키 1번을 눌렀다. 첫 번째 신호음이 채 끝나기도 전에 진우의 목소리가 들려왔다.

—구진실, 너 어디야?

"진, 진우야!"

—목소리가 왜 그래? 무슨 일이야? 무슨 일 있어? 누가 뭐라 그래?

언제나 차분하던 진우의 목소리가 다급하게 울리고 있었다.

"쥐새끼가 아주 고양이만 한, 아니, 호랑이만 한 쥐새끼가 나와서 나를 죽일 듯이 째려보더니……."

전화기 너머로 들리던 다급한 숨소리가 사라져 버렸다.

"그러더니 지 친구들까지 데려와서는……."

—야! 너 죽을래? 어디서 장난질을.

"장난 아니야. 정말이야. 호랑이만 한 쥐새끼가 내 쥐포를 뺏어먹더니 내 발을 막……."

—그래서? 물렸어? 발목이라도 날아갔냐? 이게 어디서 소설을 쓰고 있어.

놀라움이 사라진 진우의 목소리에 비웃음기가 느껴졌다. 진실의 말을 전혀 믿지 않는 것이 분명했다. 진실은 더 과장되게 울먹거렸다.

"진짜라니까. 나 아파! 엉엉엉!"

─그럼 병원 가!

"야! 너 말야! 인간이 그럼……."

버럭 소리를 지르는데, 갑자기 눈앞이 캄캄해졌다.

─나 바쁘니까…….

엄청난 이명 소리 때문에 진우의 목소리를 알아들을 수가 없었다. 윙윙거리는 쇳소리 외에는 아무 소리도 들리지 않았다. 이상하리만큼 비정상적인 이명이 계속되더니 모든 것이 아득하게 변해 버렸다.

털썩!

차가운 바닥이 온몸으로 느껴졌다.

─구진실! 구진실!

전화기 너머로 진우의 음성이 계속 들렸지만, 대답을 할 수가 없었다. 점점 멀어지는 진우의 목소리를 들으며 진실은 서서히 정신을 잃었다.

1. 어느 봄날의 하늘

등산화 뒤축을 밀어내는 푹신한 흙의 느낌이 좋았다.

어제 내린 연둣빛 봄비 덕분인지 햇살을 받은 여린 나뭇잎들이 보석처럼 반짝였고 손만 뻗으면 움켜쥘 수도 있을 것 같은 하얀 구름은 머리 위로 곱게 펼쳐져 있었으며 이슬에 젖은 풀잎들이 내뿜는 기분 좋은 향기는 콧날을 통과해 머릿속으로 파고들었다.

"아! 시원해."

머릿속 깊은 곳까지 스며드는 청량함에 기분이 한결 가벼워진 진실은 크게 숨을 들이마셨다.

"그렇지. 남의 등에 업혀 왔으니 겁나 시원하시겠지."

"쯧쯧. 내가 시원하면 넌 겁나 뿌듯해야지."

"뿌듯은 개뿔."

"봉사 정신 같은 거 파는 사이트는 어디 없나 몰라."

"왜? 팔면 사서 엥기시게?"

너도밤나무에 비스듬히 기대서 있던 정진우가 땀을 훔치며 이죽거렸다.

186이라는 이기적인 키와 겸손함이라고는 찾아볼 수 없는 교만한 외모를 가진 정진우는 텔레비전이나 영화에 나오는 남다른 사람들, 쭉쭉 뻗은 긴 팔다리에 비해 얼굴은 주먹만 한 특별한 유전자를 가진 소수의 인간이 그러하듯 여자인 진실과 별반 차이가 없을 정도로 작고 매끈한 얼굴을 가졌다. 거기다 유달리 높고 곧게 뻗은 콧대는 사람들이 쉽사리 다가가기 힘든 차가운 분위기를 만들어내고 있었는데 입체적인 정진우의 얼굴 덕에 사진을 찍을 때마다 한 발 뒤로 물러서야 하는 진실로서는 곤혹이 아닐 수 없었다.

길을 걸을 때마다 사람들의 시선을 받는 정진우가 배우가 아니라 영화감독을 꿈꾸고 있는 것은 참으로 아이러니한 일이었다. 아마 배우보다 더 멋진 감독으로 이름을 남기고 싶어서가 아닐까? 녀석의 끝없는 자존감을 짓밟아줄 더 멋진 감독이 나와야 하는데 아쉽게도 국내외를 통틀어 진우보다 멋진 영화감독이나 지망생을 보지 못했다.

"구진실, 솔직히 말해봐? 너 정진우랑 사귀는 거지?"

고3 시절, 운동장에서 농구를 하는 진우를 바라보던 최경서가 물었었다. 생선을 앞에 둔 고양이처럼 입맛을 다시던 단짝의 눈빛을 아직도 잊을 수가 없다. 진우에게로 향하는 자신의 눈빛도 그렇지 않을까? 신경이 쓰여 한동안 진우를 똑바로 바라보지도 못했었다.

"아냐. 그런 거."
"좋아. 그럼 내가 대시해 본다."

한 번만 더 물어보면 사실대로 말하려고 했는데 성질 급한 경서는 곧바로 자리를 뜨더니, 바로 다음날 행동을 개시했다. 불타는 마음을 편지지 5장에 담아 직접 만든 봉봉 초콜릿과 함께 전달했고, 아주 장렬하게 퇴짜를 맞았다.

"흑흑. 내 이름도 기억 못하더라. 반장? 이러더라니까. 나 완전 충격받았어. 내가 그렇게 존재감이 없는 인간이었어? 나쁜 놈! 내가 장담하건대 걔 게이 아니면 널 좋아하는 거야. 개인적으로는 걔가 널 좋아했으면 좋겠다. 흑흑흑. 난 사랑이 넘치는 박애주의자니까……. 너의 행복을 빌어줄 수 있어. 진실……. 흐흐흑. 우리 진우…… 잘 부탁할게."

절망적으로 책상에 얼굴을 묻는 경서를 보며 진실은 내심 안도의 한숨을 내쉬었다. 경서에게는 미안한 말이지만, 정진우가 누군가의 남자 친구가 된다는 사실은 상상조차 하기 싫었다. 이기적이라고 해도 할 수 없었다. 진우가 다른 사람의 남자가 되는 일은 절대 일어나지 말아야 했다.

중3 시절, 얼짱 여고생에게 대시를 받고 들떠하던 진우를 보며 얼마나 가슴을 졸였던가. 지금도 그때만 생각하면 가슴속에 구멍이 생긴 것처럼 찬바람이 불어댔다.

"뭐 하냐? 사기꾼! 너 또 사기 칠 생각 하냐?"

정진우가 그녀를 노려보고 있다.

진우의 깊고 차가운 눈길에 마음이 상한 여자들이 여럿이겠지만, 진실은 알고 있다. 저 눈빛이 마음에서 우러나오는 것이 아님을. 사실은 따뜻하고 속정이 깊은 사람이라는 것을. 그래서 진실은 그의 차가움에 주눅 들지 않았다. 대신, 콧방귀를 뀌며 그를 노려보아 주었다.

"이게 어디서 승질이야! 진 사람이 이긴 사람을 업고 백 걸음 걷자고 한 건 내가 아니라 너라고. 남자가 쪼잔하게스리."

"허! 쪼잔?"

"거기다 뒷북도 플러스!"

"속임수나 쓰는 주제에 어디서 대꾸질이야!"

"웃기셔. 네가 봤어?"

눈에 불꽃을 튀기며 말했지만, 진우는 비웃음으로 맞받아쳤다.

사탕이 어느 손에 있는지 맞히는 유치한 내기는 진우의 뒤를 따르던 등산객 아저씨의 오른쪽 눈 깜빡임을 발견한 진실의 승리로 돌아갔다. 완벽한 작전이라 생각했건만 진우는 가끔 필요 이상으로 눈치가 빠르다.

"쯧쯧. 병이야, 병!"

"뭔 소리야?"

"우리 진우는 말이지, 왜 이렇게 사람을 못 믿을까?"

"사람을 못 믿는 게 아니라 널 못 믿는 거지."

정작 빨라야 할 곳은 무디면서 필요 없는 눈치는 왜 이렇게 빠른지. 하지만 구진실이 누구인가? 그녀는 정진우를 누구보다 잘 안다고 자부하는 사람이었다. 이렇게 불리한 때는 그의 관심을 재빨리 돌려야 한다는 것쯤은 기본적인 베이스라 할 수 있다.

"너 그거 알아?"

"뭘?"

"쯔쯔!"

"쯔쯔?"

"응. 쯔쯔."

"그게 뭐야?"

잘생긴 눈썹과 눈썹 사이를 찌푸리는 진우를 보며 진실은 슬그머니 미소를 지었다.

"우리 윗기수 중에 기철 선배라고 있어. 그 양반이 등산 갔다가 입원하셨거든. 의사 샘 말씀이 들쥐 배설물 때문에 '오리엔티이 쯔쯔가무시균'에 감염되신 거래. 그 병이 아픈 건 말할 것도 없고, 피부도 디게 나빠지고, 심하면 목숨을 잃을 수도 있는 아주 무시무시한 병이야. 이 병이 얼마나 무서운가 하면 호환마마 전쟁보다 더……."

잠시 숨을 돌리는 사이 진우가 코웃음을 쳤다.

"하여간 문창과 애들 소설 쓰는 건 알아줘야 해."

"이게 어디서 남의 과 비방을 하고. 너네는 구라 안 치는 줄 아냐?"

"우리가 언제 구라를 쳤다고. 그래서? 그 무시시한 병이 뭐? 딴 데로 새지 말고 하던 얘기 계속해 봐."

"아, 맞다! 그러니까 산에 가서 함부로 드러눕거나 풀숲에서 엉덩이 까고 볼일 보다 쯔쯔가무시균이 묻어 있는 풀에 잘못 스치기라도 하면 큰일 난다고 하셨어. 아! 쥐…… 뿐만이 아니라……."

말을 하다 보니 문득 문화원에서 쓰러졌던 옛 기억이 떠올랐다. 쥐 때문에 쓰러진 것은 아니었지만, 이상하게도 그날을 생각하면 인간의 쥐포를 탐내던 주제넘은 쥐새끼가 생각났다. 진실은 어색한 웃음을 띠며 진우를 바라봤다.

"그렇지. 몽실, 너도 그때가 생각나지?"

이심전심이라고 진우도 그때를 떠올리는 모양이다. 정확하게 4년 6개월 전, 진우가 아니었다면 정말 큰일이 날 뻔한 적이 있었다. 다행히 진우의 발 빠른 대응과 조치로 병원으로 옮겨졌고, 제때에 검사를 하고 수술을 받을 수가 있었다. 그러고 보면 정진우는 생명의 은인인 셈이다.

"흠흠. 그러니까 쥐뿐만이 아니라 산에 있는 야생 동물들도 마찬가지야. 혹시 할퀴거나 물리면 얼른 병원에 가서 파상풍주사를 맞아야 흰 눈알도 안 보이고 게거품도 안 물고…… 오래오래 살 수 있어. 알았지?"

"남 걱정 마시고 댁이나 잘하셔."

진우가 심드렁하게 말했다.

"누님께서 커다란 가르침을 주시면 '감사합니다.' 이러고 납작 엎드릴 것이지 꼭 말대답이야. 아, 맞다. 진우야. 내가 어제 잡지에서 읽었는데…… ."

"몽실, 고독을 씹으며 조용히 등산만 하면 안 되냐? 난 고독하고 싶다."

"아이, 다 피가 되고 살이 되는 얘기라니까. 그러지 말고 잘 들어봐. 내가 볼 때 너처럼 사회성이 결여된 인간은 꼭 들어야 하는 얘기야."

무표정한 안면근육이 살짝 일그러지는 그의 행동이 우습기도 했지만, 진실은 개의치 않고 이야기를 시작했다.

"네가 깊은 산중을 헤매고 있었거든. 아주아주 깊은 산속이야. 지금…… 네 주위는 아무도 없어. 아무도 없는 깊은 산속을 너 혼자서 걷고 있는 거야."

진실은 숨소리마저 죽여가며 실감나게 이야기를 전했고 진우의 눈빛은 점점 진지해졌다.

"하늘은 어둠침침하고 어디선가 들리는 이름 모를 들짐승들의 울음소리는 불길하기 짝이 없어. 거기다 길게 자란 풀숲 때문에 앞도 보이지 않아. 너는 지금 혼자서, 아무도 없는 길을 혼자서 걷고 있는 중이야."

"그래서?"

"목이 말라. 발바닥에 물집도 잡혔어. 외로움과 무서움에 지치고 힘이 들어. 그렇게 정신없이 헤매다가 저 멀리, 통나무집을 발견한 거야. 얼마나 반가웠겠니. 네모난 창문 안에서는 은은한 불빛도 새어 나오고 겉으로 보기만 해도 아주 따뜻하고 포근해 보이는 그런 집. 너는 조심스럽게 문을 두드렸어. 그런데 문이 스르르 열리는 거야. 놀란 너는 '실례합니다.'를 외치며 안으로 들어갔어. 그런데 그 집은 빈집이었어."

"빈집?"

"응. 아무도 없는 빈집. 그 집을 밝히고 있는 촛불 외에는 아무것도 없어. 그런데 말이지……."

진우는 진실의 이야기를 집중해서 들었다.

진실의 능력 중 가장 탁월한 것이 이렇게 이야기를 만드는 것이었다. 잡지에 몇 구절 없는 단조로운 글들도 진실을 거치게 되면 아주 흥미진진하고 재미난 이야기로 둔갑을 했다. 어릴 때부터 엄청나게 읽어댄 책들과 헤아릴 수 없이 많이 본 영화들이 진실의 작은 머릿속을 가득 채우고 있는 탓이리라.

"그런데?"

"그 집을 밝히고 있는 촛불이 몇 개나 있었을 것 같아?"

"뭐?"

"촛불. 그 집을 밝히고 있는 촛불이 몇 개나 있었을 것 같냐고."

"글쎄."

진우가 어깨를 으쓱거렸다.

"눈을 감고 가만히 떠올려 봐. 거친 산길을 힘들게 헤치고 나가다가 비어 있는 통나무집을 발견하고 그곳에 들어갔는데 그 집을 밝히는 촛불이 있단 말이야. 그 촛불이 몇 개쯤 있었을 것 같아?"

진우는 잠시 생각에 잠겼다.

"음. 아무도 없는 빈 통나무집. 그 집을 밝히는 촛불이라…….
두 개?"

"두 개?"

"응."

진실은 그럴 줄 알았다는 듯 콧잔등을 찌푸렸다.

"그 촛불은 말이야 뭘 나타내는 거냐면, 나중에…… 네가 이 세
상에 없을 때 진심으로 슬퍼할 사람의 수래. 그러니까 너의 죽음
을 애도해 줄 사람은 두 명인 거지. 겨우 2명. 너무 허전하다. 그
니까 평소 인간관계를 좀 잘하지 그랬어."

잡지에서 본 이야기가 진짜일 리는 없겠지만, 진실은 정말 안타
까웠다. 진우의 죽음을 애도해 줄 사람이 2명밖에 없다는 것은 왠
지 쓸쓸한 기분이 들게 했다.

"구진실, 너 그런 소릴 정말로 믿는 건 아니지?"

"난 믿어. 난 셀 수도 없이 많을 거라고 했거든. 아마 내가 죽으
면 수없이 많은 사람들이 슬퍼해 줄 거야."

진지한 진실을 보며 진우는 피식 웃음을 터트렸다.

"그래, 그래. 그래라. 그 말이 정말이라면 난 두 명으로도 족하
다."

"진짜? 안 섭섭하니?"

"뭐가 섭섭해. 하나도 안 섭섭해. 두 명이면 어떠냐? 진심으로
나를 생각해 주면 되는 거지."

진우가 무덤덤하게 말했다.

진우가 없는 삶은 어떤 것일까? 진우가 옆에 없다는 생각은 한 번도 해보지 않았는데……. 생각만으로도 가슴 한 켠에 구멍이 난 것처럼 허해졌다. 진실은 자꾸만 쓸쓸해지려는 기분을 다잡으며 밝게 말했다.

"통계상으로 볼 때 내가 너보다 먼저 죽을 가능성이 훨씬 많아."

"구진실, 넌 욕을 많이 먹어서 오래오래 살 거야. 그니까 그만 걱정 집어치우셔."

진우가 두 손으로 진실의 볼을 잡아당기며 말했다.

"아야, 아파."

두 볼을 잡힌 진실이 투덜거리며 진우를 쏘아보았다.

"못됐어. 증말."

"아프라고 잡아당겼다."

"그러시겠지. 설마 예뻐지라고 그러셨겠어?"

눈을 흘기며 고개를 돌리는 진실을 보며 진우는 피식 웃음을 터트렸다. 일부러 아프게 잡아당겼더니 조금 전까지 울음을 터트릴 것 같던 표정이 금세 뾰로통하게 변해 버렸다. 순간적인 반응을 보이는 진실의 얼굴이 진우를 즐겁게 했다.

"지금 네 당면과제는 얼마나 오래 살 것인가가 아니라 저 망루까지 어떻게 올라갈 것인가 하는……."

부어 있는 진실의 등을 떠밀며 발걸음을 재촉하던 진우가 말을 멈추었다.

진실의 등 뒤, 풀 더미 속에서 꿈틀거리며 기어가는 기분 나쁜 줄무늬를 보았기 때문이다. 빨갛고 검은 줄무늬 뱀. 게다가 머리는 삼각형. 독사다.

진우는 미친 듯이 펌프질을 시작한 심장을 진정시키려 애쓰며 침착하게 진실을 바라보았다.

"왜 말을 하다 삼켜?"

"구진실, 너 움직이지 말고 잠시만 있어라."

"헉! 왜? 벌 있어?"

진실이 어깨를 움츠리며 물었다.

"응. 그러니까 숨도 쉬지 말고 가만히 있어라."

겨울잠에서 깨어난 이맘때의 뱀들에게 물리면 구진실의 말처럼 게거품 물고 흰 눈알 보이는 정도로 끝날 일이 아니었다. 진우는 마른침을 삼키며 진실의 어깨에 두 손을 올렸다. 그리고 익숙한 눈동자를 마주 보았다.

"……구진실."

"벌 갔어?"

낮은 목소리로 이름을 부르자 두려움 가득한 눈동자가 그를 빤히 쳐다본다. 하얀 얼굴에 맑은 눈, 밤톨을 엎어놓은 것처럼 귀여운 코, 작은 점이 나 있는 붉은 입술.

애가 이렇게 여뻤었나?

순간, 뭉클한 기분이 드는 진우다.

"만약에 내가 잘못되면, 선우 형…… 잘 챙겨라. 그리고 촛불 하나 몫은 꼭 해야 한다."

"뭔 소리야? 벌한테 물려서 죽는……. 헉! 대따 큰 말벌이구나?"

"응. 대따 큰 말벌이야. 그니까 지금부터 내 말 잘 들어."

"어. 어. 어떻게 해야 해? 옷 뒤집어쓰고 엎드릴까?"

"아니. 내 등에 업혀."

"미쳤어? 움직이면 바로 쏠 텐데."

"벌보다 더 빨리 뛸 테니까 걱정하지 말고 얼른 업혀."

"안 돼!"

진실은 공포에 질린 눈빛으로 도리질을 쳤다.

"너 나 못 믿어?"

"믿지, 믿어. 그런데 이건 경우가……."

"대따 큰 벌이야. 쏘이면 얼굴이 두 배는 부을지도 몰라."

"으아! 내가 등산 싫다 그랬지? 이게 웬일이래?"

울음기 섞인 고음이 뱀을 자극하지는 않을까, 진우의 등줄기가 서늘해졌다.

"쉿! 그니까 어서 업히기나 해."

겁 많은 진실에게 뱀이 있다는 것을 알릴 필요는 없었다. 진우는 조심스럽게 무릎을 굽히고 등을 내밀었다.

"알았어. 알았어. 그런데 진우야, 우리 같이 뛰자. 그게 더 빠를 거야!"

진실이 자꾸 시간을 끄는 바람에 숨을 죽이고 있던 뱀이 소리 없이 스르르 움직이기 시작했다. 미치겠네. 진우의 심장박동은 쉴 새 없이 뛰기 시작했다.

"얼른 안 업혀?"

목소리에 담긴 다급함이 통했는지 진실이 그의 등에 업혔다.

"나중에 후회하지 마."

"꽉 잡아라."

진실이 등에 업히자마자 진우는 미친 듯이 달리기 시작했다. 늘어진 나뭇가지가 얼굴을 때리고 드러난 팔에는 커다란 생채기가 생겼지만, 진우는 속력을 늦추지 않고 달렸다. 얼마쯤 달렸을까? 정신없이 달리다 보니 저 멀리 동문 휴게소가 보였다. 사람들의 발길이 많고 풀들도 나지막한 것을 보니 안전하다 싶었다.

"내려!"

가쁜 숨을 몰아쉬며 진실을 등에서 떨어뜨린 진우는 안도의 숨을 내쉬었고, 방심하고 있다 진우의 등에서 땅으로 추락한 진실은 곱지 않은 눈길로 진우를 쩨려봤다.

"이 미친놈이…… 업히라고 할 때는 언제고……."

"헉헉. 너 살 더 쪘지? 겉으로는 표도 안 나는데 어디다 숨겼어? 옷 안에 말아놓은 거야?"

"차곡차곡 세 겹으로 싸서 옷 안에다 숨겨놓고 다닌다. 됐냐? 이 싸가지 없는 놈이……."

진실의 잔소리가 끊이지 않고 이어졌다.

다행이다.

진우는 안도의 한숨을 토해냈다.

휴게실에 모여 있던 사람 중, 누군가 '저것 봐!' 라고 소리쳤다.

멀리 있는 하늘을 감상하고 있던 원준은 사람들의 시선이 향하는 곳으로 고개를 돌렸다. 여자를 업고 열심히 뛰어오는 남자가 눈에 들어온다. 제법 경사가 있는 오르막길을 한걸음에 달리는 남자는 무엇인가에 쫓기는 사람처럼 다급해 보였다.

산행 중에 멧돼지라도 만났나?

별생각 없이 돌아보는 원준과 달리 이곳을 가득 메운 아줌마 무리의 관심은 가히 폭발적이었다.

"환장하것네. 연예인인가?"

"조인성이 아냐?"

"전우치? 거기 나왔던 애 같은데?"

"누구면 어때? 저런 남자 등에 업혔다는 게 중요한 거지. 그나저나 저런 애들은 뭐 먹고 사나? 나 보리밥 많이 싸왔는데."

"보리밥이 뭐야? 촌스럽게. 난 샌드위치 사왔다. 누나랑 샌드위치 먹자고 하면 따라오겠지? 사내놈들이란 자고로 먹는 걸로 꼬셔야 넘어오는 법이거든."

빨간 등산 모자를 쓴 여자의 말에 소란스러운 웃음소리가 터져 나왔다.

여자들의 말처럼 긴 다리를 이용해 성큼성큼 뛰어온 남자의 모습은 좋은 눈요깃거리였지만, 이내 흥미를 잃고 고개를 돌리려던 원준의 시선을 붙든 것은 플라밍고처럼 긴 다리를 가진 남자가 아니라 그의 등에서 떨어진 여자였다. 칠흑같이 까만 머리, 대조되는 하얀 얼굴, 초롱거리는 눈빛과 웃음기 가득한 입가. 허리를 굽히고 숨을 고르는 남자를 바라보며 뭐라고 잔소리를 하는 여자의 모습이 인상적이었다.

"오매, 부러운 거."

"허벌나게 좋을 때다. 나도 저런 때가 있었는데."

여자가 다소 거칠게 등을 두드려 주는 바람에 깜짝 놀란 남자가 고개를 든다. 같은 남자가 봐도 정말 잘생기긴 했다. 아니나 다를까 연예인처럼 말끔하게 잘생긴 모습에 여기저기서 감탄사가 터져 나왔다.

"꼭 젊었을 때 우리 신랑 같어. 우리 신랑 등판이 완전 운동장 같았지. 왜 알지들? 우리 신랑."

"미자 아빠 등판을 우리가 어떻게 알아? 내 신랑 것도 모르는 판에."

노란색 모자를 쓴 여자가 한숨을 뱉어내며 말했다.

"자기 신랑 등판을 왜 몰라?"

"얼굴 본 지가 하도 오래돼서 그런다. 얼굴도 잊어먹을 판에 등판이 생각나것어?"

"난 생각나. 우리 신랑 잘 때마다 등 돌리고 자거든. 얼굴은 모르겠는데 등판은 생각나."

여자들이 깔깔거리며 웃어댔다. 세 명 이상 모인 아줌마들은 세상천지 무서울 것이 없어 보인다.

"아휴……. 증말 훤칠하니 잘생겼다. 여자도 예쁘긴 흔데 남자가 아까워. 저 여자보다 우리 미자가 더 잘 어울릴 것 같은걸."

"오매! 저 아까운 걸 왜 원수 같은 딸년을 줘. 내가 해야지."

누군가의 구성진 장단에 또 웃음이 터졌다. 여자들의 주목적은 등산이 아니라 수다인 듯했다. 시끄럽고 요란스러운 웃음과 수다. 모처럼 쉬는 휴일, 평안과 휴식을 맛보기 위해 찾은 산에서 마주한 또 다른 재미가 원준을 자극했다.

"왜 이렇게 소란스러워?"

화장실을 다녀오던 강현경 교수가 주위를 두리번거리며 물었다.

초록색 등산점퍼와 검은색 바지로 감싼 호리호리한 몸매와 고운 얼굴선을 지닌 강 교수는 이제 막 쉰을 넘긴 사람답지 않게 젊고 아름다웠다. 날카로운 눈빛만 아니라면 훨씬 더 부드러운 인상으로 보였겠지만, 그 눈빛 덕에 지적으로 보이기도 했다.

"저기."

원준이 가리키는 방향을 바라보던 강 교수는 뭐가 그렇게 야단스러운 일이냐는 듯 무심하게 고개를 돌린다.

"연예인이야? 원준이 너도 삼촌 팬인가 뭐 그런 거 하는 거니?"

"아니. 그냥 누굴 닮은 것 같아서요."

"그래?"

"두 사람 다 눈에 띄게 멋진데. 특히 저 남자애는 왠지 눈에 익어요."

주섬주섬 가방을 메고 자리에서 일어서던 강 교수가 움직임을 멈추더니 갑자기 고개를 돌렸다.

"왜 그래? 아는 사람이에요?"

"후후. 그러네. 그러고 보니 정말 아는 사람이었네."

안경을 고쳐 쓰던 강 교수가 어이없다는 듯 중얼거렸다.

"누구? 남자? 여자?"

"……둘 다."

"둘 다? 어떻게 둘 다 알아?"

"아…… 들과 친…… 구."

강 교수가 눈살을 찌푸리며 천천히 말했다.

"아들? 작은 숙모 아들? 아하……. 어쩐지 낯이 익더라니. 사진에서 봤었구나. 그때는 둘 다 중학생이었는데 많이 컸다. 첫째? 둘째?"

"둘째 아들."

미국에서 박사 학위를 준비하느라 한창 바쁠 때 숙모의 재혼 소식을 들었다. 삼촌이 돌아가셨긴 했지만, 워낙 친하게 지낸 숙모의 새 출발이라 꼭 참석해서 축복해 주고 싶었다. 그런데 정말 애석하게도 박사 논문을 통과하기 위한 인터뷰가 얼마 남지 않은 시기였다. 참석하지 못한 대신 장문의 편지와 함께 선물을 보냈었다.

얼마 후, 숙모가 보내준 답 메일을 통해 결혼식 사진을 보았다. 멋쟁이 남편과 아빠를 똑 닮은 아들들이 꽤나 인상적이었던 기억이 났다.

"가만있어 보자, 둘째라면 그 영화감독을 꿈꾼다는 아드님? 그럼 나랑 동종업자가 되나? 근데 아들 만난 사람 표정이 왜 그래? 아들이랑 별로 안 친해요?"

"아들이 아니라…… 저 여자애. 쟤가 마음에 안 들어."

원준은 흥미로운 눈으로 숙모를 바라보았다.

"이거 너무 적나라한 반응인데. 우리 숙모님, 벌써부터 시어머니 버전?"

"시어머니라니. 난 그런 거 없어. 단지 쟤가 일으키는 크고 작은 문제에 우리 진우가 휘말리는 게 싫을 뿐이지."

감정을 잘 드러내지 않는 숙모의 입에서 나온 원색적인 비난에 원준은 흥미를 느꼈다.

"오우. 냉정하고 이성적인 숙모도 아들이 관계된 일은 지극히 주관적일 수밖에 없는 모양이네."

"아들이라서가 아니야. 진우는 좀…… 남달라. 보기 드문 케이스지. 의지도 강하고 한 번 마음먹은 건 어떻게 해서든지 끝을 보는 스타일이야. 그런데 이상하게…… 저 여자애 앞에서만은 그게 안 통하나 봐. 저 여자애만 엮이면 생각도 없는 바보가 되는 것 같거든. 대학도 그래. 저 여자애 땜에 부산에 남은 게 틀림없어."

숙모의 말을 듣다 보니 점점 재미있어졌다.

"엄청난 반전이 있을 수도 있어. 수능을 망쳤다든지 하는 그런 거 말이야. 말하기 창피해서 입 닫고 있을 수도 있고."

"고등학교 내내 전국 상위 5%를 벗어난 적이 없어. 수능도 마찬가지였고."

"헐!"

"게다가 우리 큰아드님도 쟤를 좋아한단다."

사레가 들렸는지 기침이 났다. 원준은 컥컥거리며 숙모를 쳐다보았다.

"설마?"

여태도 재미있었지만, 이번 건은 정말 대박이었다.

"설마가 사람을 잡지."

"뭐야? 숙모네 아들들 영화 찍어? 두 형제가 한 여잘 좋아하는 숙명적인 삼관관계? 그럼 저 여자앤 팜므파탈? 이야! 이거 영화보다 재밌다. 여자애는 이름이 뭐야?"

"구진실."

"구진실……. 구진실. 형제의 진실이라……. 영화 제목으로 딱이다. 그런데 숙모 아들…… 무지하게 근사하네. 남자가 봐도 반하겠어. 배우 할 마음은 없대? 오디션 한 번 보러 오라고 하지."

넘어진 진실을 일으켜 세운 뒤 옷을 털어주는 진우를 보며 원준이 흐뭇하게 웃었다.

"그렇지 않아도 여기저기서 제의는 들어오는 모양인데 지가 질색을 해. 전 감독만 할 거란다."

"아쉽네. 아까 뛰는 거 보니까 체력도 무지 좋아 보이던데."

"진실이가…… 몸이 안 좋아. 아마 그래서 업었을 거야."

"오호. 진실 양 몸이 안 좋아? 어디가?"

"Thyroid cancer."

"Thyroid cancer? 저 아가씨가?"

원준이 되물었다. 건강해 보이는 어린 아가씨가 갑상선암이라니. 갑상선암으로 인한 우울증에 고생하던 옛 약혼녀가 떠올라 왠지 마음이 쓰였다.

"5년 전인가? 갑자기 쓰러져서 병원에 실려 갔는데 그때 종양이 발견됐었어. 지금은 많이 좋아졌지만, 종양의 위치가 아주 안 좋은 케이스였지. 수술 후 부작용도 있었고."

"부작용?"

"무슨 이유인지는 모르지만, 한동안 말을 못해서 전 의료진의 등줄기를 오싹하게 만든 아주 맹랑한 아가씨야. 다행히 빨리 회복됐지만."

강 교수의 말에 원준은 천천히 고개를 끄덕였다.

"다행이네."

"그런 편이지."

"그런데…… 아까 말한 형제의 난은 어떻게 해결됐어?"

영화를 만드는 사람으로서 참을 수 없는 유혹적인 스토리였다.

"글쎄, 표면적으로는 큰아드님의 승리야. 우리 작은아드님은 형님 말이라면 죽는시늉도 하거든."

"의리도 있고. 재밌는 동생이네."

"뭐……. 앞으로 서로 조심하겠지. 이만 가자. 늦겠다."

"잘생긴 아드님한테 인사도 안 하고?"

"뭐 하러. 서로 불편해."

무덤덤하게 말하고 가방을 챙겨 드는 숙모를 따라 일어서며 원준은 고개를 돌렸다.

원준이 숙모의 아들과 그의 여자 친구를 만난 날은 오전 내내 요란하게도 흩뿌리던 벚꽃잎들이 잠잠해진 어느 봄날의 오후였다.

날은 금세 어둑해지기 시작했다.

하산 길을 학교 쪽으로 택한 것은 현명한 선택이었다.

오랜만에 등산을 한 탓인지 여기저기 쑤시지 않는 곳이 없었다.

"이제 어디로 가?"

"밥 먹으러."

"무슨 밥?"

간결하게 대답하는 진우에게 진실이 은근한 목소리로 물었다.

"무슨 밥이라니. 등산을 했으면 응당 막걸리와 파전을 먹어야지."

"헉!"

진실은 진우의 말에 거친 숨을 토해냈다.

"구진실, 나는 보았네. 정진우가 백화점에서 멋진 발찌를 사더라. 누굴 주려고 그랬을까나? 흐흐흐. 아무래도 구모 양을 위한 프러포즈용인 것 같던데…… 흐흐흐."

의미심장하게 웃는 경서의 말에 잔뜩 기대를 품었었다.

경서가 장난을 쳤나?

그럴 리가 없는데…….

어쩌면 형식을 중요하게 생각하지 않는 진우의 성격상 간이식당에서 고백을 할지도 몰랐다. 진실이 좋아하는 러브 액츄얼리 속 스케치북 프러포즈는 기대도 하지 않았다. 하지만 하다못해 영화에서 우려먹고 드라마에서 또 우려먹고, 너도 나도 다 해본다는 아이스크림 속 반지 이벤트 정도는 해야 하지 않을까?

정말 간이식당에서 프러포즈를 하면 어떻게 해야 하지?

나를 뭘로 보는 거냐며 도도하게 화를 내야 하는 걸까?

만약에 그냥 생일 선물이면?

그럼 고맙다고 냉큼 받으면 되고.

혹시…… 다른 여자에게 줄 선물?

그럼 곤란한데. 하지만 그럴 리가 없었다. 거의 같은 동선 안에서 움직이는 진우에게 여자가 생겼다면 진실이 모를 리가 없기 때문이다.

앞서 가는 진우를 보며 여러 가지 경우의 수를 생각해 보았지만, 아무리 생각해도 발찌를 받을 사람은 자신밖에 없었다.

"막걸리랑 파전은…… 좀 그런데. 고기 어때?"

자연스레 장소 변경을 유도해 보았다.

"고기 먹고 싶어?"

"아니. 꼭 그런 건 아닌데. 레스토랑…… 좋잖아. 간만에 칼질도 하고."

"등산복 입고 가긴 좀 그렇지 않냐?"

진우의 말에 진실은 고개를 끄덕였다.

'맞아! 의상이 문제였어.'

"그렇긴 하네."

"칼질은 이번 주말에 하는 걸로 하고. 오늘은 막걸리. OK?"

진우의 말에 진실의 가슴은 세차게 뛰기 시작했다.

자식. 오늘이 아니라 주말이었구나?

그래, 그래. 22년이면 충분했어. 22년을 친구로 살았으면 이제 이 모호한 우정을 끝낼 때도 됐어. 이제 우정 끝, 사랑을 시작해 보자고.

친구에서 연인으로 넘어가던 드라마 속의 많은 인물이 떠올랐다. 이정진과 수애가 나온 '9회말 2아웃'과 케이블계를 평정했던 서인국, 정은지 주연의 '응답하라', 비교적 고전물인 한차영과 재희 주연의 '쾌걸춘향', 이완과 이청아가 나온 '해변으로 가요'까지.

티격태격거리다 연인으로 발전한 흐뭇한 모습을 떠올리자 진실의 입가가 저도 모르게 벌어지기 시작했다.

"몽실! 또 멍 때리냐? 안 갈 거야?"

생각에 빠져 있는 진실의 귓가에 진우의 닦달이 들려왔다.

"가! 갈 거야!"

진실은 회심의 미소를 지으며 열심히 진우의 뒤를 따랐다.

발밑의 아스팔트가 트램펄린이라도 된 듯 가볍게 느껴진다.

2. 향기 가득한 바람

　어제저녁 슈퍼에서 우연히 마주친 김 박사님의 말씀은 가히 충격적이었다. 그래서인지 그토록 기다렸던 주말 아침은 생각처럼 즐겁지 않았다. 어슴푸레한 새벽이 밝아올 때까지 자다 깨다를 몇 번이나 했는지 셀 수 없을 지경이 되었고 진실은 결국 잠자리를 포기하고 자리에서 일어나 앉았다.

　#자?

　침대 위에 몸을 웅크리고 앉아 진우에게 문자를 넣었다.

　#응.

1분이 지나지 않아 뽀로롱거리는 휴대전화기를 보며 진실은 안도의 한숨을 내쉬었다.

#등산 가고 싶어. 등산 가자!
#게으른 몽실. 아침부터 약했냐?
#갈 거야, 말 거야?
#난 지금 학교야. 학교 운동장에 도착하면 문자 해!
#알았어. 기다려.

조금 이른 시간이긴 했지간, 산을 좋아하는 진우가 등산을 거절할 리가 없었다. 바다를 좋아하는 구진실과 산을 좋아하는 정진우. 고기를 좋아하는 진실과 해물을 좋아하는 진우. 로맨스 영화를 좋아하는 진실과 사회성 짙은 작품 영화를 좋아하는 진우.

좋아하는 것, 즐겨 보는 것, 취미와 기호식품까지 다 다른데도 마음이 심란하거나 힘들 때면 꼭 진우를 찾게 된다.

진실은 자리에서 일어나 주섬주섬 옷을 챙겨 입었다.

1층으로 내려와 조용히 안방 문에 귀를 대보니 아무런 기척도 느껴지지 않는다. 진실은 엄마가 깨지 않도록 조심조심 문을 열고 집을 벗어났다.

택시를 타고 진우와 만나기로 한 학교 운동장으로 향했다. 일찍 온 덕분인지 진우는 보이지 않았다.

얼마를 기다리고 있었을까? 쪼그리고 앉아 땅바닥만 바라보고 있던 진실은 눈앞에 나타난 진우의 운동화를 보며 천천히 고개를 들었다. 오랫동안 한 자세만 유지하고 있었던 탓에 뒷골이 당겨왔다.

"몽실, 너 얼굴이 왜 그냐?"

아침 해를 등지고 선 진우가 물었다.

"내 얼굴이 왜?"

"지금 네 얼굴 장난 아냐. 시퍼런 게 스머페트 같아."

"완전 예쁘다고 돌려 말하는 거지?"

"얼굴색이 아니라 머릿속이 문제였군."

"내 머릿속은 너무 말짱해. 너무 말짱해서 돌아버릴 지경이지."

"그렇지 않아도 상태가 심히 메롱해 보인다."

"후후. 그렇지 뭐. 넌 작업실에서 밤샘하고 오는 길이야?"

"응. 구진 선배 BIFF에 제출할 출품작 편집 돕고 오는 길."

"살살해라. 그러다 졸업도 하기 전에 입봉하겠다."

"내 실력이면…… 지금도 가능하지."

"흥. 교만이 하늘을 찌르시지."

"하루 이틀도 아닌데 뭘. 그런데 넌 무슨 일이야?"

"일은 무슨 일."

"내가 말했지? 너 거짓말하면 티 팍팍 난다고."

반짝거리는 햇살이 자잘하게 부서져 진우의 주위를 맴돌고 있었다. 마치 햇살 속에서 튀어나온 사람같이 눈이 부셨다. 진실은 눈을 가늘게 뜨고 뿌연 햇살 속에 서 있는 진우를 올려다보았다.

"……진우. 정진우. 내 친구 정진우."

"뭐야? 불안하게 왜 이래? 안 좋은 일 있었어?"

"너 만나러 오다가 넘어졌어."

"자알한다. 어디 다치지는 않았어?"

진실의 어깨를 잡아 일으켜 세운 진우의 눈길이 날카롭게 아래위를 훑고 지나갔다.

항상 이런 식이다. 어린아이 다루는 보호자처럼 굴다가 결정적인 순간에는 뒤로 물러서 버리는 정진우. 보호받고 있다고 착각하다 무방비로 내팽개쳐지는 구진실.

"……안 다쳤어."

"그리고?"

"응?"

"네가 넘어지는 게 어디 하루 이틀 일이야? 그거 말고 또 뭐가 있냐고."

어디선가 아카시아 향기가 섞인 바람이 불어왔다.

음…… 좋다.

봄바람의 냄새인지 진우에게서 나는 향기인지 알 수 없었지만, 아무튼 기분이 좋았다.

생각하기 나름이다.

항상 그랬다. 무엇이든 생각하는 대로 해석된다는 것을 이미 경험으로 알고 있었다. '그럴 수 있다', '그래. 그럴 수도 있어'라고 생각하면 아무것도 아닌 일이었다. 복잡한 머릿속을 뚫고 지나가는 공기의 흐름에 진실은 아무렇지도 않은 듯 미소를 지었다.

"정진우, 내가 생각해 봤는데 우린 서로에 대해 너무 많이 알아.

그치? 서로에 대해 너무 많이 알고 있는 것도 그닥 좋은 건 아닌데."

"그래서 뭘어?"

"아니. 뭘은 것보단 신비감이 없잖아."

"신비감 같은 소리 하고 있네. 우리가 연애하냐? 신비감은 무슨."

진실은 딱딱하게 말하는 진우의 표정을 물끄러미 바라보았다. 미간을 살짝 찌푸린 모양새가 기분이 좋지 않거나 화가 난 사람처럼 보이기도 한다. 아니, 당황한 건가? 부드럽게 말려 올라간, 진실의 모친 되는 김미숙 여사님이 '백만 불짜리 입술'이라고 말했던 입술은 굳게 다물어져 있었고 살짝 미소를 지으면 보이는 고르고 가지런한 치아는 자취를 감추고 보이지 않았다.

"그래서 정진우, 이젠 네 얘기나 해봐. 네 표정도 만만치 않거든. 무슨 일 있어?"

"몽실! 말 돌리지 말고 똑바로 불어. 무슨 일이야?"

애당초 진우에게 감추고 싶은 마음은 없었다. 하지만 쉽게 입이 떨어지지 않는다. 입 밖으로 내뱉는 순간 두려워하던 모든 것이 진짜가 되어버릴 것 같은 불안감 때문이었다.

"별일 아냐. 그냥……."

그냥이라고 말을 한 뒤, 진실은 깊은숨을 들이마셨다. 그리고 천천히 또박또박 말했다.

"우리 아빠…… 재혼하셨대."

아주 잠시 침묵이 흐르는 사이 향기 섞인 바람이 진실의 머리를 헝클어트리고 지나가 버렸다. 덕분에 진실은 비극의 여주인공이 된 기분을 맛보았다.

진우는 한동안 말없이 서 있었다. 얼핏 보면 엄청나게 화가 난 것 같기도 하고 전혀 그렇지 않은 것도 같았다.

하여간 포커페이스라니까.

"아버님은…… 아버님 인생 사셔야지. 난 그럴 수도 있다고 봐."

한참 만에 의견을 말하는 진우를 보며 진실은 피식 웃음을 터트렸다.

"같은 남자라고 편드는 거야?"

"유치하게 남자 여자 편 가르기 하냐?"

"그래. 난 유치해서 남자 여자 편 가르기 한다. 됐냐?"

"됐고. 어떻게 알았어?"

"나 담당하시는 김 박사님이 우리 아빠 후배시잖아. 어제 마트 갔다가 김 박사님을 만났거든. 그때 들었어. 아빠랑 그 비서 언니 랑 중국에서 정착하시기로 하셨다고. 김 박사님은 내가 알고 있다고 생각하셨나 봐."

"아버님은 아버님 인생이 있는 거니까. 이혼한 전처나 딸이 인생 대신 살아주는 건 아니잖아."

진우의 말이 맞았다. 그래도 마음이 허전해지는 것을 막을 수는 없었다. 나의 아빠가, 내 엄마의 남편이 이제는 다른 사람의 것이 되어버리는 것이다.

"정진우, 나름 위로라고 하는 거야?"

"위로는 아니고 그냥 현실이 그렇다는 거지."

"인정머리 없는 놈."

"하루 이틀도 아니면서 새삼스럽게 되씹기는. 그래서 몽실이답지 않게 이렇게 슬픈 표정하고 있는 거야?"

진우는 툭툭거리는 말과 달리 다정한 손길로 진실의 옷깃을 여미어주었다. 커다란 두 손이 눈앞에서 움직이자 정말 우습게도 가슴이 쿵쾅거리는 것을 참을 수가 없었다. 금방이라도 심장이 터져버릴 것만 같아 진실은 작은 숨을 조금씩 내쉬었다.

"마음을 비워. 그렇게 한숨을 쉴 일 아니야."

한숨의 본질을 오해한 진우가 다정하게 말했다.

"정진우. 그 여자, 우리 아빠랑 사는 그 비서 언니 몇 살인 줄 알아? 나랑 열 살 차이 난다. 완전 막장 드라마지?"

"막장은 무슨. 그리고 나이가 무슨 상관이야. 착하고 예쁘면 됐지."

언젠가 방송에서 남자연예인들이 우스갯소리를 하는 것을 본 적이 있다. 착하고 예쁘면 모든 것이 용서가 된다고. 거기다 돈 많고 명까지 짧으면 정말 금상첨화라고. 그때는 그저 개그 소재로 하는 소리려니 했다. 하지만 어느 순간 깨닫게 되었다. 그 말이 전혀 근거 없는 소리가 아니라는 것을. 세상 어디에도 백 퍼센트 빈말은 없다는 것을 알게 되었다. 농담에도 얼마쯤의 사심이 담겨 있었다.

"우리 아빠도 그랬을 거야. 착하고 예쁘니까 그 언니 좋아하게 됐을 거야. 딸내미랑 열 살 차이밖에 안 나는 언니를……. 후후.

세상 아빠들이 그러잖아. 아빠 말고는 다 늑대라고. 근데 난 아빠
마저도 늑대였나 봐."

"그렇게 말하면 속이 편하냐?"

"사실이 그렇다고."

"아버님도 아버님 인생이 있다 그랬지? 뭘 기대해? 스물두 살
이나 먹은 다 큰 놈이."

"정진우, 이럴 땐 냉정한 현실 직시보다 따뜻한 위로를 하는 거
야."

"위로는 개뿔. 어린 나이에 천애고아가 되고도 씩씩하게 살아
가는 사람이 얼마나 많은 줄 알아? 거기에 비하면 넌 완전 복 받은
거야, 인마."

"인정머리 없는 놈!"

"손잡고 아버님 욕해줘?"

"응."

"유치하기는……."

"우리 엄마한테 다 이를 거야. 너 완전 의리 없다고. 앞으로 따
순 밥 해먹일 필요 없다고."

"어머니도 아실걸. 그러니까 괜히 확인시켜서 속상하게 해드릴
필요 없어."

나는 애한테 뭘 기대한 걸까?

정진우에게 따뜻함이나 다정함을 기대한 자신이 우습게 느껴졌
다. 피식, 웃음이 터져 나오려 한다.

"아! 갑자기 피곤이 몰려오네. 안 되겠다. 등산이고 뭐고 하기

싫어졌어. 그냥 집에 갈래."

변덕을 부리며 가방을 고쳐 매는 진실의 앞을 진우가 막아섰다.

"영화 보러 가자."

"영…… 화?"

"응. 조조영화. 그것도 네가 좋아하는 로맨스 영화. 영화 보고
고기도 사줄게."

로맨스 영화에 고기까지…….

진실은 천천히 고개를 끄덕였다.

말랑말랑한 로맨스 영화를 볼 때까지만 해도 약간의 기대감에
들떠 있었다.

남자 주인공이 여자 주인공에서 아이스크림 프러포즈를 할 때
는 은근 진우의 눈치를 살피기도 했다.

아버지 때문에 잊고 있었지만, 오늘이 바로 주말이었다.

이번에는 등산복이 아니라 캐주얼이다. 이 정도면 레스토랑으
로 간다고 해서 크게 문제될 것이 없었다.

하지만 정진우가 그녀를 데리고 간 곳은 근사한 레스토랑이 아
니라 그냥 그런 소고기 집이었다.

진짜 한우가 아니면 1억 원을 배상해 드립니다!!

광안리 해변도로 앞에 자리한 갈빗집 입구에는 커다란 플래카드가 붙어 있었다.

"여기서 밥을 먹잔 말이야?"

"보면 모르냐?"

"칼…… 질은?"

"여기서도 가능해. 어째, 빵 칼이라도 가져다줘?"

평소와 똑같이 까칠한 진우를 보며 진실은 눈살을 찌푸렸다.

이게 아닌데…….

경서가 말한 발찌는 대체 언제 주는 거니?

로맨스 영화는 대체 왜 보자고 한 거야?

오늘도 물 건너간 건가?

혹시 진짜 다른 여자가 생긴 거 아냐?

능청스럽게 말하는 진우를 보며 진실은 목까지 차오르는 질문을 억지로 삼켰다.

"멍 그만 때리고 어서 앉으시지. 어찌 그 증상은 나날이 더 심해지냐?"

"멍 때린 거 아냐. 그냥 생각했어."

"생각이라니? 무슨 생각?"

진우가 오른쪽 눈썹을 찡긋거리며 물었다.

"불로소득과 배분에 관한 거."

"불로소득과 배분에 관한 거 뭐? 남북통일 후 급격한 계급 차에 의해 희생양이 될지도 모르는 북한 주민에게 주어질 혜택의 문제점? 공평성의 문제점? 급격히 늘어가는 빈민계층 구제 방안? 뭐 그런 거야?"

"저기. 식당 입구에 걸린 플래카드. 한우가 아니면 1억 원을 배상한다고 했잖아. 만에 하나 진짜 한우가 아니라면 여기 있는 손님 모두에게 각각 1억 원씩 줄지, 아니면 1억 원을 가지고 우리 모두가 나눠야 할지 고민했어."

뿌연 연기가 가득한 식당 안에 마주 보고 앉은 반반한 얼굴을 후려치고 싶은 충동을 느끼며 진실은 뾰족하게 말했다.

"풋."

진우가 웃음을 터트렸다.

"간만에 생산적인 생각을 하긴 했는데 그럴 일은 없을 테니 고민 말고 어여 고기나 드셔. 진짜 한우가 아니라도 변상 안 해줘."

"왜?"

"저걸 믿냐? 인마! 법적인 효력이 없잖아. 공증은 했는지, 설사 공증을 했다 해도 불특정 다수에게 그게 해당이 되는지 정확한 명시가 없잖아."

정진우다운, 정진우스러운 대답.

진실은 앞에 놓인 컵을 들어 따뜻한 물을 한 모금 삼킨 뒤 진우를 바라보았다.

"정진우, 너 그거 알아?"

"또 뭘?"

"너 완전 재수 없는 거."

"어, 알고 있어. 그니까 고기나 자셔."

고기를 굽던 진우가 진실의 앞 접시에 잘 익은 고기 몇 점과 구운 마늘, 겉절이를 연이어 올려주었다. 평소보다 조금 길어버린 앞머리 아래로 그늘을 만드는 긴 속눈썹, 그만큼 깊은 눈동자가 온전히 진실에게로 향해 있었다. 노란 불빛에 반사된 광채 나는 콧대와 그 아래에 자리하고 있는 주름 많은 입술이 열리더니 무덤덤한 목소리가 흘러나온다.

"안 먹고 뭐 하냐? 고사 지내냐?"

"너 머리…… 길었다."

"자를 거야. 고기 먹어."

"응."

말 잘 듣는 아이처럼 잘 익은 한 점을 넣고 천천히 씹어보았다. 입안으로 퍼져 나가는 육즙을 음미하며 만족감에 고개를 끄덕였다.

"맛있냐?"

"응."

"많이 먹어라."

진실이 고기를 먹는 동안 진우는 소주를 마셨다. 말간 액체가 진우의 입안으로 계속해서 사라진다.

"배고프다면서 왜 술만 마셔?"

불판 위의 고기가 사라질 즈음 그의 술잔을 뺏으며 물었다.

"그냥 답답해서."

"아버님 들어오셨어?"

진실이 아는 사람 중 가장 차갑고 무서운 진우의 아버지는 1년

12개월 중 11개월을 외국에서 지내시는 분이셨다. 그나마 국내에 계신 한 달 대부분을 회사일로 집을 비우셨고 둘밖에 없는 아들 중 자신을 빼닮은 진우가 영화를 공부하겠다고 했을 때 집 안에 있는 모든 DVD 플레이어와 테이프들을 박살 내고 진우를 내쫓으셨다. 다행히 새엄마의 중재로 다시 집에 들어갈 수는 있었지만, 그 뒤로 진우를 없는 사람 취급하는 차갑고 냉정한 분이셨다.

"아니."

"그럼? 무슨 일인데 그렇게 술만 퍼?"

"아무 일도 아니야."

"그러니까 그 아무 일도 아니라는 게 뭐냐고."

"정말 아무 일도 아니야."

냉정하게 입을 닫는 진우를 보며, 진실은 가슴속에서 불어오는 찬바람을 느꼈다. 자신은 모든 것을 털어놓고 의논하는데 진우는 항상 가슴에 묻어둔다. 진실은 그가 보여주고 싶은 것만 봐야 했고 그가 내놓는 만큼만 알 수 있었다.

널 좋아해, 진우야!

마음을 털어놓고 싶었지만 진우가 거절을 할 경우 이 막역한 우정마저 사라질까 두려웠다. 그래서 차마 고백을 할 수가 없었다.

"우리 여기 완전 오랜만이다. 그치?"

"그러네."

"고3 여름방학 때 이후로 처음인가?"

"아마도."

그때도 둘뿐이었다. 잔잔한 바람이 불어오는 해 질 녘 광안리

해변을 나란히 걷고는 했었다.

"진우 너 수업 땡땡이치고 영화 보러 간 날 다음날 담임한테 엄청 깨지고 여기 왔었잖아."

"기억나."

"사실 그날, 내가 샘에게 꼬질렀었어."

진실의 고백에 숯으로 그려놓은 것 같은 진우의 반달눈썹이 살짝 휘어졌다.

"진짜?"

"응."

"이리 와. 좀 맞자."

그가 그녀의 팔목을 잡으며 꿀밤을 때리는 시늉을 했다.

그가 가끔 보이는 이런 허물없는 모습들이 좋았다. 아무렇지도 않게 팔목을 잡고 꿀밤을 걱이는 소소한 행동들이 진실을 들뜨게 만들었다. 여자라고는 도통 관심이 없는 그에게 희망을 버릴 수 없는 것도 이렇게 스스럼없이 구는 그의 모습 때문인지도 몰랐다.

"헉! 치사하게 지나간 일로?"

"어쩐지. 담탱이가 귀신같이 알더라니."

"그때 너 완전히 꼴 보기 싫었거든. 그땐 왜 그렇게 비비 꼬여 있었는지."

"인마. 너 많이 아팠잖아. 사람이 몸이 힘들면 그럴 수도 있어."

"그러게. 그땐 세상이 다 미워 보이더라."

"그래도 그때 우리 몽실이 완전 예뻤었는데. 체력이 달려서 말도 없이 차분하고 조용했고 말이지."

"약기운 때문이었거든."

원래 잠이 많기도 했었지만 고1이 되면서부터 비정상적으로 피곤하고 나른해지는 경우가 많았었다. 전교 1등을 하는 진우를 따라잡기 위해 아등바등 죽자사자 공부를 해야 했지만 밀려오는 잠 때문에 번번이 시험을 망치기가 일쑤였다. 그래도 그냥 피곤해서 그러려니 하고 넘겼었는데 극장에서 쓰러져 병원으로 실려 갔을 때는 암이 이미 2기까지 발전한 상태였다.

'암이라니…….'

암 선고를 받고 수술을 하고 회복이 될 때까지가 가장 힘들었던 시기였다. 절망으로 온 세상이 암흑 같았을 때 엎친 데 덮친 격으로 아버지와 엄마의 사이가 좋지 않다는 것을 알게 되었다. 잡음이 많은 중국 공장 때문에 해외에 계시던 아빠의 외도를 엄마가 알게 된 것이다.

다행히 수술은 성공적으로 끝이 났지만, 후유증으로 목소리가 나오지 않았다. 어쩌면 다시는 말을 할 수 없을지도 모른다는 불안감에 밤잠을 설치던 그런 때였다. 그것뿐만이 아니라 암의 재발과 전이의 가능성 때문에 항상 조심해야 했다. 좋은 컨디션을 유지하기 위해 노력해야 했고 퇴원을 한 뒤에도 꼬박꼬박 정기 검진을 받아야 했다. 그때는 병원 건물이 보이기만 해도 무섭고 두려웠다. 알싸한 소독약은 코 대신 마음을 아리게 만들었다.

일단 위험한 고비를 넘긴 뒤 부모님은 완전히 별거를 하셨다. 엄마는 생계를 위해 가게를 차리셨고 덕분에 병원은 언제나 혼자 다녀야 했다. 그때의 비참함이란. 어린 나이에 항암치료를 받기 위해 기다려야 하는 기분을 남들은 상상이나 할 수 있을까?

"……고마워."

진실이 작은 목소리로 속삭였다.

"우리 몽실이, 왜 이렇게 분위기를 잡으실까? 뭐가 고마워?"

"나 병원 가기 싫다고 고집부릴 때. 네가 따라가 줬었잖아. 1분 1초가 아까운 모의고사를 앞두고도 병원 가는 날은 절대 빠지지 않고 따라가 줬어. 절대, 평생 잊지 않을 거야."

"……수업하기 싫어서 따라간 것뿐이야."

병원에 가기 싫어 우울하고 비참해질 때, 차라리 죽는 게 나을지도 모른다는 어리석은 생각을 하고 있을 때 어느 순간부터인가 엄마의 자리에 진우가 앉아 있기 시작했다. 아무 말도 하지 않고 자신의 옆자리에 앉아 책을 읽거나 영어 단어를 외우면서 진료를 마치고 나오는 진실을 기다려 주었다.

"네가 따라오는 게 싫다고 했었지만, 사실은 눈물 나게 고마웠었다. 네가 수업하기 싫어서 따라온 거라고 한 거짓말도 무지 고마웠어."

그때를 생각하자 또다시 가슴이 뭉클거리며 눈가가 시큰거리기 시작했다.

"우냐?"

"안 울어."

심드렁하게 내뱉은 진우가 긴 손가락으로 진실의 머리를 장난스럽게 꾹 밀었다.

"그럼 네 눈에서 나오는 건 콧물이냐?"

여전히 싸가지 없는 말투에 진실은 피식 웃음을 터트렸다.

그때도 그랬다. 진우 덕분에 견딜 수 있었다. 언제나 바람막이가 되어주는 진우 덕에 주위 사람들의 호기심 어린 시선을 잊을 수가 있었다.

"어린 나이에 어쩌다가."

"갑상선 약 먹으면 임신도 잘 안 된다고 하던데. 하긴 요즘은 약이 좋아졌으니까 괜찮으려나?"

"거 고약한 병에 걸렸네."

가만히 있어도 죽을 만큼 힘이 들던 시기였다. 길을 걷다가도 갑자기 울음이 터져 나왔었다. 하필이면 내가, 많고 많은 사람 중에 왜 내가 이런 병에 걸려야 하는 걸까? 하늘을 원망할 때였다. 사람들의 호기심과 동정도 싫었고 그들의 시선이 싫었다. 그때 진우가 말했었다.

"야, 구엄살. 약 먹고 고칠 수 있는 건 병이라고 그러면 안 되는 거야. 수술하고 약 먹으면 멀쩡해지잖아. 괜히 청승 떨지 말고 이럴 시간에 책이라도 한 자 더 봐라. 난 네 병보다 네 무식이 더 무섭다. 그러니까 얼른 공부해!"

평소처럼 검지를 길게 뻗어 진실의 이마를 밀어대며 잔소리를 하는 진우가 아니었다면 견뎌낼 수 없었을 것이다. 그런 진우를 어떻게 좋아하지 않을 수가 있을까?

진실은 행여 자신의 감정이 눈빛으로 드러나지는 않을까 슬그머니 고개를 숙여야 했다.

"몽실! 무슨 생각 하나?"

"옛날 생각."

"그냐? 나도 옛날 생각 했다."

"옛날 생각 뭐?"

"형이랑 너랑 함께 스케이트 타던 생각. 우리 함께 소풍 갔던 생각……. 나랑 형이랑 너 놀려먹다가 너 울어서 업고 달래주던 생각."

"풋. 그랬지."

"몽실아. 나, 형 따라갈까 고민 중이다."

종이컵에 담긴 커피를 한 모금 삼킨 진우가 아무렇지도 않게 말했다.

커피잔을 입으로 가져가려던 진실이 움직임을 멈추었다. 가슴이 철렁 내려앉더니 심하게 두근거렸다.

"내내 얼굴이 안 좋더니…… 그것 땜에 고민한 거야?"

진실은 놀란 티를 내지 않으려 애쓰며 아무렇지도 않은 척 말을 했다.

"응."

"선우 오빠 혼자 힘들까 봐?"

고요하기만 하던 진우의 눈빛이 더 깊어졌다.

"응."

정말 결심을 굳힌 걸까?

그녀는 넘어가지 않는 커피를 억지로 삼키며 다시 물었다.

"같이 가면 좋긴 하겠다. 네가 좋아하는 유럽 영화도 실컷 보고. 아! 칸. 칸느도 직접 보고. 그리고 또…… 응, '그들 각자의 영화관' 너 그거 보고 싶어했잖아. 거기 나오는 장소들 직접 가서 보면 되겠다. 그리고 조엘 코엔 감독 거, 그 뭐지?"

"사랑해 파리."

"맞다. '사랑해 파리'에 나온 명소들도 다 구경하고."

파리 시내 20개 구 중 한 곳을 골라 최소한의 비용으로 5분간의 사랑 이야기를 찍는 야심 찬 프로젝트는 정말이지 환상적이었다.

"멋지네."

진우가 무심하게 고개를 끄덕였다.

"선우 오빠도 좋아하고 너 공부하는 데도 분명히 도움은 되겠다. 부모님께는 말씀드려 봤어?"

"아니. 내 선에서 결정을 내고 난 뒤 말씀드리려고. 지금 심각하게 고민하는 중이야. 그러니까 지금 의논하는 거잖아."

무덤덤한 진우의 말이 아프게 와 닿았지만, 진실은 씩씩하게 말했다.

"내가 뭐라고 한들 결과는 네가 내는 거잖아."

"참고는 할 수 있지."

"난…… 네가 안 가는 게 좋아."

절박하게 잡고 싶은 마음을 감추고 무덤덤하게 말했다.

"왜? 밥 사줄 사람 없어서?"

"당근이지. 부자 친구 없어지면 나만 손해지."

"무지하게 솔직하신 우리 구진실 양."

"그걸 이제 알았냐? 넌 돈 빼고 볼 거 하나도 없어."

"딴 여자들은 내 외모만으로도 아주 죽더만."

"그런 척하는 거겠지."

진심이 깃들지 않은 실없는 농담이 오가고 불안한 침묵이 뒤를 따랐다.

진우가 가기로 결정을 내렸다면…… 그렇다면 그렇게 따라야 하는 수밖에 없었다. 진실의 가슴이 자꾸만 서늘해진다.

"화장실 다녀올게."

진우가 자리에서 일어났다.

저도 모르게 소주병으로 손이 갔다. 진실은 남아 있던 소주를 잔에 따라 한입에 털어 넣어버렸다. 식도를 타고 내려가는 뜨거움에 숨이 막혔지만, 이상하게도 속은 시원해졌다.

"구진실, 너 미쳤냐? 기어코 일을 쳤구나!"

화장실에 다녀온 진우는 빨갛게 달아올라 있는 진실의 얼굴을 보며 자신의 실수를 깨달았다.

"응. 기회는 이대다…… 하고 마셨어. 알싸한 게 진짜 좋다."

"자알했다, 자알했어. 잠깐 기다려. 우유 사 올게."

"안 그래도 돼."

"까불지 말고 고대로 있어라."

식당을 벗어나며 진우는 한숨을 내쉬었다. 진실의 기분을 풀어

주고 싶었는데 도리어 더 얹은 모양이다. 오늘 아침 파주댁 아줌마와 옆집 도우미 아주머니가 나누는 소리를 우연히 듣게 되었다. 진실이 어머니가 운영하는 가게가 많이 어렵다고 했다. 거기다 오늘은 아버지의 재혼 소식까지 알게 되었으니 얼마나 속이 상할까? 가뜩이나 심란한 진실의 앞에서 형을 따라가고 싶다는 말은 하지 말았어야 했다. 겁 많은 구진실이 혼자 남겨진다는 생각에 많이 무섭고 힘들었을 것이다.

"젠장……."

편의점에서 우유를 산 뒤, 먹기 싫다는 진실에게 억지로 마시게 하고 식당을 나섰다.

멀쩡하던 진실이 비틀대기 시작한 것은 택시를 기다리던 중이었다.

"진우야……. 다리가 이상해. 자꾸 힘이 풀려."

"구진실! 너 왜 이래?"

"아이씨. 정신은 멀쩡한데……. 왜 이러지?"

"정신 차려라."

"나 멀쩡해. 소주 두 잔밖에 안 마셨어."

목소리에 힘이 풀린 진실이 비틀거리기 시작했다. 진우는 재빨리 손을 뻗어 진실을 부축했다.

"진실!"

"아 왜?"

"너 업혀."

"진짜? 우헤헤헤헤."

몸을 구부려 진실을 업으려 했지만, 온몸에 힘이라고는 하나도 없는 사람처럼 축축 처지는 진실이 자꾸만 뒤로 넘어가려 해 쉽지가 않았다. 잘못하면 크게 다칠 것 같아 식은땀이 흘러내렸다.

"야! 등에 안겨서 목을 감아."

"목을 감아?"

"응. 컥컥!"

진우는 두 손으로 목을 조르는 진실의 손을 떼어내며 캑캑거렸다.

"손에 힘 빼. 안 되겠다. 야! 너 똑바로 서 있어봐. 택시 잡아올게."

"진우야!"

"왜?"

"있쥐, 소고기가 한우가 아닌데……. 왜? 일억을 안 줘? 그럼 안 되는 거잖아. 그지? 응? 약속은 꼭 지켜야 하는 거지? 그지?"

"그렇지. 우리 진실이 말이 맞아."

"그리고 불로소득은 말 그대로 불로소득인데 왜 세금을 내야 해? 너 내 말, 내 말 이해되지?"

"그래, 그래. 무지하게 잘 이해돼. 그니까 입 닥치고 가만히 좀 있어봐."

"싫어. 택시 타는 곳까지 걸어갈래."

"그래, 걸어. 멍청이처럼 비틀거리지 말고 발을 들어서 내려놓으란 말이야."

"이렇게?"

진실이 비틀거리며 제자리걸음을 걸었다.

아주 쇼를 해라! 이런, 똥강아지 같은 새끼!

"이 웬수! 그게 아니라 발을 이렇게 떼어서 앞으로 내딛으라고."

업으면 뒤로 넘어가고 내려놓으면 비틀거리는 진실 덕에 진우의 온몸은 땀으로 흥건히 젖어 있었다.

"소고기가…… 불로소득이……."

"그래, 그래. 알았어. 알았으니까 똑바로 걷기나 해."

"아하. 이렇게, 이렇게."

"택시!"

멀리서 오는 택시를 잡기 위해 잠시 한눈을 파는 사이 진실이 걸음을 옮겼다. 진우는 갈지자로 비틀거리다 옆으로 계속 넘어가는 진실을 한 팔로 잡고 나머지 팔을 들어 택시가 잘 보이도록 흔들었다.

"진우야, 땅이 이상해. 자꾸 나를 끌어당겨. 만유인력 때문인가봐."

점점 옆으로 휘어지며 결국은 비스듬히 누워 헤헤거리는 진실을 보며 진우는 차를 놔두고 오는 게 아니었다며 후회를 했다.

"너 자꾸 이러면 입 돌아간다. 아무리 예뻐도 입 돌아간 여잔 인기 없어. 야! 구진실! 너 얼른 안 일어나?"

진우는 완전히 뻗어버린 진실을 들쳐 업고 가까스로 택시를 잡아탔지만 얼마 가지 못해 내려야 했다.

"괜찮아?"

"아니!"

마시지도 못하는 술을 마시고 괴로워하는 진실의 얼굴은 점점 하얗게 변해가고 있었다. 평소에는 잘 느끼지 못했던 진실의 약한 몸이 뼛속까지 와 닿았다. 수술이 끝나고 면역력이 없는 아기 같은 몸에서부터 시작되었다는 것을 잊고 있었다.

진실이가 정말 많이 약해졌구나. 이러다 큰일 나는 것은 아닐까. 덜컥 두려움이 밀려와 정신이 하나도 없었다.

진우는 급히 근처 상가 화장실로 찾아들었다.

"한 번만 더 술 가시면 아주 내 손에 죽는다. 얼른 토해."

"으윽!"

"토하고 나면 좀 편해질 거야. 그리고 나서 우리 병원 가자! 응?"

한참을 엎드려 괴로워하던 진실의 얼굴이 조금 편안해 보였다. 화장실 불빛 때문인지 하얗게 질린 진실의 얼굴빛이, 커다란 두 눈이, 형이 좋아하는 배우 최강희를 닮은 진실이 너무 슬퍼 보여 진우의 마음도 따라 울적해졌다.

"이제 좀 괜찮아? 병원 갈까?"

"아니. 집에 가서 잘래."

"정말 괜찮아?"

"응. 집에 가서 쉬고 싶어."

"알았어. 어머니 걱정하시겠다. 좀 씻자."

세면대로 간 진우는 얌전한 아이처럼 가만히 서 있는 진실의 얼굴을 조심스레 씻긴 뒤 가방 안에 있던 티슈로 얼굴을 닦아주었다.

"완전 엄마 같아."

진실이 금방이라도 꺼져 버릴 듯 작은 목소리로 말했다.

"시끄럽고, 가만히 있어."

동그란 이마와 눈, 코와 입술과 턱까지……. 꼼꼼히 닦은 뒤 그녀의 앞에 등을 내밀었다.

"업혀."

"걸어갈 수 있어."

"자꾸 말 안 듣지?"

"서비스 완전 좋은데. 술 가끔 마셔볼 만하다."

"까분다. 조용히 하고 업히기나 해."

"알았어. 업어주신다는데…… 나야 좋지 뭐. 대신 나중에 허리 아프다고 징징거리지나 말아라."

이번에는 순순히 업히더니 조금 전과 달리 얌전히 목을 감는 진실이다.

"불편하면 말해."

"응."

진우는 진실을 업은 채로 밤길을 걸었다.

따뜻한 가로등 불빛이 앞을 밝혀주었고, 향긋한 봄바람과 함께 훈훈한 공기가 두 사람 사이를 맴돌았다.

"어휴……. 시원하다."

"윗공기가 좋냐?"

"응. 완전 좋아. 이렇게 업혀 걸으니까 편하고 따뜻하고."

"쯧쯧. 업고 가는 사람 생각도 좀 해라."

"먼동이 터오는 아침을~"

등에 업힌 진실이 낮은 목소리로 노래를 불렀다.

진실이 가장 좋아하는 노래 '플란다즈의 개'. 어릴 때부터 그렇게 부르더니 커서도 그 노래를 외고 다닌다.

'네로'와 '파트라슈'가 나오는 플란다즈의 개처럼 사람들의 마음을 울리는 멋진 이야기를 만들고 싶다던 진실은 문예창작과를, 그런 따뜻한 영화를 만들고 싶다던 진우는 영화연출학과를 진학해 꿈을 좇고 있는 중이었다.

"그만 좀 불러대라. 파트라슈와 네로도 얼마나 지겹겠냐?"

"싫어. 난 죽을 때까지 계속 부를 거야."

고집을 피우며 흥얼거리는 소리를 들으며 진우는 계속 걸음을 옮겼다.

"다 왔어. 내려."

익숙한 대문이 눈에 들어오자 진우는 진실을 조심스레 내려놓았다.

"고마워…… 조심해서 가."

대문 앞에 선 진실이 배시시 웃으며 집으로 들어갔다.

왜 이렇게 가슴이 아픈 거지?

진우는 통증이 이는 가슴을 어루만지며 조용히 뒤돌아섰다.

탁.

거대한 나무문이 열리는 소리와 함께 3층의 불이 꺼졌다.

휴, 진우는 한숨을 내쉬었다.

여태 창가에 서서 자신이 오는 것을 바라보고 있었을 형을 생각하니 마음이 무거워졌다. 길게 이어진 하얀 디딤돌을 지나 검은 대리석 계단을 오르자 천장에 달린 센서 등이 환한 빛을 뿜어냈다.

"다녀왔습니다."

"왜 이렇게 늦었어?"

현관문을 열자 파주댁이 황급히 쫓아 나와 그를 반겼다. 작은 키에 야무진 성격의 그녀는 이 넓은 집이 돌아가게 하는 원동력이다.

"진실이랑 밥 먹었어요."

"술도 한잔한 거야? 꿀물이라도 타줄까?"

"아뇨. 괜찮아요. 형은요?"

"약 먹고 자."

"올라가 볼게요."

"응. 그리고 교수님께서 연락하셨어. 진우 학생 핸드폰 안 된다고 집으로 전화하셨더라고. 들었지? 일주일 뒤에 들어오신대."

파주댁은 진우의 새엄마를 꼭 교수님이라 불렀다. 그녀에게 있어 사모님은 죽은 진우의 엄마 한 사람뿐이라고 했다. 그 쓸데없는 고집을 신념처럼 믿고 사는 파주댁을 보며 진우는 왠지 우습기도 하고 서글프기도 한 묘한 동질감을 느끼고 있었다.

"……네. 문자 왔었어요. 들어가 쉬세요."

인사를 하고 계단을 올라가는 진우의 얼굴에 무거운 그늘이 드리워졌다. 파주댁에게 있어 단 하나뿐인 사모님이자 돌아가신 엄마를 너무도 많이 닮은 형, 선우는 진우에게 있어 그리움이자 아픔이었다.

똑똑! 노크를 한 뒤, 조심스레 문을 열었다. 캄캄한 어둠 속에서 환기를 하지 않은 특유의 냄새가 코끝으로 밀려왔다.

"형! 나 왔어."

침대 가에 앉아 죽은 듯 누워 있는 형에게 속삭였다. 야윈 형이 등을 보이며 모로 돌아누워 있었다.

"……하루 종일 기다렸어."

몸만큼이나 가느다란 목소리가 들려왔다.

"미안해. 진실이가 배고프다 그래서 밥 먹고 왔어."

"술도 마셨어?"

"응."

"진실이도? 진실인 마시면 안 되지 않나?"

"응. 그냥 기분만 냈어."

소주 한두 잔에 완전히 취해 버릴 정도로 건강이 좋지 않은 진실을 기억하며 진우는 죄책감을 느꼈다.

"진실이 보면 그렇게 큰 병을 앓았던 사람 같지가 않아. 그래서 나도 희망이 생겨. 진실이 보고 있으면 정말 기분이 좋아지거든."

선우의 말에 진우는 작게 고개를 끄덕였다.

형에게 있어 진실의 존재는 절대적이었으며 희망의 대상이었다. 그리고 그런 형의 마음은 진우가 진실에게 더 이상 다가가지 못하는 이유이기도 했다.

"응. 맞아. 진실이가 좀 많이 씩씩하지."

"감기만 아니면 나도 갈 수 있었는데."

선우가 실망스러운 듯 중얼거렸다. 엄마를 그대로 빼다 닮은 표정. 보는 사람으로 하여금 연민을 불러일으키는 여린 형을 보며 진우는 낮게 한숨을 내쉬었다.

"아직 바람이 차. 다음에 좀 더 따뜻해지면 그때 가자."

"휴우. 어서 건강해지면 좋겠다. 우리 셋이 함께 놀러 가고, 영화도 보고 그림도 그리고 사진도 찍고, 셋이 같이 여행 가도 진짜 재밌을 거야."

선우의 표정은 정말 여행을 떠나는 사람처럼 행복해 보였다.

"응. 그러자. 그런데 그전에 형이 먼저 건강해져야지. 그래야 함께 기차도 타고 바다도 보러 가고."

"생각만 해도 기분이 좋아진다. 우리 어릴 때 가끔 갔었잖아. 엄마랑 함께. 엄마도 소풍 가는 거 참 좋아했었는데."

기억을 더듬던 선우의 얼굴이 조금씩 어두워져 갔다.

"아주 가끔…… 나도 엄마처럼 되는 건 아닐까 겁이 나. 내 자신을 제어하지 못하고 스스로 포기하면 어떻게 하지? 문득문득 이대로 이 고통이 끝나 버렸으면 좋겠다는 생각이 들어."

침대 기둥을 움켜잡은 진우의 손에 힘이 들어갔다. 진우는 치밀어 오르는 격한 감정을 억누르며 다정한 목소리로 형을 안심시켰다.

"형, 그런 소리 하지 마. 약 잘 먹고 좋은 생각 많이 하면 나아질 거야."

"정말 그럴까?"

"그럼. 절대 그럴 리 없어."

"그렇겠지? 난 진실이도 있고 너도 있으니까. 충분히 이겨낼 수 있을 거야? 그렇지?"

선우가 동의를 구하는 나약한 음성으로 물어왔다.

"당연하지."

"고맙다. 나중에 진실이랑 놀러 올 거지?"

우울증과 선천적 심장 이상으로 고통을 받고 있는 선우는 다음 주 스위스로 요양을 떠날 예정이었다. 맑고 깨끗한 자연 속에서 그림도 그리고 심신을 회복하면 좋겠다는 새어머니의 제안을 받아들인 것이다.

"너희 스위스 오면 우리 샌드위치 싸서 공원으로 소풍 가자."

"응. 그러자, 형."

진우의 대답이 만족스러운지 선우가 부드럽게 미소를 지었다.

"나 없는 동안…… 진실이 부탁해."

"응."

"잘 지켜."

"그럴게."

진우가 천천히 고개를 끄덕였다.

"피곤하지? 어서 가서 쉬어. 많이 늦었다."

"응. 형도 어서 쉬어."

"아. 진우야, 잠시만. 내가 지난번에 부탁한 거 어떻게 됐어?"

나가려던 진우가 또다시 돌아섰다.

"아…… 그거. 샀어. 지금 가져다줄까?"

"응. 보여주라. 나 내일 진실이 만나거든. 그때 줄 거야."

형의 말에 진우의 얼굴이 조금씩 굳어져 갔다.

"응…….."

"얼른 가져와 봐."

진우는 자신의 방으로 가 책상 서랍 속에 넣어두었던 쇼핑백을 물끄러미 바라보았다. 보통 쇼핑백의 반도 되지 않는 작은 쇼핑백에 선뜻 손이 가지 않는다.

"진우야!"

형의 재촉이 또다시 들려왔다. 할 수 없이 쇼핑백을 들었다. 형의 방으로 향하는 걸음걸음이 무거웠다.

"이거야?"

쇼핑백을 받아 든 선우가 만족스럽게 웃었다.

"형이 원하는 디자인 맞지?"

가느다란 줄에 달린 작은 하트모양이 앙증맞게 반짝이는 발찌……. 선우의 부탁으로 사놓은 발찌를 건네주는 진우의 심장이 먹먹해져 왔다.

"예쁘다. 진실이가 좋아할까?"

기대에 들뜬 형의 목소리에 진우는 힘겹게 고개를 끄덕였다.

"……응. 그럴 거야."

"제발 그랬으면 좋겠다."

긍정적인 대답을 기대하는 형의 시선을 알고 있었지만, 진우는 선뜻 대답할 수가 없었다.

"형…… 나 가서 잘게. 피곤하다."

"아, 그래. 미안하다. 내가 너무 오래 잡고 있었지? 어서 가. 잘 자라."

"응. 형도 잘 자."

눈치 빠른 형이 자신의 감정을 읽은 것은 아닐까, 걱정이 된 진우는 재빨리 형의 창을 벗어났다.

막 내린 커피 향이 지독히 달콤했다. 이렇게 짙은 향기는 심신을 안정시킨다.

"커피 드릴까?"

진실은 머그잔을 들어 올리며 엄마에게 물었다.

"됐어."

"냄새 죽이는데……."

"술 자시고 온 따님이나 많이 드셔."

진실은 코끝을 스치는 향기를 음미하며 TV 드라마에 빠져 있는 엄마를 유심히 관찰했다. 입가를 맴도는 부드러운 미소와 온화한 표정은 여느 때와 변함이 없지만, 눈빛이…… 다르다.

"어머니도 알고 계실 거야. 그러니까 괜히 긁어 부스럼 만들지 말고 가만히 있어."

어쩌면 진우의 말이 맞을지도 몰랐다. 아빠의 재혼을 엄마가 모를 리가 없었다.

"너도 저런 드라마 좀 써봐라. 얼마나 가슴 절절하니."

"시청률 신경 안 쓰고 작품성으로 승부하는 드라마 쓰기는 김수현 선생님 같은 분도 힘든 일이야. 우리나라에서는 거의 불가능하다고 볼 수 있지."

"지랄한다. 그럼 저 드라마 쓰는 작가는 외국 사람이야?"

"저 작간 전작들이 다 히트 쳤잖아. 게다가 외국에서 제작비 줄줄이 따내는 특A급 한류 배우들이 저 작가 작품에 서로 나오려고 목을 맨다고. 그러니 방송국에서는 손해 볼 것 없지 뭐."

"에고. 우리 딸은 언제 저렇게 되냐?"

"엄마 딸은 학교 졸업부터 하고요. 휴우우."

아빠의 재혼 소식을 알고 있으면서도 딸을 생각해 아무렇지도 않은 것처럼 행동하고 있는지도 모른다고 생각하자 저도 모르게 한숨이 터져 나왔다.

"너 학점 빵구 났냐? 졸업도 힘들어? 웬 한숨이야?"

여전히 TV에 시선을 고정시킨 채로 김미숙 여사가 퉁명스럽게 물었다.

"암것도 아냐."

"암것도 아니겠지. 별일이면 이렇게 태평하게 앉아서 커피나 마시고 있겠어?"

"어허. 우리 김 여사, 왜 시비야?"

"시비는 무슨. 그나저나 넌 등산 다녀온다더니 멀쩡하네?"

"등산 안 갔어."

"왜?"

"갑자기 맘이 변했거든."

"그럼 데이트라도 좀 하지. 왜 이렇게 이른 시간에 집에서 죽치고 있어?"

"헐! 열 시가 이른 시간이야?"

"이르지. 산들산들 봄바람도 죽여주구만. 넌 심야영화 보러 가자고 꼬시는 놈들도 없어?"

평소와 같이 농담을 하면서도 엄마의 시선은 여전히 TV에 고정되어 있었다. 그래서 진실의 마음이 아려왔다.

"헐! 야밤에 남자랑 심야영화 보러 가서 무슨 사단이 나라고. 친엄마 맞아?"

진실의 말에 김 여사는 자연스러운 웨이브 펌을 쓸어 넘기며 고개를 끄덕였다.

"그럼 엄마지, 네 눈에는 내가 아빠로 보이냐?"

"속도 허한데 우리 라면이나 끓여 먹을래요?"

"웬 라면? 너 진우랑 밥 먹고 왔다며?"

"먹긴 했는데 그래도 허하네."

"둘이 싸웠냐?'

"싸우긴. 우리가 애야?"

"그럼 애지 어른이야? 둘이 사이좋게들 지내. 왜 싸우고 그래."

"그런 거 아니야."

"참, 선우 출국날짜 얼마 안 남았지? 엄마도 선물 좀 할까?"

"엄만 뭐 하러. 나만 하면 되지. 그렇지 않아도 생각 중이야."

"그래. 좋을 걸로 사줘."

"그럼 용돈을 많이 줘보시던가."

"쯧쯧. 난 네 나이 때 학비도 벌어 썼다."

"그거야 엄만 운동선수였으니까 그렇지."

진실은 엄마가 해주시던 학창시절 이야기를 좋아했다. 국가대표 배구선수 출신인 김미숙 여사의 학창시절은 진실이 경험해 보지 못한 일들로 가득했다. 롤러스케이트장이며 고고장, 음악 카페 등의 이야기를 들으며 엄마의 어린 시절을 그려보았다.

예쁘고 영리하고 잘나가던 엄마는 자신을 쫓아다닌 남학생 중, 가장 똘똘하고 영리한 아빠를 선택했고 결국 그 남편에게 버림을 받았다. 아빠는 여장부 스타일인 엄마를 버리고 가녀리고 어린 여자에게 돌아섰다.

"운동선수라고 다 돈이 나오는 줄 알아? 죽을둥 살둥 열심히 하니까 그런 거야."

"알았어. 어째 그 소리가 안 나오나 했다."

"구진실!"

피식거리며 돌아서는 진실을 김 여사가 불렀다.

"왜?"

"피곤하면 안 되니까 몸에 이상 있으면 바로 말해."

"네!"

전남편이 재혼을 한 와중에도 딸 걱정하는 엄마를 보며 진실의 가슴이 뜨끔거렸다.

"대답만 하지 말고."

"알았어. 알았어. 그니까 엄마도 걱정 그만해. 긍정적인 생각이 행운을 부른다니까."

부러 해맑게 웃으니 그제야 김 여사의 얼굴도 밝아진다.

'그래. 뭐든지 생각하기 나름이야.'

부드럽게 웃는 엄마를 보며 진실은 정말 힘을 내야겠다고 엄마의 힘이 되어야겠다고 다짐했다.

3. 진진커플

드러난 어깨 위로 와 닿는 부드러운 햇살. 상쾌한 바람의 간들거림.

침실 공기를 가득 채우고 있는 달큰한 향기는 카푸치노 거품처럼 감미로웠다.

"으으음!"

잠에서 깨어난 진실은 순도 93% 라텍스 베개에 엎드려 있는 남편을 물끄러미 바라보았다. 지난밤 뜨거웠던 열정을 함께 나눈 사람이 맞나 싶게 천진난만한 개구쟁이 같은 모습. 무방비 상태의 그는 가만히 보고만 있어도 가슴이 아릴 정도로 아름다웠다.

음. 싱그러운 바람 냄새.

향수를 뿌리는 것도 특별한 비누를 쓰는 것도 아니지만 은은하게 풍기는 그만의 향기는 그녀에게 행복한 포만감을 일으켰다.

이 행복이 영원히 계속되었으면…….

꿈이라면 절대 깨지 말기를 소원하던 진실은 저도 모르게 흐트러진 머리카락을 조심스레 쓰다듬었다. 손끝을 타고 흐르는 간지러움에 미소가 절로 나온다.

남편이 잠에서 깨지 않도록 진실은 조심스레 침대를 벗어나 주방으로 향했다.

사랑하는 남편을 위해 뽀글뽀글 된장찌개를 끓이고 느릇노릇 두부도 구웠다. 남편이 좋아하는 시금치 계란말이도 완벽하게 만들어냈다. 물론 여기저기 녹색창자들이 삐져나오긴 했지만 노란 계란말이를 하얀 접시에 가지런히 담자 제법 근사해 보였다. 이제 밥만 푸면 요리의 대가 '빅가마' 님도 울고 갈 완벽한 아침상이 될 것이다. 식탁 세팅을 마친 후 밥통을 열자 불그스레한 콩밥이 맛깔스럽게 모습을 드러냈다.

"이거 이거 때깔 봐라."

만족한 진실은 나무주걱을 밥통 속으로 푹 집어넣으려다 움찔거렸다.

"헉! 얘가 왜 이래?"

콩밥은 힘차게 내리꽂은 주걱이 민망할 정도로 굳어 있었다. 잘하면 벽돌 대용으로 쓸 수도 있을 것 같기도 했다. 진실은 당혹감에 입술을 깨물며 무엇이 잘못되었는지 찾기 위해 밥통의 여기저기를 살펴보았다.

하얀 밥통의 이마빡에 '40'이라는 빨간 숫자가 반짝이고 있었다. 곰곰이 기억을 떠올려 보니 지난 다섯 끼를 밖에서 해결했었다. 그동안 밥알들은 강한 압력으로 뭉쳐 있었고 급기야 벽돌 같은 '떡'으로 탈바꿈을 한 것이다.

'밥을 다시 할까?'

'슈퍼로 뛰어가 햇반을 살까?'

여러 가지 생각들이 머릿속을 스치고 지나가는 차에 남편이 머리를 털며 주방으로 들어섰다.

"몽실, 밥통에 주걱 꽂고 뭐 하나?"

정진우가 해맑게 물었다. 실망할 것이 분명했지만 달리 둘러댈 말이 없었다.

"밥이 이상해. 밥통이 고장인가 봐."

일단 도구 탓으로 돌려보았다.

"괜히 멀쩡한 밥통 탓을 하고 그러냐. 밥통이 그럴 리가 있겠어? 마눌님 솜씨 탓이겠지. 지난번처럼 플러그를 안 꽂은 거 아냐?"

"꽂았어. 야무지게."

"잘했네. 근데 뭐가 문제야."

"……모, 몰라."

"물은? 너 지난달에 물 안 붓고 취사 눌렀었잖아. 서방님 그 밥 먹고 생똥 싸느라 무지 고생하셨다."

"물은 당연히 넣었지. 그것도 몸에 좋은 알칼리수로 넣었어."

"브라보! 장하네! 우리 마누라! 그럼 취사버튼을 안 누른 거 아냐? 집들이 할 때 취사버튼 안 눌러서 죄다 시켜 먹은 건 기억

나지?"

남편이 손가락으로 진실의 볼을 푹 찔렀다.

"무, 물론 기억하지. 취사버튼 눌렀어."

"그럼 됐어. 완벽하네. 우리 마누라. 걍 대충 먹자. 솔직히 마눌님이 요리에 소질이 있는 건 아니잖아? 그냥 우리 몽실이가 한 거니까 내가 먹어주는 거지. 맛나게 먹어줄 테니 걱정하지 마. 너도 알다시피 내가 그런 방면으론 인내심이 좀 있잖아. 자, 이제 장난 그만하고 가져와 보지. 아니다. 너 고생했으니까 앉아 있어. 내가 밥 풀게."

진실은 그릇을 들고 다가오는 남편을 다급히 막아섰다. 사랑하는 남편에게 떡밥을 보여주고 싶지 않았다. 주부의 자존심 문제였다.

"밥을 푸긴. 그럴 필요 없어. 하늘 같은 서방님을 내가 어떻게 부려먹어. 얼른 가서 옷 입고 와. 내가 할 거야."

진실은 필요 이상으로 활짝 웃으며 남편을 안방 쪽으로 밀어붙였다.

"너 오늘 무지 이상하다."

"이상하긴. 하나도 안 이상해. 그냥, 그냥 내가 끝까지 차려주고 싶어서 그래."

"그래? 좋아. 그럼 근사하게 차려입고 올 테니 네가 퍼라."

남편이 드디어 주방을 벗어났다.

'특단의 조치가 필요해.'

그녀는 재빨리 과일칼을 꺼내 작업을 시작했다. 진득거리긴 했지만, 별 어려움 없이 깍두기처럼 잘린 밥을 밥그릇에 소복이 담을 수 있었다.

"다 됐냐?"

때마침 남편이 등장했다. 진실은 밥그릇을 등 뒤로 감췄다.

"응."

"반찬은 심하게 훌륭하다. 고생했어."

잘 차려진 밥상을 보며 남편이 기분 좋게 칭찬을 했다.

"내, 내가 그렇지 뭐."

"근데 밥은 안 주냐?"

"줄 거야."

"얼른 줘!"

더 이상 미룰 순 없었다. 진실은 등 뒤로 숨겼던 그릇을 남편에게 내밀었다.

"이게 뭐야?"

그릇 위로 솟아 있는 각 얼음 크기의 밥덩이를 보며 진우가 물었다.

"보면 몰라? 밥이잖아!"

"이게 밥이야?"

"응. 밥."

"네 눈에는 이게 밥으로 보이니?"

"그럼 밥이지 뭐겠어."

여태 재미있어하던 진우의 표정이 삽시간에 굳어졌다. 마치 떡밥처럼.

"장난하지 말고 밥 줘. 나 배고파."

잘생긴 그의 눈썹이 실룩거리기 시작했다. 한 번을 보고 두 번을 보고 천 번을 봐도 질리지 않는 남편 정진우는 불행히도 배고픔을 참지 못했다.

"이게 밥이야."

"이게…… 밥이냐?"

그는 정말 화가 난 사람처럼 딱딱거렸다.

"구진실 또 정신 못 차리지? 똑바로 안 할 거야? 제발 정신 좀 차리고 살아라."

"야! 너 밥 안 먹고 어디 가?"

식탁을 벗어나 여행용 가방을 챙겨 드는 진우를 보며 진실은 경악했다.

"너랑 도저히 못살겠어. 나 떠나기로 결심했다."

"어, 어딜?"

"스위스! 형이랑 스위스 갈 거야."

"헉! 그게 말이 돼? 넌 내 남편이잖아. 날 두고 어딜 간다고?"

"그러니까 내가 정신 차리고 살라 그랬지?"

"미안해! 미안해! 제발 날 떠나지 마."

"구진실! 몽실아! 정신 차려!"

끊임없는 비난이 쏟아졌고 진실은 암울함에 눈을 감았다 떴다.

.

.

.

"야! 너 정신 안 차려?"

"알았어. 알았어. 이제부터 똑바로 할게. 그러니까 떠……."

제발 떠나지 말라고 말하고 싶었다. 하지만 그전에 차가운 생수병이 볼에 와 닿았다. 열이 올라 있던 차에 찬 기운이 닿자 화들짝 정신이 들었다.

"얼른 안 일어나?"

"으. 차가워!"

"쯧쯧. 내가 술 마시지 말라 그랬지?"

진우의 잔소리를 들으며 진실은 점점 현실로 돌아오기 시작했다.

꿈이었다. 영화처럼 로맨틱한 꿈. 깨기 싫을 만큼 아름다웠던 꿈.

깨어난 것이 그나마 다행이라 생각되었던 것은 스위스로 떠나겠다는 그의 엄포가 현실이 아니었다는 것이다.

다행이야.

안도하던 진실은 곧 허탈감에 빠져 버렸다. 오직 그녀만을 바라보던 잘생긴 남편도, 드라마에나 나올 법한 근사한 주방도, 뜨거운 열기도 거품처럼 사라지고 없어져 버렸기 때문이다.

"왜 이렇게 조용해? 너 괜찮냐?"

진우는…… 꿈속에서 그녀의 남편이었던 정진우는 무심하기 짝이 없는 얼굴로 진실을 바라보고 있었다. 멀건 얼굴에 유독 도드라진 입술, 저 입술로 열정적인 키스를 했단 말이지? 생각만으로 얼굴이 달아올랐다. 어쩌면 그런 낯 뜨거운 꿈을 꿀 수 있을까?

　스위스로 가겠다는 진우의 말에 충격을 받은 무의식이 그와 부부의 연을 만들어놓은 건지도 몰랐다. 어쨌거나…… 꽤나 충격적인 꿈이었다.

　"머리가 뽀개질 것 같아. 젠장할!"

　"쯧쯧. 다 큰 처자 말하는 본새하고는."

　진우가 혀를 차며 중얼거린다.

　"내, 내 말투가 뭐?"

　"우리 진실이 말투는 아주…… 아주 스페셜하시지. 잠버릇만큼이나 스페셜해."

　"안 잤어. 머리가 아파서 눈을 감고 있었을 뿐이라고."

　풋! 진우가 웃음을 터트렸다.

　"그러셔?"

　말이 되지 않는 것을 알지만, 끝까지 고집을 피웠다. 까울 때까지 잠이 든 자신이 둔해 보일까 봐 신경 쓰였고 마치 '내가 봐준다'는 듯 너그럽게 구는 진우의 웃음도 기분이 나빴다.

　"진실!"

　"아, 왜!"

　"침이나 좀 닦지."

　"치, 침? 무, 무슨 침을 흘렸다고."

　진실의 오른쪽 소맷부리가 본능적으로 입가로 향하는 것을 본 진우가 짓궂게 웃었다.

　"원동IC 지나면서부터 들리던 코 고는 소린 내가 낸 거냐?"

"그렇겠지. 난 코 안 골거든."

"맞다. 우리 몽실이가 갑이지!"

진우가 어깨를 들썩이며 웃는 바람에 숱 많은 그의 머리가 흔들렸다. 평소 기가 막힐 때마다 하는 그의 버릇에 진실은 꿈속에서 맡았던 상쾌한 바람 냄새를 또다시 맡아야 했다.

"너희 할머니 말이야, 작명센스도 참 탁월하셔."

"뭔 소리야?"

"구진실. 얼마나 잘 지으셨어. 진실! 남들이 들으면 너 진짜 진실한 줄 알 거잖아. 이름으로 한 점 먹고 들어간다야."

운전대를 툭툭 치며 장난스럽게 내뱉는 진우의 말은 진실에게 생채기가 되었다. 먹먹한 어둠 속 한줄기 빛처럼 환해지던 미소와 뜨겁고 열정적이던 그의 입술이 지금은 한심스러운 눈빛과 장난스러운 이죽거림으로 바뀐 것이 얼마나 허무하고 허전한 일인지 그는 꿈에도 모를 것이다. 명확히 정의할 수 없는 감정이 가슴속 깊은 곳에서 치밀어 올랐다.

"그…… 손가락."

진실은 나지막이 중얼거렸다.

"손가락이 왜?"

"그걸로 운전대 치지 마."

"괜히 시비지?"

"신경 거슬린단 말이야. 그니까 그만 쳐. 너 자꾸 그럼 댕강 분질러 버린다."

헉! 진우가 숨을 들이켜는 소리가 들렸다.

"너…… 말투가 왜 그러냐? 섬뜩하다."

"섬뜩해?"

진실이 조심스럽게 물었다.

"응."

"진짜?"

"응."

"휴우우우."

1초의 망설임도 없는 대답에 진실이 길게 한숨을 내쉬었다.

"웬 한숨?"

"경서랑 크리미널 마인드 전편을 섭렵했거든. 손가락, 발가락 자르는 게 무 자르는 것보다 더 쉬워 보여. 잘린 머리통들이 막 날아다니는 것 같애. 나 미쳐 가나 봐."

"헐! 미드가 사람 다 버려놔."

"글치? 그래서 나도 고민이야."

"후후. 스스로 고민도 하고 한심해하고 그러면서 크는 거야. 그나저나 차는 왜 이렇게 막히는 거냐."

진우가 피곤한 듯 이리저리 얼굴을 돌리며 목운동을 했다. 남자답지 않게 깨끗한 목 피부가 고무처럼 늘어났다 당겨지는 모습이 신기하다. 진실은 진우의 얼굴을 멍하니 바라보았다.

"그래 갖고 어디 뚫어지겠냐?"

진우가 장난스럽게 말했다. 얼굴이 또 화끈거렸다.

"웃겨. 네 얼굴에 볼 게 뭐가 있다고."

"딴 여자들은 좋아하던데."

"그건 네 더러운 승질을 몰라서들 하는 얘기고."

"까칠한 게 더 매력적이라고 그러더라고."

그가 무심하게 말했다.

얄밉게시리. 인정하긴 싫지만 사실이었다. 요즈음의 진우는 가만히 있어도 후광이 비칠 정도로 미모의 경지에 이른 상태였다.

"젠장. 다들 어디서 기어나온 거야. 근데 선우 오빤 무슨 일인데 해운대까지 오라 그래?"

답답한 마음에 괜히 선우에게 화살을 돌렸다.

"스위스 가기 전에 너랑 맛있는 밥 한 끼 하고 싶단다."

"밥?"

"응."

"우와! 황송! 그런데 이렇게 늦어져서 밥이나 얻어먹겠어?"

진실이 차 문의 버튼을 누르자 메르세데스 New S Class의 창문이 부드럽게 내려갔다. 어둠에 잠긴 눅눅하고 불쾌한 냄새가 차 안으로 흘러들자 콜록 기침이 터져 나왔다.

진우가 얼굴을 찌푸리며 창문을 올렸다.

"왜 닫어? 답답하구만."

"나쁜 공기 안 좋아, 인마."

"흥. 생각하는 척은."

"챙겨줄 때 고마운 줄 알아라. 나 없으면 밥도 제대로 못 챙겨 먹을 녀석이."

그렇게 생각하는 놈이 형 따라 스위스로 가냐? 직접적으로 따져 묻고 싶었지만 조심스레 돌려 물었다.

"근데 정진우, 넌 어떻게 하기로 했어?"

"뭘?"

"……스위스 가는 거."

차가 조금씩 움직이기 시작했다. 고작 시속 10㎞로 달리던 차는 몇 미터도 가지 못해 다시 멈춰 섰고 그의 대답을 기다리던 진실은 동안 불과 몇 킬로에 불과했지만 몇천 킬로미터를 달린 것 같은 느낌에 사로잡혀 있었다.

"가지 말라며."

고민했던 것이 무색할 정도로 간결한 그의 대답이 들려왔다.

"정…… 말?"

"뭐야? 가는 거 싫다고 징징거려서 남기로 했구만. 다시 가?"

"아니, 가지 마."

"자식이. 너 은근 쫄았었구나?"

"웃기셔. 내가 뭘 쫄았다고."

"이미 들켰으니까 고만 떠들고 조용히 가자!"

눅눅하고 매캐하던 공기가 달라져 버렸다. 라디오에서 흘러나오던 어둡고 답답한 노래가 끝이 나고 이제 막 선곡된 곡은 진실이 무척이나 좋아하는 곡이었다. 그래서인지 의식하지 못한 경쾌한 목소리가 흘러나왔다.

"내가 뭘 떠들었다고. 이상한 놈이야."

"이상해도 내가 밥은 잘 사잖냐."

"니가 밥이라도 안 샀으면 내가 친구 먹어줬을 줄 알아?"

"와! 구진실. 친구 먹어줘서 눈물 나게 고맙다."

"알면 잘해라잉."

진실의 대답에 진우가 작게 웃음을 터트렸다.

어린 시절부터 그랬다. 진실은 겉으로 다정하고 부드럽지만 속은 미운 사람들보다 겉과 속이 한결같은 사람이 훨씬 더 낫다는 생각을 했었다. 무뚝뚝하고 현실적인 진우의 눈 속에서 따뜻한 배려를 발견하면 그렇게 기분이 좋을 수가 없었다.

다른 사람은 잘 모르는 진우의 여린 속마음. 사실은 다정하고 배려 깊은 그의 진심을 볼 수 있다는 것이 남들이 모르는 진우의 비밀을 알아가는 것이 정말 좋았다.

진실은 창가에 비친 진우의 얼굴을 훔쳐보며 작은 한숨을 내쉬었다. 얘는 어쩌면 이렇게 생겼을까? 깊은 눈 사이로 보이는 짙고 풍성한 속눈썹, 쭉 뻗은 콧대와 부드러운 입술. 석고상처럼 매끈한 피부. 진실은 조심스레 손을 뻗어 진우의 얼굴을 만져 보았다. 유리창의 차가운 촉감이 손끝에 와 닿았다.

—……순도 90% 카카오를 자는 아빠의 입에 물려 드렸더니 아침에 일어나신 아빠가…… 술 끊으시겠다고 선포하셨어요. 입에서 쓸개액 냄새가 난다고 하시네요.

우스운 사연을 읽으며 깔깔거리는 DJ의 목소리에 놀란 진실이 화들짝 손을 떼어냈다. 다행히 진우는 눈치채지 못한 것 같았다.

"앞쪽에 사고가 났나? 벌써 일곱 시 사십 분인데. 오빠랑 여덟 시에 만나기로 한 거 아냐?"

"맞아."

"안 되겠다. 전화하고 나중에 만나자 그래."

"전활 안 받아."

"여길 이십 분 만에 뚫고 나가는 건 도무지 불가능할 것 같은데."

지하철 공사로 인해 좁아진 도로는 마치 주차장 같았다. 차에서 내려 어디론가 전화를 거는 사람들, 버스에서 내려 뛰어가는 아줌마와 젊은 군인들, 차 옆에서 담배를 피우며 이야기를 나누는 사람들로 도로가 온통 소란스러웠다.

"오빠가 기다리다 지치면 전화할 거야. 그때 말하면 안 될까?"

"안 돼. 계속…… 가야 해."

"그래? 그럼 어쩔 수 없지 뭐. 근데 너 무지 피곤해 보인다."

"아닌 게 아니라 좀 피곤하다."

진우가 목을 돌리며 말했다. 충혈된 눈에 피곤이 가득하다.

"어쩌냐? 눈이 빨개."

"2시간 자고 타로 학교 나갔었어. 정윤 선배 리포트 도와주느라."

"헉! 그 선밴 무슨 새벽부터 사람을 불러내고 야단이야."

"너나 잘하셔. 지난밤에는 너 때문에 못 잤거든."

"미안해! 반성하고 있어."

"그렇게 미안하면 노래나 한 곡 뽑아보던가."

"그러지 말고 잠시 눈 좀 감고 있어. 차 움직이면 내가 깨워줄게."

"위험해서 안 돼."

"눈만 감고 있는데 뭐 어때? 20분째 꼼짝도 하지 않잖아. 차 움직이면 내가 깨워줄 테니까 좀 자. 네 눈 빨갛게 충혈됐어. 다크도 장난 아니게 내려왔고. 바보야. 나 같으면 이럴 시간에 눈 좀 붙이고 있겠다."

진우의 얼굴 위로 갈등의 흔적이 보이기 시작했다.

"쉽게 풀릴 정체 아니니까 걱정하지 말고 자."

"차 움직이기 시작하면 꼭 깨워."

"알았다니까. 걱정 마."

진실의 장담에 진우는 머리를 뒤로 붙이고 눈을 감았다. 만져보고 싶을 만큼 긴 속눈썹이 깊은 그늘을 만들어냈다.

몇 센티쯤 될까?

속눈썹의 길이를 가늠해 보는 짧은 순간 동안 진우의 숨소리가 규칙적으로 바뀌었다.

"……바로 잘 거면서."

진실은 혼잣말을 중얼거리며 라디오 볼륨을 줄였다.

라디오에서는 발라드에 이은 댄스 음악이 흘러나오고 있었다. 멜로디가 반복되는 빠른 댄스 음악이 조용한 곡보다 더 졸리게 만든다는 연구결과를 들은 적이 있다. 그럴 수도 있겠다 싶었는데 막상 닥치니 정말 처절하게 잠이 쏟아지기 시작했다. 진우의 얼굴을 바라보며 잠을 깨려 했지만, 의지와 상관없이 졸음이 몰려왔다. 진실은 감기는 눈꺼풀에 맞추어 리드미컬하게 고갯짓을 시작하고 있었다. 졸지 않기 위해 물도 마셔보고 목 운동도 해봤지만,

무거운 눈꺼풀을 더 이상 막을 수가 없었다. 노래가 끝나갈 무렵 진실의 의식은 가물가물 흐려지기 시작했다.

빵빵빵빵빵!

탕탕. 탕탕 탕. 탕탕 탕 탕.

전쟁이라도 일어난 것 같았다.

잠에서 깨어난 진우는 소란의 근원을 찾아 주위를 두리번거렸다. 순간 차를 둘러싼 분기탱천한 사람들의 시선이 진우의 시야에 들어왔다. 집요하게 따라붙던 졸음이 순식간에 달아나 버렸다.

"젠장."

진우는 재빨리 옆자리를 살폈다. 깨워줄 테니 걱정 말라며 큰소리치던 진실은 이 난리 중에도 세상모르고 잠이 들어 있다.

뻥 뚫려 있는 앞 도로와 늘어서 있는 뒤차들의 행렬. 잠에서 깨어나 사고가 둔해지긴 했지만 대충 사태 파악이 됐다.

"이봐요. 얼른 차 빼요."

"사람들이 말이야. 정신이 있는 거야, 없는 거야?"

차를 둘러싼 항의 소리가 점점 높아지고 있었다. 진우는 차에서 내려섰다.

"죄송합니다만, 조금만 조용해 주십시오. 자다 깨면 성질이 포악해지는 여잡니다. 뒤로 물러나 주시면 곧바로 출발하겠습니다."

미안하다고 하면서도 당당한 진우의 태도에 사람들은 더 화가 난 모양이었다.

"뭐야? 적반하장도 유분수라고. 어린놈의 새끼가. 어디서 눈을 치켜뜨고 난리야."

"거듭 죄송합니다. 그런데 이렇게 계속 서 계시면 더 위험합니다. 바로 출발시킬 테니 비켜주십시오."

진우는 항의하는 사람들에게 꾸벅 고개를 숙인 후 차를 출발시켰다.

백미러를 통해 사람들이 열심히 삿대질을 하고 있는 모습이 보였다.

진우는 낮은 한숨을 내쉬며 옆에서 잠이 든 진실을 바라보았다.

잠을 이기지 못하는 진실은 피곤이 몰려오면 아주 깊은 잠을 자야 한다. 그래서 진우는 진실의 잠을 방해하는 것을 차단해 왔다. 이것 또한 그가 할 수 있는…… 최대한의 배려라고 진우는 생각했다.

가끔 아주 깊은 산속을 헤매는 꿈을 꿀 때가 있다. 엉클어진 나뭇가지가 여기저기 뻗어 있는 거친 숲을 헤매다 보면 가도 가도 끝이 보이지 않는 막막함과 두려움으로 울고 싶어진다. 바로 지금처럼.

진실은 갈증을 해소하기 위해 컵 안의 물을 모두 마셔 버렸지만 그래도 답답함은 가시지 않았다.

"갑자기 보자 그래서 놀랐지?"

수줍게 웃는 선우를 보며 진실은 불편함을 감춘 채 미소를 지었다.

"그렇긴 한데, 그래도 맛있는 밥 사준다는데 나와야지."

"우리 오늘 맛있는 밥도 먹고 차도 마시고 드라이브도 하자."

"9시가 다 돼가는데 오늘 안에 그 많은 일이 다 가능할까?"

"그럼."

선선히 고개를 끄덕이는 선우를 보며 진실은 난감해졌다. 언제부터인지 모르지만 선우는 외부와 단절된 삶을 살기 시작했고 상대방과의 공감 대신 일방적인 의사전달로 소통을 하기 시작했다.

"아! 그리고 우리 심야영화도 보러 가자. 재밌겠지?"

"오빠! 그런 계획이 있으면 미리 말을 해줘야지. 갑자기 이러면 어떻게 해? 나 해야 할 과제도 있고 좀 바쁘단 말이야. 에이……. 나도 보고 싶은 영화 겁나 많은데. 무지 아쉽다."

조금 뜬 목소리가 흘러나왔다. 보고 싶은 영화가 있긴 했지만 선우와 단둘이 영화를 본다는 것이 내키지 않았다. 언제부터인가 선우의 눈빛이 부담스러워지기 시작했다. 거기다 도착하자마자 저녁도 먹지 못하고 심부름을 간 진우도 마음에 걸렸다.

"난…… 난, 너 깜짝 놀래켜 주고 싶어서."

"응. 오빠. 깜짝 놀라긴 했는데 오늘은 밥만 먹고 가봐야 할 것 같아. 우리 영화는 다음에 보자."

조심스럽게 말했지만, 꾸중 듣는 아이처럼 금세 기가 죽어버리는 선우를 보니 마음이 편치 않았다.

"엄청 무서운 선생님이 내주신 과제라 안 할 수가 없어."

굳이 선우의 기분을 풀어주기 위해서라기보다는 스스로의 마음
이 편해지기 위해 변명을 했다.

선우가 고개를 들어 그녀를 바라보았다. 훨씬 나아진 표정이었
다.

다행이야.

진실은 안도의 한숨을 내쉬었다.

서양화를 전공하는 선우는 동생인 진우와 하나부터 열까지 판
이하였다. 선이 굵고 차가운 이미지의 진우에 비해 가늘고 부드
러웠으며, 건강한 진우와 달리 병원 신세를 자주 지는 약골이었
다. 진우는 아빠를 닮아 속쌍꺼풀에 눈매가 깊었고 선우는 엄마
를 닮아 큰 눈에 짙은 쌍꺼풀을 가지고 있었다. 과묵하고 남성적
인 진우에 비해 차분하고 여성적인 성격까지도 선명하게 차이가
났다.

"진실아!"

"응?"

데이트 제의보다 더 무거운 침묵이 흐른 뒤 선우가 옅은 미소를
지었다.

"나 스위스 가면 놀러 올 거지?"

"그럼. 진우랑 같이 갈게."

"너희 둘은…… 항상 함께구나."

"그렇지 뭐."

순순히 시인하는 진실을 물끄러미 바라보던 선우의 입가가 묘
하게 일그러졌다. 사랑하는 동생이지만 진실과 항상 함께인 진우

에게 질투가 났다. 어릴 때부터 항상 함께하는 두 사람이 몹시도 부러웠다.

"너희는 서로 비밀도 없지?"

"음. 글쎄……."

진실이 배시시 미소를 지었다. 해맑은 눈빛을 보고 있으면 팍팍했던 가슴이 뭉클해지곤 했다.

"진실아!"

"응?"

물끄러미 진실을 바라보던 선우가 천천히 입을 열었다.

"조금 전에 진우에게 시킨 심부름 뭔지 알아?"

"아는 후배 작업실에 가서 그림 받아 오라고 한 거 아녔어?"

"그랬지. 그런데 그것만이 다가 아니야."

커피 잔만 만지작거리던 진실이 고개를 들어 선우를 바라봤다.

"무슨 말이야?"

"우리 과후배 중에 아인이란 애가 있는데 걔가 진우에게 갚아야 할 빚이 있대."

"아인이?"

설마…….

김태희 닮은 ㅁ대 퀸카 송아인은 아니겠지? SUM의 고 회장이 스카우트해 가려고 직접 부산을 방문했다가 거절당했다는 그 전설의 송아인?

"너도 알지? 송아인."

"그 예쁜 송아인?"

"응. 송아인."

"아하. 그렇구나."

진실은 점점 더 초조해졌다. 머리가 아파오기 시작했다.

하필이면 송아인이라니.

우리나라에서 제일 큰 연예기획사 대표가 부산까지 찾아와 설득을 해도 눈썹 하나 까딱하지 않은 송아인과 정진우가 단둘이 만난다니 왠지 불길한 기분이 들었다.

'오빠는 왜 이런 자리를 만들어서.'

선우에 대한 원망이 점점 더 커졌다.

"어디 아파?"

걱정으로 안색이 어두워지는 선우를 보니 미안한 마음이 들었지만, 지금은 그의 기분까지 신경 쓸 겨를이 없었다.

"응. 미안하지만, 컨디션이 안 좋아. 집에 가서 쉬고 싶어."

선우가 아쉬운 표정으로 고개를 끄덕이더니 가방에서 작은 쇼핑백을 꺼내 진실의 앞으로 내밀었다.

"이게 뭐야?"

"열어봐."

초조하게 미소 짓는 선우의 얼굴을 빤히 바라보던 진실이 난처한 표정을 지었다. 작은 쇼핑백 안에 의미 있는 선물이 들어 있을 것 같아서 마음이 편치 않았다. 부담스러운 눈으로 자신을 바라보는 선우에게서 무엇인가를 받는다는 것이 마음에 걸렸다.

"오빠…… 저기, 이거 부담스러운데. 이런 거 비싼 거 아냐?"

선뜻 융단 케이스를 열지 못하고 망설이는 진실을 바라보던 선우의 얼굴이 점점 어두워졌다.

"비싼 거 아니야. 그냥 부담 갖지 말고 받아."

"아니. 안 받을래. 이런 거 받기 좀 그렇다."

난처한 듯 선물을 돌려주는 진실을 선우는 물끄러미 바라보았다. 흔들리는 눈빛이 무척이나 실망하는 기색이었지만, 그렇다고 이런 선물을 함부로 받을 수는 없었다.

"받아도 돼. 받아. 그거 나 혼자 산 거 아니야. 진우랑 같이 샀어. 그러니까 받아도 돼."

"정말?"

"응. 진우가 고른 거야. 그러니까 우리 형제가 너에게 주는 어린이날 선물 같은 거지."

선우의 말에 진실의 얼굴이 조금씩 밝아지기 시작했다.

"내가 어린이야? 어린이날 선물을 받게."

"진실이 네가 정신연령이 한참 낮잖아."

푸하하하. 진실이 소리 내어 웃었다.

선우는 상자를 열어 조심스레 발찌를 꺼내 들었다.

"예쁘지? 진우가 너랑 어울리는 걸로 잘 골랐어."

"응. 완전 예쁘다."

진실은 선우가 꺼내 드는 발찌를 유심히 살펴보다 경서의 말을 떠올렸다.

진우가 산 발찌…….

'맞아. 이거구나.'

프러포즈용이 아니라 어린이날 선물이라니 조금 실망스럽긴 했

지만, 그래도 자신을 생각하며 골랐을 진우를 생각하니 기분이 좋
아졌다.

"내가 끼워줘도 돼?"

선우의 말에 진실이 고개를 저었다.

"아니. 나중에 내가 낄게."

선우의 얼굴 위로 실망한 기색이 스쳐 갔지만 선우에게 발목을
맡기고 싶지는 않았다.

"그래. 그러자 그럼. 어때? 마음에는 들어?"

"응. 고마워."

진실은 상자 안의 발찌를 보며 미소를 지어 보였다.

4. 그녀의 일기

잔잔한 음악이 울려 퍼지는 아인의 작업실 속으로 정진우가 들
어섰다.

"어서 오세요."

걷잡을 수 없이 두근거리는 마음을 감춘 채, 아인은 거울을 보
고 수도 없이 연습한 예쁜 미소를 지어 보였다.

"선우 형 심부름 왔습니다."

외모만큼이나 근사한 목소리를 가진 정진우가 건성으로 대답했
다. 무덤덤한 시선은 아인 대신 손목시계와 작업실 입구를 번갈아
살피고 있는 중이었다.

'이 남자, 날 기억하지 못하고 있어.'

아인은 당황했다.

보통 밤부터 시작된 작업은 다음날 새벽까지 이어진다.

그날도 마찬가지였다. 다급히 울리는 문자메시지 음만 아니었다면 날이 새는지도 모르고 계속 작업을 했을지도 몰랐다.

#송아인!

아빠 공항이시래. 늦어도 7시쯤이면 도착하실 거야. 너 빨리 안 오면 무슨 일이 일어날지 난 모른다. 아빠 너 엄청 보고 싶어하시는 거 알지?

"헉!"

아인은 무시무시한 엄마의 문자를 확인하며 가방을 챙겨 들었다.

벌써 6시, 집까지는 40분이 걸리니 아빠보다 조금 일찍 도착할 수 있을 것이다. 딸의 독립을 마음에 들어하지 않는 아빠를 안심시켜 드리기 위해서라도 주말은 집에서 보내는 성의를 보여야 했다. 거기다 오늘같이 장거리 출장에서 돌아오시는 날은 더더욱 그랬다.

주로 예술대 학생들이 많이 사는 탓에 새벽이면 쥐 죽은 듯 조용해지는 복도를 지나 엘리베이터를 탔다. 지하주차장의 버튼을 누르고 습관처럼 거울을 확인했다. 밤을 샌 탓에 까칠하긴 했지만 보기 싫을 정도는 아니다.

아인이 생활하는 오피스텔은 학교와도 가깝고 시설도 좋은 편이다. 월세가 조금 비싸고 지하주차장이 좁은 것이 흠이긴 했지만, 실내 시설 하나만은 이 근방에서는 가장 좋은 곳에 속했다.

아인이라면 끔찍하게 생각하는 아버지는 다 큰 딸을 혼자 보내는 것이 마음에 들지 않는다며 극구 반대를 하셨지만 늦은 시간까지 작업을 하다 지친 모습으로 광안리까지 오는 딸을 안쓰러워한 엄마의 고집으로 이곳에서의 독립생활을 할 수가 있었다.

땡! 소리와 함께 엘리베이터의 문이 열리며 어둠침침한 지하주차장이 눈앞에 펼쳐졌다.

"고급 오피스텔 주차장이 왜 이 모양이니? 넌 지상주차장만 사용해. 알았지?"

처음 집을 보러 왔던 엄마의 투덜거림처럼 이곳의 주차장은 좁고 침침했다. 평소에는 지상주차장을 애용하던 터라 별다른 어려움이 없었는데 어제는 주말 저녁이라 그런지 지하 4층에 겨우 주차를 할 수가 있었다.

새벽이라 그런지 어둑한 지하가 더 음침하게 느껴진다. 서둘러 발걸음을 옮기던 아인은 코너 기둥 뒤에서 느껴지는 사람의 기척에 재빨리 숨을 삼켰다.

누군가 뒷머리를 잡아당길 것만 같은 불길한 기분이 들었다. 발소리를 죽이고 걸음을 빨리했다. 다행히 코너 뒤에 있는 노란색 뉴비틀이 보인다. 익숙한 차가 나타나자 다소 안심이 되었다. 아인은 안도의 한숨을 내쉬며 키를 찾아 가방 안을 더듬었다.

그때였다, 무엇인가 차가운 것이 목덜미 뒤로 닿는 것이 느껴진 것은.

"쉿! 소리 지르면 죽는다."

순식간의 일이었다. 비명을 지를 틈도 도망칠 여유도 없었다.

숨이 막힐 만큼 공포스럽고 두려웠다.

"왜, 왜 이래요?"

뉴비틀의 창문을 통해 남자가 두 명이라는 것을 알 수 있었다. 온몸에 소름이 끼치는 것이 차라리 기절이라도 하고 싶었다. 한 남자의 손에 들린 날카로운 흉기가 반짝, 어둠 속에서 빛을 발하며 아인을 위협했다.

"말만 잘 들으면 별일 없을 거야."

"가, 가방 안에 지갑 있어요."

"풋. 얘가 끝까지 우릴 무시하네. 너 내가 쉽게 보지 말라 그랬지? 그러게, 왜 그랬어. 나 무시하지 말라 그랬잖아?"

남자들의 비웃음에 아인의 가슴은 덜컥 내려앉았다.

지나치게 치근덕거려 조금 심하게 퇴짜를 놓았던 편의점 아르바이트생이 생각났다.

죽었구나. 눈앞이 까마득한 것이 정신이 멍해지려던 차에 어디선가 구세주 같은 목소리가 들려왔다.

"거기 경찰서죠. 여기 불량배들이 여자를 끌고 가려고 하는데요. 여기가 어딘가 하면 대성빌딩 아시죠? 거기 지하 4층인데……."

"뭐, 뭐야? 넌 뭐야?"

놀란 불량배들이 정신을 차릴 새도 없이 갑자기 나타난 등산복 차림의 남자가 통화를 끝내고 휴대폰을 주머니에 넣었다.

"순찰 중인 경찰들이 2분 뒤면 도착한다는데."

남자를 공격해야 하는지, 이대로 도망을 쳐야 하는지, 불량배들은 갈등을 겪는 것 같았다. 그사이 남자가 다시 시계를 들여다보았다.

"음. 시간이 빨리 지나네. 1분 남았어."

계산된 비웃음에 불량배들은 아인을 밀친 채 어둠 속으로 사라져 버렸다. 멀리서 과장된 위협과 욕지거리들이 들려왔다.

그들이 사라지고 다리에 힘이 풀린 아인이 털썩, 바닥에 주저앉았다.

"괜찮아요?"

남자가 다가와 물었다.

"아니, 아니에요. 그냥 다리…… 다리에 힘이 풀려서……."

얼굴이 하얗게 질린 아인이 일어나려 애를 쓰며 버둥거렸다.

"어서 일어나요. 녀석들이 다시 돌아올지 모르니까. 걸을 수 있겠어요?"

얼굴을 찌푸린 남자가 아인을 부축하며 말했다.

"겨, 경찰은……?"

"그냥 혼자 떠들었어요. 핸드폰 배터리가 진작에 나갔거든요."

천연덕스러운 말에 아인은 다시 두려워졌다. 그녀는 후들거리는 다리를 질질 끌며 걸음을 옮기기 시작했다.

"운전하지 말고 택시 타고 가요."

남자의 말에 아인이 고개를 끄덕였다.

비 맞은 강아지처럼 온몸을 떨며 걷고 있는 아인을 부축한 남자가 잡고 있던 그녀의 손을 놓은 것은 도로 위로 나온 뒤였다.

"조심해서 가요. 택시 타고 바로 경찰서 가서 신고하시고 앞으로 이런 일이 없도록 대책도 잘 세우시고요."

이제 막 떠오르기 시작한 해를 등지고 선 남자가 택시를 가리키며 말했다.

"저, 저 혼자 가는 거예요?"

아인이 놀란 눈으로 남자를 쳐다봤다.

"그럼?"

"집까지 바래다주시면 안 돼요?"

"약속 있어요. 지금도 많이 늦었고. 집에 전화해서 부모님 나오시라고 그래요. 제일 뒤쪽 택시 타요. 번호 기억했으니까. 걱정하지 말고 가요."

"그럼 성함이랑 전화번호라도 가르쳐 주세요."

소맷부리를 잡으며 아인이 다시 물었다.

"모르는 사람 전화 잘 안 받아요. 그냥 가요."

"그래도……."

"그럼."

아인에게 인사를 건네고 돌아선 남자는 뒤도 돌아보지 않고 걸어가 버렸다.

길 가다 지갑을 주워 준 것도 아니고 무려 생명을 구해준 은인이 자신을 몰라보고 있는 것이다. 흔히 생각하는 정상적인 흐름이라면 서로 다시 만난 우연을 신기해하며 인사를 나누어야 했다. 다음 순서로 아인이 밥을 사거나 차를 사면서 자연스러운 만남을 이어가야 했다. 그런데 그는 정말 아인을 모르는 사람처럼 굴고 있었다.

아인을 만난 남자들의 반응은 비슷비슷했다. 보통은, 보통 남자들의 반응은 그녀를 보며 숨을 삼키거나 눈을 마주치지 못하거나 정반대로 남자다움을 과시하기 위해 허세를 부리는 경우가 대부분이었다.

그런데…… 이 남자는 아인에 대해 아예 관심이 없어 보였다.

"커피 드시겠어요?"

"괜찮습니다. 그보다 형이 받아오라고 한 그림은?"

처음 만난 곳이 워낙 어두웠고 경황이 없었던 터라 기억을 하지 못할 수도 있을 것이다. 그래, 그럴 수도 있다. 그런데 이렇게 환한 불빛 아래, 이렇게 매력적인 자신을 앞에 두고서도 전혀 반응이 없는 진우의 행동이 아인을 당황스럽게 만들었다.

어릴 때부터 남자들의 관심을 한몸에 받아오던 아인으로서는 신선한 경험이기도 했지만, 그보다 당황스러움이 더 크게 느껴졌다.

정진우. 송아인에게 잊지 못할 기억을 만들어준 사람. 한 달도 아니고 고작 이 주 전인데 그는 아인을 완전히 잊어버린 것이다.

아인이 진우를 다시 만난 것은 학교 식당이었다.

그는 '지금까지 왜 못 봤을까?' 란 생각이 들 정도로 눈에 띄는 존재였고 앞자리의 여학생과 이야기를 나누며 반찬을 건네주는 모습은 멀쩡하던 속이 쓰릴 정도로 신경이 쓰이기도 했다.

평소 남자에게 관심이 없던 아인이 '저 남자가 누구냐?'고 묻자, 친절한 동기는 그의 이름이 정진우이며 의대 교수인 강현경 교수가 그의 어머니이고, 과 선배인 정선우가 그의 형이라는 것을 알려주었다.

같은 학교에다, 선우 선배의 동생이라니.

정진우와 자신은 인연이라고 생각했다.

아인은 선우 선배를 찾아갔다. 친하게 지내지는 않았지만 데면데면한 관계도 아니었기에 비교적 사심 없이 진우에 대해 이야기를 할 수가 있었다.

"정진우 씨. 저 좀 소개시켜 주세요."

담담하게 말했다. 얼굴이 달아올랐지만, 이상하게도 창피하거나 부끄럽지 않았다. 오히려 들뜬 기분이 들었다. 마치 초등학교 1학년 시절 봄소풍 하루 전날처럼.

"형이 받아오라고 한 그림은 어디에 있습니까?"

진우가 다시 물었다.

"잠시만 기다려 주세요. 지금 포장 중이었거든요."

"아 네. 저 신경 쓰지 마시고 편히 일 보십시오."

'신경 쓰지 마시고 편히 일 보십시오.'

귀찮으니까 더 이상 알짱대지 말고 저리 가라는 말을 예의 바르게 둘러친 표현이다.

재밌는 사람이네.

그는 아인의 존재 자체를 자각하지 못한 사람처럼 등을 돌려 작업실 벽면 책장에 꽂힌 책들을 훑어보고 있었다. 혹시라도 그가 그녀의 관심을 끌기 위해 일부러 무시하거나 수를 쓰는 것이라면 완벽한 작전이었다. 하지만 아인은 본능적으로 알 수 있었다. 그의 행동은 계산된 것이 아니라는 것을.

그래서 더 호기심이 생겼다. 이 특이한 남자에 대해 더 알고 싶어졌다.

신경 쓰지 말라는 그의 말을 무시하고 메밀차를 타서 그에게 가져갔다.

"커피 별로이신 것 같아서 메밀차를 가져왔어요."

구수한 향기와 함께 예쁜 미소를 그에게 건넸다.

"고맙습니다."

그가 예의 바르게 잔을 받아 든다. 그리고 다시 책장으로 시선을 돌려 버린다.

So cool.

뒤돌아선 그를 보며 떠오른 단어였다.

아인은 칼로 벤 것같이 깔끔한 이 남자가 정말 마음에 들기 시작했다.

"서양미술에 관심이 있으신가 봐요?"

그가 들고 있는 서양미술사 책을 보며 물었다.

"아뇨. 별롭니다."

별로인 책을 왜 들여다보는 거야? 그럴 바에 나를 보라고.

오기가 생겼다.

아인은 자신이 얼마나 예쁘고 괜찮은 여자인지 그의 얼굴을 잡고 똑똑히 각인시켜 주고 싶었다.

"반갑습니다. 저는 송아인입니다."

"아. 저는 정진우라고 합니다."

그에게 먼저 인사를 건네자 진우도 예의 바르게 대답을 했다.

아인은 매력적인 미소를 지으며 정진우를 똑바로 바라보았다.

집으로 돌아온 진실은 휴대전화기를 만지작거리며 고민을 했다.

#정진우! 발찌 고마워! 밥 쏠게! 그런데 너 지금 누구 만나고 있는

문자메시지를 보내다 말고 진실은 긴 한숨을 내쉬었다.

너 지금 누구 만나고 있어? 담백하게 문자 한 통이면 그의 행방을 알 수 있는 일이었지만, 왠지 겁이 났다. 연예인보다 예쁜 송아인과 함께 있다는 답장이 온다면 가슴이 무너져 버릴 것 같았다. 그렇게 전화기를 들었다 놨다를 반복하며 고민을 하던 차에 문자메시지의 알림음이 들려왔다.

#밥 잘 먹었냐?

20분쯤 뒤에 도착한다.

할 말 있으니까 소문난 이모네 똥집으로 시간 맞춰 나와라.

진우의 문자에 가슴이 철렁 내려앉았다.

대체 무슨 말을 하려고 그러는 걸까?

오늘 만난 송아인에 대해 이야기를 하며 얼굴을 붉히는 진우의 얼굴을 떠올리자 가슴이 시큰거리기 시작했다.

진실은 가방을 챙겨 들었다. 5분이면 갈 거리지만 얌전히 약속 시각이 되기만을 기다릴 수가 없었다.

이모네 똥집이건만, 젊은 아저씨가 주인인 포장마차에 도착하자 익숙한 주인이 진실을 반겼다.

"오늘은 혼자네요?"

"좀 있다 올 거예요."

"그러면 그렇지. 어째, 홍합국이라도 좀 가져다줄까요?"

"네."

대답을 한 진실은 아저씨가 가져다준 홍합국에 숟가락을 댈 생각도 하지 못한 채 진우를 기다렸다.

송아인이 정말 그렇게 예뻤어?

둘이 만나 무슨 이야기를 한 거야?

너무 노골적인 물음은 속을 뻔히 드러내 보이는 것같이 유치하고 우스울 것이다.

가뜩이나 초조한 마음으로 기다리는 동안, 등 뒤에서 떠들어대는 남자들의 저질 농담은 진실의 눈살을 찌푸리게 만들었다. 누가 누구를 꾀어서 호텔로 데려갔으며 누구는 여자랑 몇 번의 관계를 가졌고 또 어떤 여자는 처녀가 아니었다는 등의 저속한 이야기를 해대며 낄낄대고 있었다. 오죽하면 그들의 이야기 속에 나오는 사람들, 전혀 일면식이 없는 그들에게 동정이 갈 정도였다.

"참! 너희 그거 아냐?"

"뭘?"

"그 소문 말이야. 파리로 유학 간다던 정선우가 사실은 파리가 아니라 스위스로 간다는 사실."

다음 희생양은 불행히도 진실이 아는 사람이었다.

"파리나 스위스나, 엎어지면 코 닿을 덴데. 거기가 거기지."

"후후. 그렇긴 하지만 중요한 건 정선우가 왜 가냐는 거지."

"왜 가는데?"

"정선우 치료차 가는 거래."

"치료? 걔 어디 아파?"

"요양 가는 거야. 정선우 우울증이 있거든."

"우울증? 선우가 우울증이 있었어?"

"그렇다니까. 그 새끼 매일 먹는 약, 그게 정신과 약이야."

"에이 설마."

"정말이라니까. 모르냐? 걔 엄마……."

친구들이 모르는 비밀을 알고 있다는 자신감 때문인지 이야기를 하는 목소리는 우월감에 젖어 있었다. 예전부터 느낀 것이지만 알고 보면 남자들이 훨씬 더 유치하다.

"선우 엄마라면 강현경 교수님이잖아."

"쉿! 너희 정말 모르는구나? 강 교수님은 선우 친엄마가 아니야. 걔 친엄마…… 죽었어. 우울증으로 인한 자살."

"헉…… 설마?"

"진짜야. 걔가 예전에 우리 아파트 살았잖냐. 선우 엄마 뛰어내리고 우리 아파트 아주 난리도 아니었다. 집값이 떨어졌네, 밤마다 여자 울음소리가 들리네. 분위기가 아주 뒤숭숭했어. 그 뒤로 선우네 개인주택으로 이사 갔잖냐."

"헉! 대박! 집안이 왜 그래? 아, 걔 동생도 우리 학교 아닌가? 아주 멀끔하게 잘생겼던데. 걔도 그래?"

"정진우? 말도 마라! 그 동생 놈. 아주 장난이 아니다. 멀쩡하게 생겨서는 누가 지 형이나 엄마에 대해서 나쁜 얘기만 하면 다 엎어버려. 동네 애들 멋도 모르고 떠들다가 걔에게 많이 맞았을 거다. 멀쩡한 놈이 도니까 더 겁나는 거 있지. 우리 동생도 걔 앞에서 까불다가 뒤지게 맞고는 여직 그놈 이름만 나와도 확 돌아버린다."

갑자기 발목이 당기듯 아파왔다. 진실은 저도 모르게 발목에 걸려 있는 발찌를 만져 보았다.

"헉. 형은 우울증 환자고 동생은 깡패야? 아주 콩가루 집안이네."

장난기 섞인 남자의 추임새가 신경을 긁어댔다.

진실은 더 이상 참지 못하고 자리에서 벌떡 일어났다. 그리고 야비한 그들을 향해 돌아섰다. 평소 진우가 입버릇처럼 말하던 '평균 이하의 인내심'은 이미 바닥이 나 사라져 버린 지 오래다.

"이것들 봐요!"

할 수 있는 최대한의 매서운 눈길로 그들을 노려보았다.

"네?"

언제 그랬냐는 듯 천연덕스럽게 앉아 있는 남자들의 말쑥한 모습을 보니 분노가 치밀어 올랐다. 진실은 양손을 허리에 올리고 한심스럽다는 듯 그들을 내려다보았다.

"세 분 친구 사이죠?"

"그런데요?"

지나치게 하얀 피부에 호리호리한 몸매, 동그란 눈을 가진 진실이 양손을 허리에 얹고 쏘아보는 폼이 우스운 모양인지 남자들의 얼굴에 호의적인 미소가 떠올랐다.

"제가 보기에 세 분, 궁합이 아주 좋아요. 꼭 붙어 다니세요."

"네?"

"혹시 들어보셨어요? 옛말에 모진 놈 옆에 있다가 벼락 맞는다는 말이 있는데."

당돌한 말투에 남자들의 얼굴에서 미소가 사라지고 있었다.

"뭐, 뭐라고요?"

"세 분 꼭 붙어 다니시라고요. 괜히 다른 사람들이랑 다니다가 애먼 사람 벼락 맞게 하지 마시고요, 꼭 셋이 몰려다니다가 벼락 맞으시라고요. 그러니까 절대 따로따로 다니지 마세요. 그럼!"

기가 막혀 입만 벌리고 있는 남자들에게 꾸벅, 인사를 하고 돌아서던 진실은 자신의 앞에 서 있는 진우를 보고 흠칫거렸다.

"헉!"

재미있는 표정으로 웃고 있는 정진우, 남들보다 머리 하나가 큰 녀석이 비스듬히 내려다보는데 그 눈빛이 얼마나 살벌한지 오소소 소름이 돋을 정도다.

"구진실, 너 뭐 하냐?"

진우가 낮은 목소리로 물었다. 진실에게 묻고 있지만 눈빛은 남자들에게 향해 있었다. 매서운 눈빛이 그들의 이야기를 들은 것이 틀림없다.

진실을 따라 시선을 돌리던 일행 중, 머리가 긴 남자가 진우를 발견하고 더듬거렸다.

"너, 넌……."

"네. 우울증을 앓고 있는 정선우의 개망나니 동생 정진웁니다만."

남자들이 숨을 삼키는 소리가 들려왔다.

큰일이다! 진실은 진우의 팔을 잡아끌었다.

"진우야, 우리 나가자. 나 우동 먹기 싫어졌어."

"알았어. 그런데 너 먼저 나가 있어."

남자들을 노려코던 진우가 진실을 포장마차 밖으로 밀어낸 뒤 자신은 돌아섰다.

"너 싸우려고 그러는 거지?"

진실이 진우의 옷자락을 잡고 물었다.

"아니."

"거짓말."

"내가 너냐? 구라나 치고 다니게. 걱정하지 말고 기다려. 금방 나올 테니까."

진우가 말했다. 아무런 감정도 없는 무표정한 얼굴. 이런 표정을 한 진우는 정말 조심해야 한다. 정말로 화가 난 진우는 감당 못할 정도로 무서우니까.

"좋아. 대신 절대 싸우면 안 돼."

"응."

"약속해."

"알았어!"

불안하지만 약속까지 했으니 더 이상 고집을 부릴 수 없었다. 진실은 잡고 있던 소맷부리를 놓아주며 포장마차로 향하는 진우를 걱정스럽게 지켜보았다.

상대는 3명인데 설마 맞고 오진 않겠지?

지금이라도 들어가 봐야 하나?

짧은 시간 동안 여러 가지 걱정을 했고 그 걱정이 무색하게도 진우는 금세 모습을 드러냈다. 포장마차를 나서는 진우의 등 뒤로 기가 죽은 세 남자의 모습이 보였다.

"뭐라고 한 거야?"

"몽실이 너를 팔았어."

가볍게 대답한 진우가 걸음을 옮기기 시작했다.

"나를?"

"그럼. 한 번만 더 그럼 우리 몽실이에게 일러준다고. 우리 몽실이 무지 무섭다고 하니까 바로 겁먹던데."

진실은 고개를 끄덕였다. 분명 입에 담지 못할 협박을 했겠지
만, 그래도 주먹질 대신 대화로 끝낸 것은 바람직한 일이었다.

"잘했어. 한 번만 더 그런 소릴 지껄이면 내가 가서 입을 쫙 찢
어버리고 혓바닥을 뽑아버릴 거라고도 해주지."

뚜벅뚜벅 걸어가던 진우가 걸음을 멈추었다.

"역쉬! 우리 몽실이가 갑이야!"

"알고 있어."

"똑똑하기까지."

"것도 알아. 근데 진우야! 너 나한테 할 말 있다며?"

동래의 명물이자 백화점의 홍보용으로 제작된 물결무늬 육교를
건너며 진실이 물었다.

형이랑 즐거운 시간 보냈냐?

형이…… 고백했어?

넌 뭐라고 했냐?

코끝이 빨개진 채 동그란 눈으로 빤히 쳐다보는 진실을 보며 진
우는 묻고 싶은 말을 삼켜 버렸다. 형이 고백을 했든, 하지 않았든
선택은 진실의 몫이었다. 지금 그가 할 수 있는 일은 아무것도 없
었다.

"별일 아니야. 그냥 집에 가자."

"우쒸! 뭐야? 웬 변덕?"

"남녀평등 시대잖아. 변덕은 여자만 부리란 법 있냐?"

"야! 잠시만. 나 할 말 있단 말이야."

긴 다리로 거침없이 걸어가던 진우가 걸음을 멈추었다. 그리고 진실을 돌아보았다.

"해!"

너무나 멀건 얼굴로 말하는 진우를 보며 진실은 꿀꺽 침을 삼켰다.

송아인이랑 잘 만나고 왔냐?

얼마나 예쁘디?

둘이 또 만나기로 했어?

묻고 싶었지만, 입이 떨어지지 않았다. 진실은 고개를 숙이며 긴 한숨을 내쉬었다.

"휴우. 나도 됐어. 멍석 깔아주니까 말하기 싫어졌어."

"그래? 그럼 됐네. 가자."

싱겁게 웃으며 걸어가던 진우가 갑자기 걸음을 멈추고 돌아보았다.

"아참! 몽실이 너, 아까 진짜 훌륭하더라."

"훌륭해? 내가?"

"응."

"훌륭하다면서 눈빛이 왜 그 모양이야?"

아인을 만나고 온 주제에 입을 싹 닦는 진우를 보니 괜히 심술이 났다. 걸음을 멈추고 서 있는 그를 삐딱하게 흘겨보며 지나쳤다.

명륜동 방향의 계단을 내려가는데 '어허' 감탄사를 내뱉으며 따라오는 진우의 기척이 느껴졌다.

"몰라서 묻냐? 너 그렇게 성질부리고 다니다 못된 놈들 만나면 어쩌려고 그래? 아까 걔들이 입은 험해도 주먹은 순진했더만. 나쁜 놈들 같았으면 여자고 뭐고 때리고 봤을걸. 술김에 그랬다면 뭐랄 거야."

"내가 바보야? 가만히 서서 맞고 있게. 그전에 내가 입을 쫙 찢어서 혀를 뽑아냈을 거야."

"헐! 관두자. 늦은 시간에 불러낸 내가 잘못했다."

"흥. 나 몰래 소……."

나 몰래 소개팅한 거, 자랑하고 싶어서 그런 거지? 라고 말하려다 멈추는 진실을 보며 진우는 눈살을 찌푸렸다.

"너 몰래 소…… 뭐? 뭔 소리야?"

진실은 멀건 얼굴로 멀뚱히 쳐다보는 진우를 빤히 쳐다보았다.

"암것도 아니야."

"암것도 아닌 게 뭔데? 소 뭐?"

"아니라니까."

"아니야? 그럼 됐고. 근데…… 형이랑 밥은…… 잘 먹었냐?"

"아…… 응."

"아응은 또 뭐야? 좋았단 말이야? 나빴단 말이야?"

"좋았어. 좋았어. 아주 좋아 죽겠더라. 됐냐?"

진우는 아무 말 없이 진실을 바라봤다.

"그럼…… 됐고."

돌아서 걸어가는 진우의 뒤를 따르며 진실은 입술을 깨물었다.

"넌 좋았어?"

"뭐가 좋아?"

"오늘."

앞서 가던 진우가 걸음을 멈추었다. 그리고 진실의 앞에 섰다.

"오늘 뭐?"

"아니……. 그게 아니라 오빠가 너 여자 만난다고……."

진우가 피식 웃음을 터트렸다.

"그거 땜에 이렇게 똥 마려운 강아지마냥 낑낑거리냐? 후배를 보긴 했는데 내 스타일은 아니더라. 됐냐?"

"그럼, 그럼 여태 송아인 만난 거 아녔어?"

"무슨 소리야? 형 심부름하고 다시 레스토랑까지 갔다가 허탕 치고 오는 길이구만."

"광안리로 다시 왔었다고?"

안도감이 밀물처럼 밀려왔다.

"그렇다니까. 가면 간다고 문자나 넣어주던가."

"아, 미안!"

"그런데 구진실. 너 왜 그렇게 기쁜 얼굴 하냐? 너 솔직히 말해 봐! 내가 혼자 여자 만날까 봐 질투했지?"

마치 속을 꿰뚫어 보기라도 하는 것처럼 진우가 묘한 웃음을 띠며 물었다.

"질투는 무슨……."

"에이. 질투한 거 맞구만. 걱정하지 마라, 구진실! 사람이 의리가 있지. 내 소개팅할 때는 반드시 네 건수도 만들어놓으마."

"웃기셔. 내가 소개팅 따위로 남잘 사귈 것 같아? 가만있어도 꼬이는 게 남자다. 걱정을 다시라."

"헐!"

진실은 무심하고 눈치 없는 진우를 쏘아보았다.

"정진우!"

"왜?"

"내가 말이지…… 가끔 느끼는 건데…… 넌 참 재수 없어."

애가 뭘 잘못 먹었나, 라는 뚱한 눈빛으로 지켜보는 진우를 보며 진실은 절레절레 고개를 흔들었다.

"유유상종 알지?"

"말을 말자. 가! 가자! 아…… 참. 고마워."

"뭐가?"

"발찌. 고맙다고. 네가 사온 거라며."

"마음에 들어?"

"응. 죽을 때까지 간직할 거야. 정말 고마워."

형이 사준 발찌를 죽을 때까지 간직하겠다고?

여전히 자신을 앞서 가는 진실을 보며 진우는 입맛이 씁쓸해지는 것을 느꼈다.

5. 달빛 아래서

어머니가 돌아가신 날은 오늘처럼 비가 내렸었다.

밖으로만 도는 아버지를 대신해 아들들을 사랑해 주셨던 어머니는 어느 순간 미소를 잃고 살기 시작하셨다.

어머니는 그렇게 사랑하던 아들들을 놓을 생각을…… 어떻게 하셨을까?

"무슨 생각 해?"

진우를 스케치하던 선우가 물었다.

어머니를 닮은 형을 보며 진우는 그날의 기억을 애써 지워 버렸다. 그리고 다짐했다. 이제 다시는 사랑하는 사람을 잃지 않겠다고.

"그냥. 비가 오는구나. 비가 오면 이제 더워지려나? 이런저런 생각."

진우의 말에 선우가 차분하게 웃었다.

"힘들어서 그러지? 조금만 참아. 이제 거의 다 끝났으니까."

스위스로 떠나기 전, 동생의 얼굴을 그리고 싶다는 형의 부탁에 진우는 종일 모델이 되는 중이었다.

"하나도 안 피곤해. 그러니까 천천히 해."

"다 끝났어. 힘들었을 켄데 고맙다. 나머지는 사진 보고 하면 돼."

"미안하면 스위스 가서 멋지게 완성해 줘. 그리고 한국 올 때 꼭 들고 와야 해."

"저기…… 진우야. 어제 아인이…… 봤어?"

분주한 손길로 마무리를 하던 선우가 낮은 목소리로 물었다.

"어?"

"작업실에서 봤던 내 후배. 송아인."

"응."

"걔 어때?"

"뭐가?"

"걔 예쁘지? 찰랑찰랑한 긴 머리가 인상적이지 않았냐?"

진우는 심부름 갔던 화실을 떠올렸다. 인상적이긴 했다. 훅 다가오던 유화물감 냄새와 잔잔하게 깔리던 바흐의 피아노 선율, 낯설지만 흥미로웠던 서양화 관련 서적들. 그리고 그곳에 있던 여학생이 기억났다. 그런데 머리가 길었나? 짧았나? 솔직히 여학생에 관한 별다른 기억은 나지 않는다.

"응. 그랬던 것도 같고."

"후우. 그럴 줄 알았다."

잔뜩 굳어 있던 선우가 긴장을 풀며 싱겁게 웃었다.

"뭐가?"

"네 반응 말이야."

수수께끼 같은 형의 말에 진우는 멋쩍은 미소를 지었다.

"내 반응? 솔직히 아인이라는 그 여자, 기억이 나지 않아. 잘 모르겠어."

"단발이야."

"아, 단발. 그런데 형은 그 후배에게 관심 있어?"

멋쩍은 듯 미소 짓는 진우를 물끄러미 바라보던 선우가 피식거렸다.

"나 말고 네가 관심 있길 바라는 거지. 정진우. 너 말이야. 왜 그렇게 여자한테 관심이 없어? 너 혹시 남자 좋아하냐?"

느닷없는 형의 말에 진우는 크게 웃음을 터트렸다.

"형 방금 한 말 조크인 거지?"

"아인이 상당한 미인이야. 지나가는 사람들이 돌아볼 정도로. 그런데 그렇게 예쁜 애를 바로 앞에서 보고도 기억하지 못한다는 것 자체가 웃긴 거야. 어떻게 기억이 안 날 수가 있지? 그래서 물어보는 거야."

"내가 원래 눈썰미도 없고, 좀 그렇잖아."

"진실이…… 진실이 머리 스타일은 조금만 바뀌어도 귀신같이 알아채잖아."

"우리 몽실이야 매일 보잖아. 매일 보는 사람 어디가 바뀌고 어디가 달라졌는지 모르는 게 더 이상한 거 아닌가?"

"우리 몽실이……?"

창밖으로 시선을 돌린 선우가 소리 없이 웃었다. 미소 띤 얼굴을 동생에게로 돌린 선우가 입을 연 것은 한참이 지나서였다.

"너 진실이 좋아하지?"

"형."

"알고 있었어. 네가 진실이 좋아하는 것도 나 때문에 참는 것도. 고맙고 미안하다. 너에겐 항상 그래. 고맙고 그래서 더 미안하고. 진실이가…… 어제 일 얘기했어?"

"응?"

"어제 말이야. 나 진실이에게…… 고백도 못해봤어. 너 가고 몸이 안 좋다고 바로 일어나더라."

"아……."

진우는 멋쩍어하는 형을 보며 뭐라고 대답해야 할지 망설이고 있었다.

"진실이는 내가 많이 부담스러운가 봐."

"형……."

"그래도…… 포기하지 않을 거야. 나 말이야, 진짜 멋진 형이 되고 싶었거든. 사랑하는 동생 진우에게 정말 멋진 형이 되고 싶었고, 진실이에게도 멋진 남자로 서고 싶었어. 그런데 자꾸만 찌질해지는 나를 발견해. 난 너희에게 진짜 부담만 되는 존재인가 봐."

"부담이라니. 절대 아니야, 형. 진실이도 그렇게 생각 안 할 거야."

"그렇게 생각했다면 정말 고맙고."

부드럽게 웃고 있는 형을 보며 진우는 고개를 저었다.

"세상에 똑같은 사람은 하나도 없어. 열이면 열, 모두 다 다르잖다. 다들 그렇게 인정하면서 살아가고 있다고. 형도 남들과 다른 형만의 색이 있는 거야. 남들과 똑같을 필요 없어. 그냥 하는 말이 아니야. 난 형이 내 형이라서 정말 좋아."

환경이 달라진다고 해서 사람이 변하지는 않을 것이다. 하지만 진우는 형에게 힘이 되어주고 싶었다.

"건강해지고 싶어. 멋진 남자로 새롭게 태어나고 싶어. 그곳에 가서 새로운 사람이 될 거야. 너처럼 건강하고 멋진 남자가 돼서 진실이 앞에 다시 서고 싶어. 그리고 근사하게 고백을 할 거야. 그런데 조금 겁이 난다. 미친 듯이 떠나고 싶다가도 또 미친 듯이 두렵기도 해."

"……형."

"진우야, 정말 미안한데…… 내가 돌아올 때까지, 돌아와서 고백이라도 해볼 수 있도록 그때까지만 기다려 줘. 부탁이야."

진우는 입을 다물었다. 가슴이 타들어가는 것 같아 뭐라고 대답을 할 수가 없었다.

"나도 알아. 진실이가 나에게 관심 없다는 거……. 그래도 진우야, 난 그 기대마저 없으면 정말 힘들 것 같아. 그러니까 최소한 고백이라도 해볼 수 있게 네가 기다려 줘. 그래 줄 수 있지?"

간곡한 형의 부탁에 진우는 겨우 고개를 끄덕였다.

51번 버스에서 내린 진실은 해변을 향해 천천히 걸음을 옮겼다. 도로와 해변이 이어진 돌계단을 내려와 오솔길 옆에 있는 커다란 소나무를 지났다. 동그란 조각상이 있는 작은 공원의 투박한 나무 벤치에 앉아 앞을 바라보자 먼바다가 한눈에 들어왔다.

수술을 하기 전 진우와 함께 이곳을 발견했었다. 아무 생각 없이 바다를 실컷 보다 돌아가도 방해하지 않는 곳. 그때 알았다. 이곳의 자리가 완전 명당임을.

사람들이 드문드문 눈에 띄긴 했지만 아직 쌀쌀한 기운이라 사색을 방해할 정도는 아니었다. 진실은 크게 심호흡을 하며 상쾌하고 시원한 바닷바람을 가슴속 깊이 들이마셨다.

"딸! 우리 이사를 가야 할지도 모르겠어."

아침 식탁에 앉은 엄마의 말에 진실은 마시고 있던 우유 컵을 내려놓았다. 사정이 예전만 못하다는 것은 알고 있었지만, 이사까지 생각해야 할 정도인지는 미처 알지 못했다.

"가게가 그렇게 힘이 드는 거야?"
"엄마도 열심히 했는데 마음처럼 잘 안 되네."

"엄마 탓이 아니잖아. 요즘 경기가 안 좋은걸 뭐."

"우리 딸한테 걱정 끼쳐서 미안해. 엄마, 열심히 해서 꼭 다시 일어설 거야. 그러니까 너무 심란해하지 마. 당분간만 고생 좀 하자."

씩씩한 음성 속에 숨겨져 있는 엄마의 슬픔을 충분히 느낄 수 있었다.

단짝이었던 진우의 엄마가 돌아가시고 햇빛이 잘 드는 지금의 집으로 이사를 했다. 오랜 시간 함께한 단짝을 잃은 허전함에 잠겨 있던 엄마를 위로한 것은 햇볕이 잘 드는 창가와 그곳에서 바라보는 정원의 풍경, 그리고 정원을 뛰어다니는 진실과 진우의 웃음소리였었다.

새순이 돋는 봄과 커다란 나무그늘이 그렇게 시원할 수 없었던 여름, 점점 붉어져 가는 가을과 차가움 속에서도 따스한 햇살을 제공했던 겨울까지. 거실 창가에서는 이 모든 것을 다 누릴 수 있었다.

사계절을 품은 창가와 시원하게 펼쳐진 하늘, 그 모든 것과 함께했던 커피 한 잔의 여유를 엄마가 얼마나 소중하게 생각했는지 진실은 잘 알고 있었다. 자신의 쓰라린 속만큼, 아니, 그보다 더 아플 엄마를 생각하며 진실은 빙그레 미소를 지었다.

"잘됐네. 그렇잖아도 단둘이 사는데 집이 너무 커서 좀 무서웠거든. 엄마, 우리 이참에 살기 편한 아파트로 옮기자. 센텀에 좋은 곳 많잖아. 쇼핑할 곳도 많고. 아…… 그쪽은 너무 비싸나?"

"해운대 시장 근처 빌라로 옮기게 될 거야. 가게도 가깝고."

"아. 난 좋아."

씩씩한 진실의 말에 엄마는 애잔한 눈빛으로 고개를 끄덕였었다.

"한 번쯤 환경이 바뀌는 것도 나쁜진 않을 거야."

해 지는 바다를 보며 진실은 혼자 중얼거렸다.

올올이 살아 있는 물결과 붉은빛 신비감마저 뿜어내는 수평선. 청량함을 품고 불어오는 시원한 바닷바람도 좋고 지는 해를 벗 삼아 한가로이 노니는 갈매기들도 좋았다.

두 눈을 감고 바람이 실어다 주는 그리움을 만끽하고 있던 진실은 옆으로 다가오는 인기척에 놀라 화들짝 눈을 떴다.

'헉! 깜짝이야!'

정진우다.

멀끔하게 생긴 그가 먹먹한 얼굴로 그녀의 옆에 서 있었다.

"혼자서 웬 청승?"

진우가 물었다.

"그러는 넌 웬일인데?"

진실이 물었다.

"마음이 심란해서. 우리 몽실 양도?"

"그렇지 뭐."

"그렇구나."

"그런데 정진우, 우린 어쩌면 생각하러 오는 장소도 이렇게 같냐? 니가 바꿀래? 내가 바꿀까?"

진실의 말에 진우가 피식거리며 웃음을 토해냈다.

"뭘 바꿔. 귀찮게."

"귀찮아?"

"응."

진우가 심드렁한 표정으로 말했다.

"그래. 그럼, 걍 내버려 두던지. 넌 오빠 모델 해줘야 한다더니 벌써 끝났어?"

"응."

"고생했네."

"응."

"유학 준빈 잘되고?"

"그렇지 뭐."

나란히 선 진우와 진실은 바다에 시선을 둔 채, 그렇게 의미 없는 대화들을 이어갔다.

건성으로 질문하고 대답하면서 속 깊은 이야기는 서로 묻어두고 있었다. 아무리 친한 친구라도 말하지 못하는 비밀이 있기 마련이니까.

"우리 우습다."

"뭐가?"

"서로 딴생각하면서 딴말들만 하고 있잖아."

"그냐? 몽실이 넌 고민이 뭐냐?"

"네 고민부터 말해봐. 오빠랑 싸웠어?"

"내가 너냐? 싸움질이나 하고 다니게."

"싸운 거 맞구만. 너 또 승질부렸지?"

"생사람 잡지 마시고 그더 사연이나 불어보시지."

그가 퉁명스럽게 물었다.

"나? 나야 뭐. 바람 쐬러 왔지."

"바람 같은 소리 하고 있네."

진우가 코웃음을 쳤다.

"내가 뭐?"

"바람이야 학교에도 불고 집 앞에도 불고 집 뒤에도 불고 천지 구만. 꼭 여기까지 와야 하냐? 일찍 들어가서 잠이나 자지. 잠도 이기지 못해서 골골거리는 놈이."

"댁이나 잘하셔."

"걱정을 해줘도 꼭 이렇게 까칠하게 나오지. 인마! 차 있는 친구 뒀다 뭐 하냐? 국 끓여 먹을 거야? 해 저문 뒤에는 혼자 다니지 말 고 태워달라고 해."

"웃겨. 나도 나만의 사생활이 있거든. 그러니까 신경 끄시고 댁 의 형님이나 잘 챙기셔."

"누가 몽실이 사생활이 궁금하대? 니가 아프면 어머니 걱정하 시잖아. 내가 또 어머니 걱정하시는 건 못 보잖냐. 그니까 어머니 를 위해서라도 미리미리 잘 챙기란 말이야."

진우가 손을 뻗어 풀어진 셔츠 단추를 잠가주었다. 언제나처럼 무심한 말투와 달리 섬세한 손길에 그의 마음이 느껴졌다.

정진우.

너 왜 이렇게 나한테 잘하는 거니?

너 나 좋아하냐?

"······그럼 집에 갈 때 태워주면 되겠다."

속 시원히 물어보는 대신 딴소리를 했다.

"가르쳐 주니까 당장 써먹지? 틈틈이 기름이나 넣어라."

"치사한 자식. 하여간 있는 놈이 더해."

"괜히 부자가 되는 게 아니지."

"그래. 돈 겁나 많이 벌어라."

빙그레, 진우가 웃는 것이 느껴졌다. 찌릿, 가슴이 아파왔다. 진실은 고개를 돌려 검푸른 바다를 바라보았다. 심호흡을 하며 눈을 감자 부드러운 바람이 느껴진다.

"아······. 좋다."

"뭐가 그렇게 좋아?"

"바람. 너도 좋지?"

"좋지도 싫지도 않아."

"사람이 말이야 그냥 메말라서는 아주 감동이 없어. 아름다운 거 보면 감동도 하고 눈물도 흘리고 좀 그래 줘야지."

"감동까지는 아니고, 그냥 가슴이 답답해질 때마다 바다를 보면 속이 좀 시원해지는 것 같긴 하다."

지는 해를 뒤집어써 붉은 물이 들어버린 진우가 말했다.

"바보야! 그게 좋은 거지, 좋은 게 뭐 별다른 줄 알아? 가만히 보고 있으면 나빴던 기분이 좋아지고 속이 시원해지고. 그래서 또 보고 싶고. 그런 걸 좋다고 하는 거야."

"말은 겁나 잘하지. 어찌 된 게 넌 바닷가에만 오면 생기가 돌더라."

"바다 보고 있으면 기분이 좋아지잖아."

"좋겠다. 그렇게 쉽게 기분이 좋아져서."

"난 말이야. 갑상선암 판정을 받았을 때, 라스트 콘서트의 스텔라가 떠올랐어. 백혈병 선고를 받은 스텔라가 어쩜 그렇게 해맑게 웃을 수 있는지, 참 경이롭더라고. 해변에서 춤을 추듯 걷던 스텔라의 발걸음이 잊히지가 않는 거야. 파리 교향악단이 스텔라에게 바치는 콘첼로를 연주할 때 행복한 표정으로 죽어가던 스텔라를 보면서 나도 그렇게 행복하게 죽을 수 있을까 생각했어."

"스텔라는 죽었지만, 구진실은 살아났어."

"응. 감사하게드. 난 살아났지. 우리 김 여사가 말이야, 사람은 항상 작은 것에 감사하고 살아야 된다 그랬어. 그래야 더 크게 감사할 일이 생기는 거라고. 엄마의 말 덕분인지 새 생명을 얻게 되었네."

진실이 밝게 말했다.

스물두 살, 세상이 아무리 녹록치 않아도 꿈을 꿀 수 있는 시간이 더 많은 나이라는 것을 알고 있는 진실이 스스로에게 하는 말이기도 했다.

"널 보면 세상을 참 재밌게 사는 사람 같아. 난 세상이 참……재미없는데."

말하지 않아도 훤히 읽을 수 있는 진실의 마음을 대신해 진우가 혼잣말을 중얼거렸다. 심란한 듯 얼굴을 쓸어내리는 진우를, 진실은 물끄러미 바라보았다.

"도무지 눈길을 돌릴 수 없을 정도로 그렇게 잘생겼냐? 내가?"

"풋. 잘난 체는……."

피식 웃음을 터트리며 고개를 돌렸다.

검붉은 바다가 부드럽게 흔들리고 있었다.

'잘 견뎌낼 수 있을 거야.'

진실은 바다를 바라보며 생각했다. 모든 것이 다 잘 풀릴 거라고.

아무것도 아니야. 그냥 환경만 조금 바뀌는 것뿐이야. 다 이겨낼 수 있을 거야.

스스로에게 다짐했다.

"진우야."

진실은 진지한 목소리로 진우를 불렀다.

"으응?"

무심결에 대답하던 진우가 고개를 조금 갸웃거렸다. 햇살에 반짝이는 머리카락 끝으로 눈부신 오로라가 생겼다. 진실이 제일 좋아하는 순간. 달콤한 캐러멜이 들어간 커피를 한 모금 마셨을 때의 행복한 기분, 혹은 새콤한 석류 한 알을 입안에 넣었을 때처럼 오소소 소름이 돋기도 하는 설렘이 온몸을 감싸는 것 같았다.

"새롭게 각오를 다지는 의미에서 한잔 어때?"

"쯧쯧. 매를 벌어라, 벌어! 구진실. 자꾸 잊어버리나 본데, 너 수술한 지 4년 6개월째다. 완치되려면 반년 남았어. 술 말고 홍삼 엑

기스나 한잔하든지."

"휴우. 홍삼 엑기스라니……. 지겹다, 지겨워. 이놈의 럭셔리 몸뚱어리. 오늘처럼 꿀꿀한 날에 술도 맘대로 못 먹고 말이지."

"마음을 비워라. 홍삼 싫으면 밥으론 안 되겠냐?"

"밥은 됐고. 생일 선물이나 사줘보던가."

"이거 완전 날강도네. 야! 너 생일 한 달이나 남았어."

"당겨서 줘. 기분 전환하게. 프리티 우먼 몰라? 리처드 기어 봐라. 줄리아 로버츠 옷 갈아입는 거 보면서 얼마나 행복해하디? 너도 그런 기분 맛보게 해줄게."

뻔뻔스럽게 대꾸하는 진실을 보며 진우가 피식 웃음을 터트린다.

"가자! 치타!"

진실은 성큼성큼 걸어가는 진우의 뒷모습을 바라보았다. 그리고 길게 늘어진 진우의 그림자를 따라 천천히 걸음을 옮겼다.

센텀시티에 자리한 백화점은 어린이날을 맞아 정신없이 북적거렸다.

진실이 찜해두었던 구두는 진열장 한가운데서 반짝반짝 광택을 발하고 있었다. 마치 자신을 데리러 온 진실을 반기듯.

"아. 완전 사랑스러운 우리 아기! 많이 기다렸지? 널 데리러 언니가 왔어."

진실이 구두를 쓰다듬으며 속삭였다. 조금 전까지는 말도 없이 착잡한 얼굴이더니 지금은 해맑기 그지없는 밝은 얼굴이다. 하여 간 단순하기는.

"하다하다 이젠 구두랑 대화도 하냐?"

"네 눈에는 이게 구두로 보이니? 완전 사랑스러운 아기구만."

"쯧쯧. 충격이 컸구나?"

"사랑스러운 아가야, 저 오빠 말은 귀담아들을 필요가 없단다. 이제부터 내가 잘 돌봐줄게. 언니의 품으로 오렴."

"가격표는 눈에 안 들어오냐? 양심이 있으면 미안한 척이라도 좀 해라."

장난스럽게 웃는 진실을 보며 진우는 가격표를 들이댔다.

"왜 이르셔. 돈도 많은 분이."

"내 돈이지, 네 돈이냐?"

"알았어. '완전 비싸서 어떡해? 많이 부담스럽지? 괜찮아?' ……이제 됐지?"

"아주 생쑈를 해라."

집게손가락으로 진실의 이마를 꾸욱 밀자, 손가락 끝으로 약한 열기가 느껴졌다.

열이 있나? 이 녀석. 열나면 안 되는데.

저도 모르게 눈살이 찌푸려졌다.

"몽실, 잠시만 있어봐."

달걀처럼 동그란 이마에 손등을 대보니 다행히 미열이 느껴졌다.

"왜?"

"이마가 하도 못생겨서 좀 가리려고."

"헐! 이 정도면 완전 예쁜 이마거든. 밖에 나가면 사람들이 성형 수술한 이마인 줄 안다니까."

"이마도 못생긴 게 착각도 잘하고. 생쑈도 잘하고. 어쩌면 그렇게 한결같이 착각 속에 사시는지. 구진실. 완전 올곧은 이십이 년 인생이야."

"흥. 너 지금 내가 비싼 구두 샀다고 이러는 거지? 사내새끼가 치사하게 앞에 대고 까기나 하고."

"됐고. 맘에는 드냐? 아님 다시 무르고."

"맘에 들어!"

구두를 품 안에 안는 진실을 보며 진우는 고개를 끄덕였다.

네가 좋으면 됐어.

쑥스러워 입 밖으로 내진 못했지만, 진실이 좋다고 하면 된 것이다.

"이걸로 생일 선물 땡이다. 나중에 딴소리하면 죽어."

"알았어. 그리고 고마워! 잘 신을게. 근데 너 그거 알아?"

"또 뭘?"

"남자는 관심 없는 여자에게 이렇게 비싼 선물을 하지 않는다던데. 너 나한테 관심 있냐?"

진실이 개구지게 웃으며 얼굴을 코앞으로 들이밀었다. 가슴이 철렁 내려앉을 정도로 가까운 거리. 그는 재빨리 한 걸음 뒤로 물러나며 쇼핑백을 향해 손을 뻗었다.

"선물 이리 주라. 반품하자."

"치사하게 줬다 뺏냐?"

"선물 반품하기 싫으면 쓸데없는 소리 하지 말고 걷기나 하쇼."

앞서서 걷기 시작하자 진실이 입을 비죽이며 따라오는 것이 느껴진다.

"완전 재수 없는 자식. 돈만 좀 없어도 친구고 뭐고 완전 끝내 버리는 건데. 넌 순전히 돈 때문에 만나주는 줄 알아."

"구진실! 남들이 들으면 내가 만나달라고 목매는 줄 알겠다."

"흥. 나 없으면 너랑 친구 해줄 사람이나 있는 줄 알아? 내가 인간성이 좋으니까 너 같은 놈이랑 친구 해주는 줄 알아."

자화자찬이 계속해서 이어졌다. 주입식 교육이 무서운 이유가 바로 세뇌 때문이다. 어릴 때부터 하도 듣던 소리라서 그런지 정말 진실 말고는 자신과 친구를 해줄 사람이 없게 느껴질 때도 있었다.

어린 시절, 자신의 집보다 진실의 집에서 밥을 먹고 잠을 자는 경우가 더 많았다. 친남매처럼 붙어살아서인지 미세한 표정 하나, 눈빛 하나로 상대의 기분을 알 수 있을 정도로 허물이 없었다. 그가 그런 것처럼 진실 역시 그럴 것이다.

그래서 오늘처럼 다운되어 있는 구진실을 보면 가슴이 아렸다. 행여 눈물이라도 흘리는 것을 보면 가슴이 철렁 내려앉는 것이 정신이 없어졌다. 그는 진실이 기뻐하는 모습만 보고 싶었다. 지금 그가 할 수 있는 일은 단지 그것뿐이었다.

"더 살 것 있어?"

"아니."

"그럼 가자."

진우가 앞장서서 걸음을 옮겼다.

칼로 벤 듯 군더더기 없는 뒷모습. 깔끔하게 걸음을 옮기는 진우의 뒤로 수많은 시선이 따라붙었다. 평범하지 않은 외모와 가정환경 덕에 진우는 어릴 때부터 많은 관심에 노출되어 있었다. 그 덕분인지 사람들의 호기심 어린 시선 따위는 쉽게 무시하는 차가움도 함께 지니게 되었다.

"이제 어디 가는데?"

"밥 먹으러. 나 배고프거든."

진실은 소리 없이 미소를 지으며 진우와 함께 길을 걸었다.

"우리 저거 하고 갈래?"

식당이 길게 늘어선 상가 지역을 지나던 진실이 진우의 소맷부리를 잡았다. 학원 앞에 있던 오락실에서 많이 했던 농구 게임이다.

"애냐?"

"왜? 재밌잖아. 우리 해보자. 진 사람이 이긴 사람 머슴 되기. 어때. 콜?"

"콜!"

승부욕이 발동한 두 사람은 시간 가는 줄 모르고 게임을 즐겼다. 서로 이기기 위해 팔을 잡아당기기도 하고 눈을 가리기도 했다. 티격태격 싸우다 어느덧 소림 농구가 되어버렸고 진실은 급기야 진우의 목을 조르며 방해를 하는 지경까지 이르렀다.

"억! 구진실. 너 농구 하다 사람 잡겠다."

진후가 숨을 토해내며 먼저 두 손을 들었다.

"후후. 그렇게 진작 패배를 시인하시지."

진실이 양손을 허리에 올리며 회심의 미소를 짓는다. 가지런히 묶은 머리가 몇 가닥 삐져나왔다. 바람에 날리는 잔머리가 아기 사자의 갈기처럼 나풀거리는 것이 꼭 세상 무서울 것 없는 꼬마 마녀처럼 보였다.

"치사한 자식. 연약한 남자에게 꼭 이겨야 직성이 풀리지?"

"헉! 개 풀 뜯어 먹는 소리 하고 있네."

푸훗. 진우는 저도 모르게 웃음을 터트렸다.

윤기 흐르는 검은 눈동자를 굴리며 웃는 진실의 모습에 숨이 막혀왔다. 부드럽게 이완된 입술선은 고통스러울 만큼 아름다웠다. 진우는 귓가를 파고드는 진실의 웃음소리를 홀린 듯이 듣고 있었다.

쿵쿵, 심장은 아직도 농구를 하는 중이라고 착각을 하는 모양인지 도무지 속도를 늦출 생각을 하지 않고 격렬하게 뛴다.

"배고프다. 밥 먹으러 가자. 난 콩나물 국밥 먹을래."

무뚝뚝하게 말하며 걸음을 옮겼다.

"콩나물 국밥 좋지."

뒤따르던 진실이 흥얼거리는 소리가 들려왔다.

기분 좋은 나른함이 느껴졌다. 열에 들뜬 얼굴을 부드럽게 식혀주는 선선한 밤바람이 불어왔다. 이래서 진실이 바닷바람을 좋아하는 것이리라. 어쩌면 진실이 좋아하는 바닷바람을 그도 좋아하고 있었는지도 모르겠다는 생각이 들었다.

❖

콩나물 국밥집은 금세 모습을 드러냈다.

깔끔하면서도 조용한 실내에 들어선 두 사람은 커다란 창가에 앉아 국밥 2그릇을 주문했다. 창밖으로 보이는 검은 바다와 멀리 보이는 배들의 불빛이 색다른 인테리어를 만들어내는 근사한 국밥집이었다.

"진우야!"

진실은 차분히 그의 이름을 불러보았다. 항상 부르던 이름인데 오늘따라 그 의미가 다르게 느껴졌다.

"응?"

"20년째 이웃사촌!"

"아, 왜?"

"우리 집 이사 가야 한대."

잔에 물을 따르던 진우가 천천히 고개를 들었다. 가만히 있다 뒤통수를 한 대 얻어맞은 것처럼 멍한 표정이더니 금세 월래의 냉철한 눈빛으로 돌아왔다.

"어머니 가게…… 많이 힘드셔?"

"가게도 힘들고 출퇴근하기도 버겁고. 그래서 우리 가게 가까운 곳으로 옮기기로 했어. 사실 너무 늦었지 뭐. 동래서 해운대까지 넘 멀잖아. 차도 많이 막히고. 기름값도 많이 나오고. 이참에 나도 좋아하는 바다 실컷 보고."

"그래서…… 해운대로 가는 거야?"

"응."

"알았어."

어색한 침묵이 흐르는 사이 종업원이 물수건을 가져왔다.

"손 닦아."

"응."

음식과 함께 나온 물티슈로 손을 닦은 뒤, 탁자 밑의 쓰레기통에 버리던 진실이 벌떡 일어났다.

"왜 그래?"

"발찌. 발찌가 없어졌어."

"뭐?"

"너랑 오빠가 사준 발찌. 없어졌어."

진실이 속상한 듯 말했다.

"몽실이 너 잠시만 있어. 내가 다녀올게."

진우도 자리에서 일어났다.

"같이 가. 나도 갈래."

"바람 불어. 얌전히 있어."

"싫어. 나도 가서 찾을래."

진실의 고집을 잘 아는 진우가 고개를 끄덕였고 두 사람은 함께 발찌를 찾으러 나섰다. 농구 게임기 주변과 식당까지의 길을 샅샅이 뒤졌지만, 발찌는 나타나지 않았다.

"어디서 빠졌지? 아까 반칙 농구 하면서 빠진 거 아닐까?"

"아마도."

"어떻게 하지? 아, 농구만 안 했어도……."

터덜터덜 맥없이 걸어가며 진실은 깊은 한숨을 내쉬었다. 선물한 사람 바로 앞에서 발찌를 잃어버리다니. 아무리 친한 친구 사이라도 정말 예의 없는 짓을 해버렸다.

"아무래도 포기해야 할 것 같다. 비도 올 것 같고. 그냥 가자."

자격지심 때문일까? 진우의 목소리도 평소 같지 않게 차갑게 와 닿았다.

하긴, 기분이 좋을 리가 없지. 선물한 지 얼마나 됐다고 그걸 덜렁 잃어버렸으니. 진우 입장에서는 기분이 나쁠 만도 하다. 그래. 충분히 그럴 수 있다.

"그래도……."

진실은 기가 죽어 진우의 눈치를 살폈다.

"가자니까."

진우가 걸음을 재촉했다.

"……미안해."

"뭐가?"

"선물…… 잃어버려서."

"신경 쓰지 마. 이사니 뭐니 네가 제정신이겠냐. 충분히 그럴 수 있어."

'그럼, 신경이 안 쓰이게 얼굴을 좀 펴라고.'

진실이 속으로 중얼거렸다. 굳어 있는 진우 덕분에 주차장까지 걸어가는 거리가 무척이나 길게 느껴졌다.

"오빠도…… 화내겠지?"

"아니."

"진우야아아아."

애교를 부리며 그의 팔을 흔들었다.

"야아. 화 풀어. 나도 속상하단 말이야."

어리광을 부리듯 투덜거리자 한참을 지켜보던 진우가 피식 웃음을 터트린다.

다행이야!

진실은 안도의 한숨을 내쉬었다.

"난 왜 이렇게 덜렁대나 몰라."

"하루 이틀이냐? 걍 포기하고 살아라."

진우의 목소리도 평상시로 돌아와 있었다.

"진심 어린 위로. 겁나 고마워."

"집착은 우리가 지닌 모든 문제의 근원이란다. 걍 포기하고 마음을 비우자."

알 수 없는 눈빛을 한 진우가 무덤덤하게 말했다.

"집착하지 않는 삶이라……. 멋지네."

그의 말을 가만히 곱씹어보았다. 마치 자신의 삶을 말하는 것 같은 집착하지 않는 삶.

진실이 기억하는 한, 진우는 무엇 하나 욕심내는 법이 없었다. '그래. 네가 가져라' 하며 양보하기 일쑤였고, 새어머니가 들어오실 때도 영화과를 반대하는 아버지와 대립하다 집에서 쫓겨나도 한 걸음 뒤에서 지켜보는 방관자처럼 굴었다.

정진우가 반응하는 몇 가지는 '영화'와 '오를 수 있는 산' 그리고 형에 관계된 일뿐이었다.

"넌 그게 마음먹은 대로 돼?"

"노력 중이다."

"잘되면 그 방법 좀 전수해 줘보던가."

어디선가 선선한 바람이 불어왔다. 차가운 밤바람은 지친 신경 줄을 느슨하게 풀어주는 것 같았다. 고개를 들어 하늘을 봤다. 어두운 밤하늘에 희미하게 비추는 별들과 그 밑으로 즐비하게 늘어서 있는 건물들이 형형색석의 불빛을 발하며 눈을 시리게 만들었다. 그 밑을 걸어가는 수많은 사람 중, 유독 눈에 띄는 한 사람. 두 걸음쯤 앞서 걷는 진우의 뒷모습을 물끄러미 바라보던 진실이 그를 불렀다.

"진우야……."

"응?"

생각에 잠겨 있었던 모양인지 진우가 낮은 목소리로 대답했다. 약간 잠긴 듯한 부드러운 목소리가 진실의 귓가에서 스르르 흩어졌다.

진우의 이런 점들…….

잠결에 받는 전화 목소리.

'몽실!'이라고 부르는 장난기 가득한 입술선과 무심한 듯 세심한 눈썰미.

들고 있는 가방을 뺏어가는 든든한 팔뚝과 수영장에서 볼 수 있는 등의 잔 근육들…… 이 좋았다. 참을 수 없을 만큼 좋았다. 어쩌면 현란한 불빛에 취한 것인지도 몰랐다.

집착을 버리라는 말을 들은 지 채 5분도 되지 않았는데…… 진우에 대한 욕심이 걷잡을 수 없이 커져 버렸다. 그에 대한 갈망으로 가슴이 터질 듯 부풀어 올랐다.

"너, 넌……."

"무슨 말인데 하다 마냐?"

여태 잘 참고 있던 가슴속의 붉은 핏덩이가 급물살을 탄 듯 거세게 요동치고 있었다.

"내가…… 내가 중요해? 영화가 중요해?"

"너 왜 그냐? 비교할 걸 비교해야지. 당연히 영화가 중요……."

장난스럽게 대답하던 진우가 말을 멈추었다.

"몽실, 너 왜 그래?"

걱정으로 일그러진 눈썹과 부드럽게 말려 올라간 입술선, 다정한 말투에 또 한 번 명치끝이 아렸다.

"우린…… 뭐야?"

"응?"

진우의 음성이 너무 달콤해서 눈물이 날 것만 같았다. 진실은 치밀어 오르는 감정을 억지로 가라앉히며 다시 그의 이름을 불렀다.

"정진우."

그가 대답 없이 빤히 쳐다보았다.

더는 참을 수가 없었다.

진실은 팔을 뻗어 진우를 껴안았다. 그리고 그의 입술에 입을 맞추었다. 두 눈을 꼭 감은 채, 뜨거운 허리에 팔을 두르고 입술을 맞부딪쳤다.

잔뜩 굳어 있던 그의 두 팔이 툭 떨어지는 것이 느껴졌지만, 눈을 뜨지 않았다. 너무 창피해서 눈을 뜰 수가 없었다.

.

.

.

그리고 진실은 알게 되었다.

영화는 영화, 현실은 현실일 뿐이라는 것을.

평소 영화나 드라마를 보다 보면 나오는 장면들…… 감정적으로 늦된 남자 주인공을 보다 못한 여자 주인공이 먼저 입술을 덮쳐 감정의 도화선을 당기면 잠자고 있던 남주의 욕망이 다이너마이트처럼 터져 나와 거칠고 깊은 키스를 나누게 되는 그런 일들……. 가슴이 두근거리고 손에 땀을 쥐게 하는 그런 영화 속의 장면은 현실에서는 결코 일어나지 않았다.

민망하게도 진우는 어떤 행동도 취하지 않았다. 진실의 허리에 팔을 둘러 가슴이 터질 것처럼 꼭 끌어안지도 숨이 막히고 다리가 후들거릴 것 같은 열정적인 딥키스도 하지 않았다. 그저 넋이 나간 멍청이처럼 어색하게 서서는 거칠게 숨을 몰아쉴 뿐이었다. 미친 듯이 뛰고 있는 진우의 심장 소리를 들으며 진실은 천천히 입술을 떼어냈다.

'아무 일도 일어나지 않아.'

'진우는 지금 어쩔 줄을 몰라 하고 있어.'

당황해하는 진우의 마음을 느낀 순간, 진실은 온몸의 수분이 다 날아가 버린 듯 심한 갈증을 느꼈다. 바짝바짝 말라가는 입술처럼 가슴속 심장 역시 수없이 많은 실금이 생겨 버린 것 같았다.

이대로 한 줄기 연기가 되어 흔적도 없이 날아가 버릴 수만 있다면 얼마나 좋을까? 진실은 간절한 염원을 담은 채 서서히 눈을 떴다.

"……으…… 흠."

아주 잠깐의 침묵이 흘렀다.

어떻게 해야 하지? 이 자리를, 숨 막히는 이 자리를 어떻게 벗어날까?

진실은 눈을 내리깔며 진우의 눈길을 피했다. 혼란에 빠진 것이 분명한 진우의 눈을 보게 된다면…… 미친 듯이 균열을 일으켜 대고 있는 심장이 더 아파올 것이다.

영원처럼 느껴지는 몇 초가 흐른 후, 어떤 미동조차 없던 진우가 아무 말 없이 진실의 어깨를 꽉 쥐었다. 화끈 열이 날 것 같은 뜨거운 손길에 혹시나 하는 기대를 가졌지만, 곧바로 어깨에서 떨어지는 진우의 손길은 백 마디 말보다 분명한 의사 표현이었다. 위로하는 진우의 손길이 군더더기 없는 성격답게 짧고 강렬했다. 그 한 번의 동작으로 진우의 마음을 고스란히 알 수 있었다.

그렇구나. 넌 그렇구나. 난 아닌데.

진실은 창피함에 붉어진 얼굴로 힘겹게 입을 열었다.

"알았어. 알았어. 그런데 진우야, 나 지금…… 쪽팔려서 죽을 것 같으니까 오늘은 아무 말도 하지 마."

지금 이 시점에서 위로나 동정을 받는다는 것은 죽고 싶을 만큼 비참하고 창피한 일이다.

끄덕끄덕. 진우가 고개를 끄덕였다.

"눈도 감아. 나 갈 때까지 눈 뜨지 마."

진우가 말 잘 듣는 아이처럼 눈을 감았다.

진실은 큰 숨을 삼키며 천천히 진우에게서 한 걸음 물러났다.

온몸의 신경이 다 눈가로 쏠리기 시작했는지 눈 주위가 아릿해지며 시큰거리기 시작했다.

혼자서 키워왔던 감정이니 혼자서 수습할 수 있을 거야. 진실은 눈물을 흘리지 않기 위해 크게 심호흡을 하며 숨을 들이마셨다.

"집에 갈 거야……."

사포를 삼킨 듯, 까끌까끌한 목소리를 뱉어내고는 겨우 뒤돌아섰다.

미동도 없이 우두커니 서 있는 진우의 존재가 절망스럽게 느껴졌지만, 두 다리에 힘을 주고 한발 한발 열심히 내디뎠다. 걸음마를 배우는 아기가 온 힘을 다해서 발걸음을 옮기는 것처럼 애를 썼다. 그렇지 않으면 다리에 힘이 풀려서 넘어져 버릴 것만 같았다.

용케 버티고 있던 균열된 심장이 기어이 터져 버린 모양인지, 지지는 듯한 뜨거운 아픔이 느껴졌다. 눈으로 확인 가능하다면 붉은 피가 줄줄 새어 나오는 모양새를 고스란히 볼 수 있을 것 같았다. 하지만 약한 모습을 보이고 싶진 않았다.

진실은 이를 악물며 참아냈다.

아주 짧은 순간이었지만 맞닿은 그의 입술에서는 달콤한 딸기 맛이 났었다. 농구 게임을 하며 먹은 사탕 때문일 것이다. 어쩌면 두 번 다시 맛볼 수 없는 맛일지도 몰랐다.

사물이 정지해 버린 정적 속에서 진우는 천천히 눈을 떴다.

가슴이 서늘해지는 공허감. 진실이가 없어졌다. 벌써 사라지고 보이지 않는다. 진실이…… 떠나 버렸다.

"나, 집에 갈 거야……."

쉬어버린 목소리가, 아픔을 토해내던 목소리가 그의 귓가에 메아리처럼 반복되고 있었다.

울리기 싫었다. 진실이의 눈에서 흘러내리는 눈물은 절대 보기 싫었다.

진실이를 꼭 끌어안고 미친 듯이 키스를 돌려주고 싶었다. 하지만 그럴 수가 없었다. 형과의 약속이 그의 발목을 잡고 있었다. 슬픈 얼굴로 부탁하던 형의 눈동자가 세세히 기억났다.

형이 돌아올 때까지 어떤 표현도 하지 않기로 했다. 오늘 아침에도 그렇게 약속을 했었다. 그런데…… 어쩌면 그 약속을 지키지 못할지도 모른다는 예감이 들었다.

진우의 눈앞에 안개가 낀 것처럼 시야가 흐려졌다.

진실이 사라지는 것을 보지 않기 위해 눈을 감았다.

너무 아플 것 같아서. 잡아버릴 것만 같아서. 잡고 영영 놓지 않을 것 같아서. 눈을 감아버렸다. 보지 않으면 괜찮을 것이라 생각했다. 힘없이 돌아서는 모습을 보지 않으면 덜 아플 것 같았다. 그런데 아무래도 계산 착오였나 보다. 진실이 사라졌음에도 눈에 보이지 않는데도 심장이 아파왔다. 너무 아파서 숨을 쉴 수가 없었다. 잔인한, 인정이라고는 눈곱만큼도 없는 누군가가 상처투성이 심장을 쥐어짜고 있는 것처럼 격한 통증이 느껴졌다.

"이 밥통아……."

진우는 천천히 걸음을 옮겼다.

어지러웠다. 하늘이, 땅이 빙글빙글 돌아가고 있었다. 진우는 멈춰 선 채로 눈을 감았다. 아무것도 보이지 않자 생각은 더 또렷해진다. 아파하던, 고통스러워하던 진실의 얼굴이 떠올라 진우를 괴롭혔다.

"등신."

고등학교 1학년, 진실의 생일에 형의 진심을 알게 되었다.

"진실이가 좋아. 진실이를 보고 있으면 행복해져. 제발…… 진우야."

진실이에게 건네줄 선물과 마음을 담은 카드를 발견한 형이 하얗게 질린 채로 말을 했다. 결국, 진우는 준비했던 선물을 건네줄 수가 없었다.

어머니를 닮은 형이 진실과 웃을 때마다 가슴 깊은 곳이 찌르르 아파오는 것을 느꼈지만, 참을 수밖에 없었다.

진실이 감당하기 힘든 수술을 할 때도 그저 옆에 있어줄 수밖에 없었고 아빠가 떠나시고 힘이 들어할 때도 옆에 있어주는 것밖에는 달리 도리가 없었다. 그저…… 옆을 지키는 것밖에는 아무것도 할 수가 없었다. 그렇게 곁을 지키다 보면, 옆에 있다 보면 말을 하지 않아도 자신의 마음을 알 수 있을 것이라 생각했다.

　그렇게 시간이 흘러 형의 마음이 자연스레 떠나가게 되면 그때, 그때 못다 했던 고백을 할 수 있을 것이라 생각했다. 그런데…… 이젠 그렇게까지 기다릴 수가 없을 것 같았다. 억누르고 억눌렀던 감정의 물꼬가 터져 버렸다.

　"알콜로 쓰린 마음을 달래기엔 너무 이른 거 아니냐?"

　현재는 포장마차에 앉아 소주잔을 기울이는 진우의 앞자리에 앉았다.

　"인마! 형님이 오랜만에 쉬시는데 버릇없이 운전기사나 시키고 말이야. 지금이 몇 신데 벌써 술이냐? 진실이랑 싸웠냐?"

　"나이가 몇 갠데 싸움을 하겠냐."

　"그럼. 왜 이래?"

　"젠장……. 아무것도 할 수 없는 내 자신이 한심하고 답답하다."

　진우가 나지막이 중얼거렸다.

　"진실이 어디 아프냐?"

현재의 물음에 진우는 얼굴을 찌푸렸다.

"아니. 아주 건강해. 무지 잘살지."

심술난 불곰처럼 퉁명스러운 진우를 바라보던 현재가 짧은 한숨을 내쉬었다.

"그렇지. 우리 정진우가 이렇게 가라앉을 일은 구진실에게 무슨 일이 생겼거나, 구진실의 주변에 무슨 일이 생겼거나, 그것도 아니면 구진실과 싸웠을 경우지."

현재는 그늘 가득한 진우를 보며 못마땅한 듯 혀를 찼다.

"내가 그랬나?"

"그래, 이 미친놈아. 또 뭔 일인데 이러냐?"

"모르겠어. 왜 이렇게 불안하고 답답하냐?"

곰 같은 놈. 툭 불거진 진우의 손을 물끄러미 바라보던 현재가 피식 웃음을 터트렸다.

진우는 항상 별스러운 놈이었다.

좋은 집안에 멀쩡한 허우대와 연예인 못지않은 멀끔한 얼굴을 가진 진우는 내내 불행해 보였었다. 화가 난 것 같기도 하고 깊은 생각에 잠긴 것 같기도 한 무표정한 얼굴은 보는 사람으로 하여금 괜히 주눅이 들게 만들었다. 선생님들조차 화가 나 있는 그를 건드리지 못했었다.

싸가지 없는 새끼.

고교 시절 반 친구들은 정진우를 '싸가지 없는 새끼'라고 불렀다. 그렇게 재수 없어 하면서도 아무도 그에게 시비 따위 걸 생각을 못했었다. 칠흑 같은 검은 눈동자로 빤히 쳐다보며 '저리 꺼져' 라고 툭 내뱉는 차가운 말투에 기가 질리고는 했었다. 그런 진우가 딱 한 사람, 옆 반의 구진실에게는 이상하게도 살갑게 굴었다. 간간이, 아주 간간이 여자 친구를 사귀는 걸 보면 분명 친구 사이는 맞긴 한데, 이상하게도 진실이 옆에 다른 남자가 있는 것을 보면 미친놈처럼 견디질 못했다. 갖은 시비를 걸어 전학을 보내던지 진실이 곁에 얼씬 못하도록 두들겨 패서라도 두 사람을 떼어놓곤 했었다. 물론 진실이 눈치채지 못하게 조심스럽게 행동을 했었다.

두 사람은 우정보다 끈끈한…… 아무튼 뭔가가 있었다.

"진실이한테 딴 놈 생겼어?"

"아니."

"그런데 왜?"

현재의 말에 진우는 눈살을 찌푸렸다.

"넌 내가 술 마실 일이 진실이밖에 없다고 생각하냐?"

"얌마. 가슴에 손을 얹고 진지하게 생각해 봐. 네가 진실이 일 말고 이렇게 진이 빠져 있을 일이 뭐가 있냐?"

"내가…… 그랬나?"

"네가 사고 칠 때마다 진실이가 연루돼 있었어. 진실이 괴롭히던, 그 이름이 뭐더라? 아, 병철. 김병철. 그 새끼에게 괜히 시비 걸어서 아주 반쯤 죽여놓고 정학당할 뻔했었지? 그때 너희 새엄마가 돈으로 막았잖아. 그리고 그 물리 선생. 진실이 손바닥 때린 그 여자 선생. 그 선생 학교 그만둔 것도 네가 새엄마 움직여서 한 짓이지? 진실이 입원했을 때, 수술했을 때……. 그때마다 너 사람 몰골이 아니었다."

"물리 선생님은 그만둔 건 아니었어. 전근 가신 거지. 그럼 아픈 애를 그렇게 패는데 가만 내비두냐? 그 조그만 거 때릴 데가 어딨다고. 아까워서 손도 못 대는 걸……."

진우가 퉁명스럽게 대꾸했다.

"너 지난번 전공 시험도 진실이 따라 병원 갔다가 재시 쳤다며? 얌마. 네놈이 갑자기 주식에 열중하는 것도 진실이 때문인 거 다 알아. 그렇게 애지중지하면서 왜 고백은 못하고 속만 끓이냐? 보는 나도 답답하다. 그래. 이참에 그 이유나 들어보자."

"미래 씨……."

현재의 여자 친구인 미래의 이야기를 꺼내자 여유롭던 현재의 얼굴이 딱딱하게 굳어간다. 조금 전의 그 기세는 온데간데없이 사라져 버렸다.

"우리 미래가 왜?"

"어떻게 참고 사냐? 방법 좀 가르쳐 주라."

집안의 반대에 도망치듯 일본으로 떠나 버린 미래를 기다리는 현재의 고뇌와 방황을 옆에서 봐왔던 진우였다. 쉽지 않은 질문이었지만 속이 터질 듯한 답답함을 이길 수가 없었다.

현재가 진우의 손에 든 소주병을 뺏더니 꿀꺽꿀꺽 들이켠다. 어지간히 속이 타는 모양이다.

"갑자기 그게 왜 궁금한데?"

"그냥. 넌 보고 싶은 미래를 안 보고 어떻게 견디나……."

"왜 안 봐. 봐. 가서 보고 와."

"그랬냐?"

"응. 비행기 타고 가서 몰래 훔쳐보다가 돌아와. 하루 종일 지켜 보다 돌아오고, 또 보고 싶어 미칠 지경이면 가서 한참을 훔쳐보 다 돌아오고. 그런다."

"완전 스토커네."

"그러게. 내가 생각해도 그렇다. 그런데 웃긴 게 뭔지 아냐? 내 가 가면…… 이상하게 미래가 내가 잘 보이는 곳에만 서 있어줘. 잘 보이도록 서서 밝게 웃고, 떠들고……. 그런다."

"너한테 보여주는 거네. 나 잘 있으니까 걱정하지 말라고."

"응. 그러는 거지. 그것만으로도 무지 고맙다. 밝게 웃으면서 잘 지내줘서. 그래서 더 고맙고 사랑스럽고 그래. 넌 인마. 복 받 은 줄 알아라. 약 먹고 죽는다고 노발대발하는 할머니도 없는데 뭔 걱정이야."

"휴. 할머니 대신…… 다른 사람이 있잖냐. 그래서 나도 답답하 다."

"어라? 왜? 새어머님이 진실이 반대하시냐?"

현재의 물음에 진우는 모양 좋은 입술을 벌려가며 피식 웃음을 터트렸다.

"아니. 어머님은 아니고……. 형이 그래. 진실이는…… 사랑해 마지않는 내 형이 바라는 유일한 여자거든."

조금만 소란스러웠다면 들리지 않을 나지막한 중얼거림을 현재 는 용케 알아들었다. 그는 석고처럼 굳은 얼굴로 진우를 바라봤 다.

"무, 무슨 소리야?"

"형이 진실이를 좋아한다고. 진실이가 없음 살 의미가 없대."

"헉. 형이? 대체…… 언제부터래?"

"몰라. 첫 번째 자살 시도 다음이었나? 암튼…… 건강해지면 진실이에게 프러포즈한다고 외고 다녔으니까."

진우가 자조하듯 중얼거렸다. 축 늘어진 어깨가 그의 아픔만큼 무거워 보였다.

"미치겠다. 진실이는? 진실이도 알아?"

"진실이는……."

눈을 감으라며 아프게 말하던 진실의 음성이 떠올랐다.

가슴이 다시 아파왔다.

"가끔 혼자 생각해. 형을 모른 체하고 내 마음대로 살고 싶다고."

"휴우……."

형을 끔찍하게 생각하는 진우의 마음을 모르는 현재가 아니었기에 그저 한숨만 쉴 뿐이었다. 그동안 진실이를 그렇게 끔찍하게 챙기면서도 이성으로서 다가가지 않던 진우의 모습들이 하나하나 이해가 되기 시작했다.

진실이를 향한 진우의 가슴이 우정은 아닐 거라 생각했다. 아주 가끔이긴 하지만 진실이가 다른 남자와 함께 있을 때의 진우의 눈은 질투로 불타고 있었으니까. 하지만 이런 비밀을 간직하고 있으리라고는 생각지 못한 일이다.

"우리 삼총사는 하나같이 왜 이러냐? 무하 놈도 미국에서 웬 여자를 찾아달라 야단이던데."

진우와 현재, 무하는 고등학교 때부터 함께 붙어 다닌 친구들이었다.

한국에서 전경으로 군 복무를 하던 무하는 봉사활동을 떠나던 중 큰 사고를 당했었다. 힘들게 치료를 마친 무하는 사고버스에서 자신을 감싸고 있던 낯선 여자를 찾는 중이었다.

"참! 그 여자 찾았어."

"사고 버스에 있던 그 여자?"

"응. 그 여자. 이름이 송서은이더라. 드디어 찾았어."

"무하 자식. 그렇게 찾더니만. 이제 어떻게 한다냐?"

"아버님 일도 있고. 조만간 한국 들어온다고."

"와우. 대단한 자식. 강무하. 우리 셋 중 제일 결단력이 있다니까. 아하. 좋겠다. 강무하! 이제 보고 싶은 여자 얼굴 실컷 볼 수 있겠다."

"나는……."

진우는 터질 듯 답답한 가슴으로 소주를 삼키며 한숨을 내쉬었다.

"……이러다 나도 미쳐 버리는 건 아닐까? 걱정이 되더라. 그래서 어머니 담당의를 찾아갔어. 그 선생님 말씀이 '사랑은…… 잠깐 스쳐 지나가는 정신병 같은 것'이라고 하시더라. 아무리 길어도 3년이면 끝이란다. 그래서 참고 참았는데 아무래도 선생님이 거짓말을 하신 것 같아. 3년이 훨씬 지났는데도 없어지지가 않아."

"미친, 네놈 지긋지긋한 그 성격. 차갑고 못돼 처먹고 냉정하고 싸가지 없는 그 성격이 왜 형이랑 진실이에게만은 해당이 안 되냐? 너 감정적 기형아냐?"

현재의 말에 진우는 피식 웃음을 터트렸다.

"걔가 없는 삶을 어떻게 상상하냐? 그렇다고 형이…… 죽게 둘 수도 없어."

"미쳐 버리겠다. 증말."

현재는 머리를 쓸어 넘기며 소주병으로 손을 뻗었다.

 6. 너의 뒤에 내가 있음을 잊지 말길…….

강현경은 가끔 우울증에 시달렸다. 50대 여성에게 찾아오는 반갑지 않은 갱년기 증상도 한몫하고 있겠지만, 강 교수는 그 빌어먹을 자연스러운 현상이 마음에 들지 않았다.

따지고 보면 우울할 이유가 하나도 없었다. 보기만 해도 우울해지는 큰아들은 명목상의 유학으로 스위스로 떠나게 됐고 속 썩이는 일 없이 알아서 잘 크는 둘째는 어디 내어놓아도 빠지지 않을 만큼 멋지게 성장했다. 사업 때문에 밖으로 돌긴 하지만 겉으로는 완벽하다 못해 지극히 넘쳐 보이는 남편과 사회적인 지위와 어디 나가도 뒤처지지 않을 부와 명예도 얻었다. 정말 강현경의 삶은 겉으로 보면 아무런 문제도 없었다. 그리고 이 모든 것이 그녀가 원했던 삶이기도 했다.

그런데 문제는 뜻밖의 곳에서 나타났다. 도무지 채워지지 않는 지독한 허기가 그녀를 괴롭히기 시작한 것이다. 가슴속 깊은 곳에 자리한 갈증이라는 괴물은 아무리 먹어도 만족하지 않았고 온 힘을 다하여 배출해 버리려 해도 뜻대로 되지 않았다. 이유도 없이 찾아오는 불안과 공포, 짜증은 아무도 모르게 다가와 그녀를 좀 먹고 있었지만 달리 해결책이 없었다.

남편의 외도를 알고 난 뒤부터였을 것이다. 가슴속의 울화가 통제할 수 없는 분노로 표출된 것은.

처음은 찌질한 조교가 화풀이 대상이었다. 가끔, 그녀를 알아보는 사람이 없는 식당 종업원에게 분노를 표출하기도 했다. 그렇게 조금씩 스트레스를 해소하며 살았다. 그래야 숨을 쉴 수가 있으니까.

이제 주말만 지나면 더 편안해질 것이다. 불편하던 큰아드님이 눈앞에서 사라지게 됐으니까. 한결 가벼워진 마음으로 어두운 창밖을 바라보던 강 교수는 문 밖에서 들리는 노크 소리에 '네'라고 짧게 대답했다.

육중한 문이 열리며 그녀의 둘째 아들이 모습을 드러냈다. 훤칠한 키에 맑은 피부, 고급스러운 로션 향을 품고 서재로 들어서는 진우. 쓸쓸함이 가득하던 방 안이 갑자기 훈훈해지는 느낌이 들었다. 진우는 그녀를 기분 좋게 만드는 마법 같은 힘이 있었다.

"늦었구나. 이제 들어오는 길이니?"

좀처럼 나오지 않던 부드러운 음성이 저절로 흘러나왔다.

"네. 오랜만에 현재랑 한잔했습니다."

"그래, 그랬구나. 어서 가서 쉬어라."

"부탁드릴 일이 있습니다."

진우가 예의 바르게 대답한다. 그것도 지나치게.

조금은 살갑게 대해줘도 될 텐데…….

언제나 예의 바르게 선을 긋는 진우의 태도가 조금은 서운하게 느껴진다.

"부탁이라니? 엄마에게 못할 말이 어디 있니? 편하게 얘기해 봐."

속으로 무슨 생각을 하는지 알 수 없는 큰아들 선우의 눈빛 속에는 거부와 두려움이 공존하고 있었지만, 겉으로는 한없이 순종적이었다. 오랜 시간 많은 아이를 가르쳐 온 강 교수가 큰아들의 이중적인 눈빛을 모를 리가 없었다. 그녀는 전처를 지나치게 닮은 선우가 달갑지 않았다. 언제나 눈을 내리깔고 웅얼거리는 아들이 부담스럽게 싫었다.

그에 비해 진우는 매사에 좋고 싫음이 분명한, 선이 굵은 아이다. 성격 또한 정직하고 올곧았다. 그래서인지 믿음직스럽고 신뢰가 갔다. 비록 그녀가 낳은 자식은 아니었지만, 반듯하고 속 깊은 진우를 바라볼 때마다 저도 모르게 흐뭇해졌다. 진우가 자신의 아들이었다면 얼마나 좋을까라는 생각이 들 정도로.

"혹시 선우에게 무슨 일이 생긴 거니?"

"아닙니다. 형 문제가 아니라 돈이 필요해서요."

"돈이 필요하다니?"

강 교수는 눈살을 찌푸렸다.

돌아가신 조부, 조모의 부동산과 주식, 친모가 남긴 현금 등을 합하면 결코 적지 않은 재산을 보유한 걸로 알고 있었다. 물론 그 재산을 실질적으로 행사하려면 법적으로 26세가 넘어야 했지만 지금 현재로도 적지 않은 현금을 보유한 것으로 알고 있었다.

"으음. 은행에 적지 않은 잔액이 있는 걸로 아는데. 이렇게 와서 말을 할 정도면 액수가 꽤 큰 모양이구나? 그래, 얼마가 필요해서 아드님이 나를 찾아오셨을까?"

처음으로 도움을 요청하는 진우의 태도에 기분이 좋아진 강 교수가 여유롭게 말했다.

"아닙니다. 어머니께 도움을 청하려는 게 아니라 제 앞으로 된 제주도 별장을 처분하고 싶습니다. 그곳은 26세가 되지 않아도 처분할 수 있는 걸로 알고 있습니다."

기분 좋게 아들을 대면하던 강 교수의 얼굴빛이 조금씩 흐려지기 시작했다.

"제주도 별장을? 그건 돌아가신 어머니가 남겨주신 거잖아. 대체 얼마가 필요하기에 거기까지 손을 댄단 말이니?"

이 아이에게 무슨 일이 생긴 거지? 걱정스러운 마음으로 진우를 쳐다보던 강 교수의 레이더에 한 가지 걸리는 점이 있었다.

"혹시 진실이 일이니?"

"······."

강 교수의 물음에 진우는 침묵했다.

아무 말 없이 서 있는 아들을 보며 강 교수는 불쾌함을 느꼈다. 단지 옆집에 산다는 이유관으로 진우의 옆에 붙어 있는 아이. 두 아이가 남다르게 친한 것은 알고 있지만 진실을 위해 너무 많은 손해를 감수해야 했던 아들이 이번에는 친모의 유산에까지 손을 대려 하고 있었다.

"진실이네가 요즘 어렵다는 소식은 들었다. 그렇다고 해서 돌아가신 어머니가 남겨주신 별장까지 손을 대는 것은 반대하고 싶구나. 네가 도울 수 있는 크기의 문제가 있고 아닌 게 있어."

"고작…… 건물일 뿐인걸요."

고작…… 건물일 뿐이라니.

이 집안에서 진우가 그 별장을 얼마나 아끼는지 모르는 사람은 한 명도 없었다. 맹랑한 계집애 때문에 그렇게 아끼던 별장이 고작 건물이 되어버렸다니.

요즘 들어 비교적 잘 다스려 오던 분노가 다시 솟구치고 있었다. 강 교수는 심호흡을 하며 솟구쳐 오르는 화를 가라앉히기 위해 노력했다.

"진우야, 이번 건은 너 혼자 결정할 상황이 아닌 것 같아. 아버지와도 충분한 상의가 필요하고. 이 문젠 아버지 오시면 다시 얘기하도록 하자. 너도 충분히 생각할 시간이 필요한 것 같고. 엄마 피곤한데…… 좀 쉬고 싶구나."

부드러운 거절에도 진우는 쉽게 포기하려 하지 않았다. 고집스럽게 자신을 바라보는 진우를 보며 강 교수는 찻잔을 들어 올렸다.

"차 한 잔 줄까?"

"아닙니다. 쉬십시오."

한참 만에야 대답을 한 진우가 꾸벅, 인사를 하고 물러났다.

"어쩌다 그런 애를 친구로 뒀을까? 이래저래 마음에 드는 구석이 하나도 없네."

구진실.

진우의 옆에 딱 붙어서는 울분 가득한 눈으로 자신을 바라볼 때부터 기분을 언짢게 만들던 아이였다. 진우가 자신에게 거리감을 두는 것도 어쩌면 그 아이의 영향일지도 모른다는 생각을 한 적이 있었다. 혹여 사실이 아니라도 아들의 장래에 전혀 도움이 안 되는 아이임이 분명했다.

강 교수는 찻잔으로 손을 뻗었다. 이미 식어버린 커피가 식도를 타고 넘어가자 쓴맛이 강하게 올라왔다. 오늘 밤은 아마도 아주 긴 밤이 될 것 같았다. 강 교수는 또 한 번 눈살을 찌푸리며 두통약을 찾기 시작했다.

어슴푸레한 새벽, 눈을 뜬 진실은 암담함에 깊은 한숨을 토해냈다.

지난밤, 그렇게 기도를 했건만 천지개벽은 일어나지 않은 모양이다.

앞으로 어떻게 진우의 얼굴을 봐야 할지. 막막하기만 했다.

#잘 잤냐?

새벽녘 진우에게서 온 문자는 심장이 멎을 만큼 공포스러웠다.

일단 거절은 아니니까, 희망을 가져야 하나? 아니면 깨끗하게 포기를 하고 다시 좋은 친구로 돌아가야 하는 걸까? 괜한 짓 하다 좋은 친구마저 잃게 되는 것은 아닐까?

갈팡질팡하는 진실의 마음처럼 날씨도 비를 뿌리다 말기를 반복하며 오락가락하기 시작했다.

#해장할까?

진우에게서 온 두 번째 문자를 외면하고 외출 준비를 서둘렀다.

날이 밝자마자 다시 찾은 바닷가에서 진실은 잃어버린 발찌를 찾아 헤매기 시작했다. 어둠 때문에 누군가 주워가지도 않았을 테니 어딘가에 떨어져 있을 것이 분명했다. 해변에서 콩나물 국밥집까지의 길을 천천히 훑어보았다. 가장 의심이 가는 농구 게임기 근처를 샅샅이 뒤지고 있던 진실의 귓가에 부드러운 음성이 들려왔다.

"뭘 잃어버렸나 봐요?"

고개를 들어보니 운동복을 입은 남자가 걱정스럽게 바라보고 있다.

"함께 찾아드릴까요?"

예의 바른 말투와 반듯하게 생긴 얼굴, 맑은 눈동자를 보니 나쁜 사람 같아 보이진 않았지만, 처음 보는 남자에게 미주알고주알

이야기하고 싶지 않았다.

"아무것도 아니에요."

진실의 대답에 남자가 미간을 찌푸렸다. 하얗고 말간 얼굴이 찡그려도 멋있게 보이는 근사한 남자였다.

"아무것도 아닌 게 아닌 것 같은데. 정 뭣하면 신분증이라도 맡아놓으실래요? 것도 아니면 경찰이라도 불러서……."

장난스러운 그의 말투에 피식 웃음이 났다.

"아니요. 괜찮으니까 가던 길 가세요."

"나 보물찾기 진짜 잘하는데……. 대회 열면 아마 우승할걸요."

남자가 천진난만하게 말했다.

낯선 남자의 해맑음에 경계심이 조금씩 사라지기 시작했다.

"웃으니까 훨씬 예쁜데요. 앞으로 자주 웃어요. 자, 이제 우리 앞에 닥친 문제점에 대해 말해봅시다. 뭘 찾고 있었어요?"

키가 큰 남자가 쪼그려 앉으며 물었다. 가까이서 보니 훨씬 선량한 인상이다. 반듯하지만 차가워 보이는 진우와는 전혀 다른…… 이런, 또 진우 생각을 해버렸다.

진실은 진우의 생각을 떨쳐 내며 눈앞에 닥친 과제를 해결하기 위해 집중했다.

"발찌를 잃어버렸어요."

"이런……. 뭔가 의미심장하게 들리는데요."

엉거주춤 앉은 남자가 머리를 숙이더니 기계 밑을 살핀다.

"저기……. 그렇게까지 애쓰실 필요는 없는데……."

"없긴요. 근데 애인이 선물해 준 건가 봐요?"

"아뇨. 그런 건 아닌데."

"그럼 금? 요즘 금값도 비싼데 엄청 속 쓰리겠는걸요. 찾으면 반땡 하는 겁니다. 어떻게 생겼어요?"

진실은 작게 웃음을 터트리며 발찌의 모양을 설명했다.

"금색이긴 한데 도금인지 진짜 금인진 잘 모르겠어요. 가는 두 줄이고요, 조그만 하트가 여러 개 달려 있어요."

"알겠어요. 도금이든 뭐든 일단 반짝거리는 걸로 찾아보자고요. 그런데……."

남자의 얼굴이 코앞으로 불쑥 다가오는 바람에 진실은 엉덩방아를 찧을 뻔했다.

"왜? 왜 이래요?"

"괜찮은 겁니까? 얼굴이 아주 붉은데……. 혹시 열나는 거 아닌가?"

"아, 아…… 전 괜찮아요."

"좋아요. 본인이 그렇다면야. 그럼 이제 발찌를 찾아볼까요? 내가 저 안쪽을 살필 테니 아가씨는 뒤로 떨어지지 않았는지 확인해 줘요."

남자가 말했다. 확신에 차 있는 힘찬 말투가 왠지 신뢰가 가는 사람이었다.

주위를 둘러보던 남자가 어디선가 구해온 긴 막대기로 기계 밑을 휘젓기 시작했다. 그리고 거짓말처럼 게임기 밑에 있던 발찌를 찾아냈다.

"이거 맞죠?"

남자가 손가락으로 발찌를 집어들며 의기양양하게 말했다. 너무나 쉽게 문제가 해결되었다. 진실은 환하게 웃었다.

"정말 감사합니다. 친구가 좋아할 거예요. 저기…… 사례를 어떻게 해야 할지."

"에이. 찾으면 반땡 하자니까요."

"네에?"

진지한 얼굴의 남자가 농담을 하는 건지, 진담을 하는 건지 도무지 알 수가 없었다.

"하하하. 농담입니다. 원래 소중한 것을 잃어버리면 쉽게 찾아지지가 않습니다. 그럴 땐, 아무 상관 없는 제삼자가 더 잘 찾는 법이에요. 사례는 시간 되시면 해장국이라도 한 사발 하는 걸로?"

"죄송합니다. 제가 바로 학교로 가봐야 해서."

"이런. 아쉽지간, 학구열에 불타는 학생의 앞길을 막을 순 없죠. 대신 다음에 또 만나게 되면 커피 한 잔 얻어 마시는 걸로 합시다. 그럼 전 이간 가보겠습니다."

남자는 나타났을 때와 마찬가지로 바람처럼 사라져 버렸다.

교수실은 단정하고 빈틈없는 주인을 닮아 있었다.

진실은 자신을 훑어보는 강 교수의 날카로운 눈빛을 담담히 맞았다. 아니, 사실은 담담해지려고 안간힘을 쓰고 있었다.

"앉거라. 그래, 이살 간다고."

"네."

"어머니 가게가 많이 힘들다고 하던데……."

강현경 교수의 목소리는 차분하고 다정했지만, 강 교수가 자신을 탐탁히 여기지 않는다는 것을 진실은 알고 있었다. 세련되고 교양 있는 말투와 달리 진실을 바라보는 눈빛은 항상 차갑고 냉정했었다. 바로 지금처럼.

"네가 고생이 많겠구나."

"아닙니다."

"엄마 가게는 영영 회복할 기미가 없는 거니?"

궁금해서 묻는 게 아니라 확신을 굳히기 위한 물음이었다.

"어렵긴 하지만, 열심히 노력하고 계시니까 곧 일어서실 거라 믿고 있습니다."

강 교수의 날카로운 눈초리가 진실의 얼굴을 훑고 지나갔다. 진실의 대답이 마음에 들지 않는 것이 분명하다.

"기특하구나. 그래, 사업이란 게 한번 어려워지면 회복하기가 쉬운 일이 아니니까 이렇게 어려운 때일수록 네가 힘이 되어드려야지. 자, 그럼 우린 본론으로 들어가 보자꾸나. 우리 진우가 네 걱정을 많이 하더구나. 널 돕겠다고 친모가 남겨주신 제주도 집을 팔겠다고 그러던데 너도 아는 일이니?"

강 교수의 말에 놀란 사람은 진실이었다.

"전혀…… 모르는 일입니다."

"그래, 그렇겠지. 설마 알고도 가만있었을라고. 그래서 내 딴에는 도움이 될까 하고."

강 교수가 명함을 내밀었다.

"영화 일을 하는 친구야. 전남편 조카 되는데 꽤 이름도 있고 실력도 괜찮아. 이번에는 다큐멘터리 영화를 찍는다고 하더구나. 현장 스태프를 구한다는데 한 번 가보겠니? 어차피 그쪽 일 할 거면 현장 경험을 쌓는 것도 괜찮을 테니까."

"……고맙습니다."

고개를 숙이는 진실의 뒷덜미가 따끔거렸다.

"그런데 건강은…… 괜찮은 거지?"

"그럼요."

"다행이네."

강 교수가 차갑게 웃으며 차를 한 모금 삼켰다.

"차 한잔하겠니?"

"아닙니다."

"그래. 이만 나가봐라."

먼저 자리에서 일어난 강 교수가 책상 뒤로 돌아가 서류들을 뒤적였다.

"안녕히 계세요."

"아참, 진실아."

인사를 하고 교수실을 나서려는 진실을 강 교수가 다시 불러 세웠다.

"병원은 여전히 우리 진우와 같이 다니는 거니?"

부드러운 목소리였지만 질책이 섞여 있었다.

"……네."

"휴우. 그래, 알았다."

백 마디 질책보다, 천 마디 잔소리보다 더 마음이 무거워지는 한숨 소리였다.

"이제 그만 나가봐라."

"안녕히 계세요."

진실은 아무것도 모르는 둔감한 아이처럼 '꾸벅' 인사를 하고 교수실을 벗어났다.

무거운 걸음으로 복도를 걷는 진실의 앞에 불쑥 캔 커피가 내밀어졌다.

"앗! 깜짝이야."

경서였다.

"경서 네가 여긴 어쩐 일이야?"

"마셔! 크롱크롱."

"크롱크롱? 뭔 소리야?"

"크롱 몰라? 뽀로로에 나오는 공룡. 걔가 크롱크롱 이러고 다니잖아. 앞으로 나를 크롱이라고 불러줘. 크롱크롱."

"헐."

"헐은 무슨. 너도 진실인데 진우는 맨날 몽실이라 그러잖아. 그니까 나도 크롱 할래. 크롱크롱."

"왜 하필 공룡새끼."

"몽실이는 강아지 같거든."

"알았어. 크롱, 여긴 어쩐 일이야? 크롱."

"헤헤. 크롱크롱. 어쩐 일이긴. 애들이 너 의과대학 사무실로 들어갔다기에 와봤지. 이 건물서 네가 아는 사람이 강 교수님밖에 더 있어? 그런데 강 교수님이 왜 널 불렀어? 불러서 뭐라셔? 우리 진우랑 만나지 마라, 우리 진우 어릴 때부터 집안끼리 맺어둔 애가 있다. 이럼서 돈 봉투 내밀디? 크롱크롱."

"헐! 막장 드라마 극본 쓰냐?"

"그럼? 뭘? 시크릿 가든의 분홍여사처럼 뭘이라도……. 아! 뭘은 아니구나. 그럼 뭐야? 크롱크롱."

의심스러운 눈초리로 진실의 아래위를 훑어보던 경서가 고개를 갸우뚱거렸다.

"그냥. 알바자리 알아봐 주셨어."

"정말? 크롱크롱."

진실의 말이 믿어지지 않는 모양인지 경서는 여전히 의심스러운 눈초리를 거두지 않았다.

"응. 그리고 그 크롱 그만하자."

"왜?"

"정신 사나워."

"흑흑. 알았어. 크롱. 그런데 뭔가 냄새가 나는데 말이지."

"냄새라니?"

다행히 공룡 새끼의 울부짖음이 사라졌다.

"강 교수님이 너 안 예뻐하시잖아. 그런데 알바자리를 알아봐 줬다니까 뭔가 미심쩍은 냄새가 나서."

"우리 경서, 드 너무 멀리 나가신다."

"아냐. 분명 뭔가 있어. 구진실이 말이야, 명색이 아들의 베프인데 한 번도 따뜻한 눈길을 주는 걸 못 봤거든. 워낙에 차가운 양반이라 그럴 수도 있겠다 싶었지만 진우를 바라보는 눈길은 전혀 안 그렇단 말이야. 그래서 말이지 난 강 교수님이 시어머니 입장에서 널 질투하는 건 아닐까? 혼자 상상도 해봤다."

경서의 말에 진실은 피식 웃음을 터트렸다.

"진우가 어머니보다 널 더 좋아하니까 충분히 그럴 수 있지. 나라도 진우 같은 아들이 지 여자 친구만 챙기면 속에서 열불이 날 거라고. 만약에 내가 진우 엄마라면 말이지, 진우를 방 안에 가둬놓고 밥도 내가 떠먹여 주고 옷도 내가 갈아입혀 주고 잠도 내가 재워주고 나만 볼 거야. 큭큭."

두 볼을 붉힌 경서가 요상한 웃음을 터트리며 웃어댔다.

"그건 엄마가 아니라 스토커고."

"헤헤. 그런가? 아무래도 내가 크리미널 마인드를 너무 많이 본 건가?"

칙칙한 의대 건물을 벗어나 밝은 햇살이 가득한 캠퍼스로 나왔다. 맑은 공기를 쐬니 기분까지 상쾌해지는 것 같았다.

"그렇지. 우리가 엽기적인 인간들 나오는 미드를 너무 많이 본 거지."

진실이 말랑말랑한 로맨스 드라마를 선호하는 반면 경서는 엽기적인 범죄자들이 나오는 미국 드라마의 열광적인 팬이었다. 프로파일링 기법으로 범죄자의 심리를 꿰뚫는 심리수사 시리즈 크리미널 마인드 같은 반전 수사극을 쓰고 싶다며 외고 다니는 경서는 케이블 드라마 공모전에 추리극을 응모하고 그 결과를 기다리는 중이었다.

"참! 케이블 공모전 결관 나왔어?"

"며칠 연기됐대. 기다리다 미쳐. 차라리 영화사를 뚫어보는 게 빠를까?"

"것도 좋은 생각."

"그렇지? 하루에도 열두 편이 넘는 시놉이 떠오르는데 이대로 묵혀두기가 너무 아깝단 말이지. 어젠 여자를 납치해서 발가락을 잘라 구두를 신기는 연쇄살인범 이야기를 생각해 봤는데 어때? 완전 흥미롭지?"

"어디선가 본 것 같아."

"그럴 리가?"

"분명 봤어."

"그런가?"

"어. 기억났다. 범죄자와의 인터뷰 시즌 4, 8화에 나왔어."

"헉. 그럼 머리로 할까? 머리카락을 빡빡 밀어서 자기 머리에 붙이고 다니는 거야. 긴 머리를 갖고 싶은 여장 남자 이야기. 어때?"

"가발을 사주고 싶다."

"헐…… 그럼 손가락을 잘라서 애기 장갑을 끼워줄까?"

"경서. 눈앞에서 잘린 발가락과 손가락들이 떠다니는 것 같애. 미드가 심약한 우리 정서를 다 버려놓은 것 같아."

진실은 머리를 흔들며 걸음을 빨리했다.

"그럼 이건 어때? 특별한 목적을 가진 사람들이 한 섬에 모이는 거야. 거기서 의문의 살인사건이 생기는 거지. 하나둘 차례차례 죽어가는 거야. 어떤 사람은 하반신이 잘리고, 어떤 사람은 눈알이 파이고, 어떤 사람은 가죽이 벗겨지고, 또 어떤 사람은 머리통만 없어지는 거야. 근데 그 사람들이 죄다 용의자로 의심받던 사람들인 거지."

"하퍼스 아일랜드. 미국 CBS 2009년도. 우리 같이 손잡고 봤어."

경서의 얼굴에 실망감이 한가득 떠올랐다.

"이런 젠장. 그랬었나?"

"응. 경서 네가 침까지 흘리면서 환장했었어."

"헐. 이럴 수가. 이젠 뭐가 뭔지 죄다 헷갈려. 이게 똥인지 된장인지도 구별 못할 것 같아. 이젠 맞춤법도 안 돼. 세상에 엊그젠 시놉을 짜다가 '든'과 '던'을 죄다 바꿔 쓴 걸 발견했지 뭐야."

"나도 그래. 글 쓰다 보면 '동네'랑 '동내'랑, '돼'와 '되'가 왜 그렇게 헷갈리는지 몰라."

"우리 같이 병원 가볼까? 조기 치매, 건망증 뭐 이런 거?"

"싫어. 3개월마다 약 타러 가는 것도 지겨워 죽어."

"헐. 진우가 같이 가주잖아. 얼마나 좋아."

"그럼 네가 가."

"크롱크롱. 그건 힘들겠다. 진우가 싫어할 거야. 그런데 진실. 진우…… 랑은 무슨 진전 같은 건 없었어?"

진실의 눈치를 살피던 경서가 은근슬쩍 물었다.

"진전은 무슨……."

"그럴 리가 없어. 내 연애 레이더는 틀린 적이 없단 말이야. 그나저나 걔 왜 그렇게 뜸을 들인다니. 고백을 했어도 골백번을 더 했어야 하는데 말이지."

경서가 고개를 갸우뚱거리며 의아해했다.

"아니니까."

"아니야. 분명해. 구진실! 그러지 말고 네가 먼저 고백해 버려. 술 먹여서 해롱거릴 때 확 덮쳐 버리라고."

눈빛을 반짝이며 야릇한 미소를 짓는 경서를 보며 진실은 고개를 흔들었다.

"이번에는 에로물이야?"

"그럼 줘 패서 가둬놓을래?"

"미저리?"

"미저리라니. 케시 베이츠에 비해서 우리 몽실이는 너무 예쁘잖아."

"고마워, 경서. 그런데 내가 먼저 덮쳤어."

"뭐?"

"내가 먼저 키스 했다고. 나 학과 사무실에 가서 조교 언니 만나야 해. 알바 때문에 양해 구할 게 있거든. 우리 이만 찢어지자."

"헉! 진짜? 진짜 키스를 했단 말이야?"

기차 화통을 삶아 먹었는지 경서의 목소리가 쩌렁쩌렁 울려 퍼졌다.

"아예 방송을 하시지. 지나가는 사람들 다 쳐다보거든."

"그랬더니? 그랬더니 뭐래?"

"뭐라긴. 그냥 가만있지."

"헐! 너 지금 농담하는 거지?"

"그래. 나도 농담이었면 좋겠다. 나 먼저 간다."

진실은 학과 사무실을 향해 달리기 시작했다. 목적지가 가까워질 무렵 입가에 맴돌던 미소가 서서히 지워져 갔다.

 7. 한 사람과 또 한 사람

선우가 떠나는 날은 부슬부슬 비가 내렸다.

배웅하러 같이 가지 않겠냐는 진우의 말에 고개를 끄덕였다. 둘 사이의 어색함으로 선우와의 의리를 저버릴 수는 없으니까.

공항으로 향하는 차 안은 생각보다 편안했다. 진우는 운전에만 집중하고 있었고 진실과 함께 뒷좌석에 앉은 선우는 놀러 오라는 말을 몇 번이나 반복하고 있었다. 스스로 원해서 가는 요양이긴 했지만 막상 닥치고 보니 여러 가지 복잡한 생각이 드는 것 같았다.

"잘 다녀와, 오빠."

"꼭 놀러 와."

"응. 노력해 볼게."

떠나는 선우를 향해 손을 내밀던 때였다. 주저하던 선우가 진실을 꼭 껴안았다. 항상 연약해 보이던 선우에게서 어떻게 이런 힘이 나오나 싶을 정도로 강한 포옹이었다.

"오…… 오빠."

"꼭 와. 너 많이 보고 싶을 거야. 그러니까 꼭 와라!"

선우는 다시 한 번 더 힘을 주어 진실을 껴안았고 바둥거리던 진실에게 미안한 듯 미소를 지어 보였다.

"잘 있어. 다녀올게."

그렇게 선우는 입국장 안으로 사라져 갔다.

멀어지는 선우를 바라보던 진실과 진우는 말없이 주차장으로 향했다. 제법 긴 거리를 걸어가는 내내 진실은 진우가 신경 쓰여 견딜 수가 없었다.

"밥은 먹었냐?"

평상시처럼 묻는 진우와 시선을 마주치지 않기 위해 고개를 돌리며 대답을 했다.

"응."

바닷가 사건이 있었던 후로 일부러 진우의 전화와 문자를 피했다. 그를 만나면 어떤 표정을 지어야 할지, 어떤 말을 해야 할지 갈피를 잡을 수가 없었다. 이러다 정말 아무것도 아닌 사이가 될까 봐 겁이 나다가도 진우를 옆에 두고도 평생 친구로 살아야 한다면 차라리 안 보는 게 낫다는 생각이 오락가락하고 있었다.

"구진실!"

진우가 진실의 이름을 불렀다.

멀건 얼굴로 자신을 빤히 내려다보는 진우를 보니 심장이 죄어 왔다. 아리한 통증이 서서히 퍼지는 것이 숨이 막혀오는 것도 같 았다. 차라리 이 인간을 안 보는 게 나을지도 모르겠다.

"얼굴이 왜 그 모양이야?"

정성껏 빚어놓은 것 같은 그의 입술에서는 덤덤한 목소리가 나 왔다. 마치 아무 일도 없었던 사람처럼.

얄미운 놈!

"내 얼굴이 어때서?"

오기는 진실에게 힘을 주었고 덕분에 차분한 목소리가 흘러나 왔다.

"다크가 목까지 내려왔어."

그의 시선이 얼굴을 지나 목까지 내려왔다. 속까지 훑을 듯 예 리하게 꽂히는 그의 눈빛에 피부가 따끔거리기 시작했다. 우습게 도 5년 동안이나 달고 살았던 수술 자국이 신경 쓰이기 시작했 다.

"컨셉이야!"

"그런 것도 컨셉으로 잡냐?"

"내 맘이야!"

"왜 내 문자 씹었어?"

"내 맘이야."

"전화도 안 받고."

"것도 내 마음."

"나랑 안 볼 것도 아닌데 왜 그냐? 혼자 말하고 혼자 삐치고 혼자 결정 내리고. 그렇게 살면 좋냐?"

"무슨 말이야?"

"그런 게 있어, 인마."

그의 손가락이 다가와 이마를 찔렀다.

이런 것도 싫어. 자꾸 이러면 설레잖아.

"안 갈 거야? 나 늦었어. 아참! 그리고 너, 이제 내 이마 찌르지
마."

매정한 말에 진우가 흠칫거렸다.

"왜?"

"가슴 떨린단 말이야."

순간, 진우의 얼굴이 붉어진 것 같았다. 하지만 그럴 리가 없다.
정진우가 수줍어하다니. 진실은 고개를 흔들며 망상을 날려 버렸
다.

"이사는 언제 할 거야?"

진우의 평이한 목소리. 역시 혼자만의 착각이었다.

"조만간 할 것 같아."

"어디 들어가서 차 한잔하고 가자. 할 말도 있고."

"나 바빠. 가면서 말해."

휴우. 진우가 낮은 한숨을 내쉬었다.

"이사…… 가기 싫으면 안 가도 될 것 같아."

우뚝. 진실이 걸음을 멈추었다.

"무슨 소리야?"

"돈을 구했어."

강 교수님의 말이 생각났다. 진실은 물끄러미 진우를 바라보았다.

"돈은 어디서 났어?"

"네 말처럼 나 부자잖아."

"그럼 그 많은 돈을 나에게 왜 주는 건데?"

"왜냐니? 무슨 뜻으로 듣는 거야?"

"너 지금, 나 동정하는 거니?"

진우의 얼굴이 딱딱하게 굳어졌다.

"야! 구진실!"

"아빠 재혼하시고 엄마 가게 힘들어지고 너에게 고백했다가 차였다고 지금 나 무시하는 거니?"

진실은 치밀어 오르는 화를 참을 수가 없었다. 사람들이 많은 주차장만 아니었다면 히스테리를 부렸을지도 모른다.

"그런 문제가 아니잖아. 넌 내 가장 친한 친구야. 그런 도움도 못 줘?"

"십만 원, 백만 원의 문제가 아니잖아. 집이라고. 그런 도움은 친한 친구라고 해도 이렇게 아무렇지도 않게 섣불리 주고 말고 하는 액수가 아니야."

"내가 어디 가서 훔친 것도 아니고 은행에 있는 돈 꿔주겠다는데 그것도 문제야?"

진우가 자동차의 잠금장치를 해제하며 소리쳤다.

"시기가 그렇잖아. 너 꼭 나 동정하는 것 같아."

"동정 아닌 거 알잖아. 입장 바뀌어서 네가 나라도 그렇게 했을걸."

"난 네가 싫어하면 안 했을 거야."

고집스럽게 말하자 진우의 얼굴이 점점 어두워졌다.

"그래서? 지금 내 도움 따윈 받지 않겠단 말이야?"

"응."

화가 난, 그것도 잔뜩 화가 난 진우가 낮은 목소리로 말했다.

"좋아. 이사 날 정해지면 말해줘."

"왜?"

"가서 돕게."

"포장 이사 하는데 뭐 하러."

조수석에 오르던 진실이 퉁명스럽게 말했다.

"휴우."

시동을 걸며 진우는 작게 한숨을 내뱉었다.

참을 수 없는 갈증…… 허기가 진다.

매사에 심드렁한 진우가 가장 싫어하는 것은 배고픔이다. 허기와 함께 찾아오는 초조함과 불안. 그가 배고픔을 싫어하게 된 이유는 아마도 어머니가 돌아가셨을 때 친척들이 수군거리던 소리를 들은 뒤부터였을 것이다.

"에고, 불쌍한 것. 이제 저 어린 녀석 밥은 누가 차려주니."

"그러게 말이야. 안됐어. 어린 나이에. 쯧쯧."

누가 가르쳐 주지 않아도 자연히 알게 되는 본능적인 감각, 눈치란 것은 나이를 불문하고 자연스레 깨우치게 되는 기묘한 능력이 있었다.

말귀를 알아듣게 된 순간부터 진우는 누군가가 어머니에 관한 이야기를 하면 귀신같이 알아채곤 했었다. 동정심이 가득 담긴 소곤거림은 진우의 귓속으로 기가 막히게 파고들었고 진우는 아주 어린 나이에 우울증을 이기지 못하고 두 아들과 세상을 버린 엄마에 대해 알게 되었다.

"정 사장 바람기 때문에 그런 거지? 아주 습관성이잖아."

"애들 엄마가 원래부터 신경이 약했다더만."

"거, 우울증으로 정신과 치료도 꽤 받더니만, 기어이. 쯧쯧."

"산사람만 좋은 일 시키는 거지. 그럼 그 바람피운 여자랑 재혼하는 거야?"

"아니. 그 여자랑은 진즉에 헤어졌고 재혼녀는 다른 사람이래."

친척들에게 흥미로운 기삿거리를 제공해 대는 아버지 덕에 진우는 심심할 틈이 없었다.

정통 보수 정치인임을 자랑스러워하는 할아버지가 그랬던 것처럼 진우의 아버지는 시끄러운 잡음이 들리기 전에 재빨리 일 처리를 마치는 재주가 있었다. 스캔들을 일으켰던 여인에게 '다시는 한국 땅을 밟지 않겠다'는 각서를 받은 뒤, 해외 호화주택과 고급차를 안겨주고 더나보내 버렸다. 깔끔한 뒤처리는 할아버지에게서 물려받은 것이리라.

버라이어티한 삶을 살아가는 아버지가 새롭게 맞이한 아내는 아름답고 교양이 넘치는…… 보물 같은 여자였다. 박물관에 전시된 희대의 보물처럼 경계선이 분명한.

'전방 30㎝ 이상 접근 금지.'

그녀에게 가까이 다가가면 경보음이 울릴 것만 같았다.

진우를 키워주신 새엄마가 이중인격을 가졌다거나 남몰래 그를 굶기거나 학대했다는 신파는 절대 아니다. 진우에게는…… 나름대로 할 도리를 했고 더러는 애틋한 정성을 보이기도 했다. 대학생이 된 지금은 더욱더 친근하게 대해주었고 그래서인지 예전보다 훨씬 잘 지내는 편이었다.

그렇다고 해서 그의 허기가 사라진 것은 아니었다. 오늘처럼 가슴이 답답한 날은 그 증상이 더 심각해졌다.

"배고프다. 어디 가서 밥 먹고 가자."

"나 늦었어. 오늘 면접 보러 가야 해."

"면접이라니?"

진실이 점점 멀어지고 있었다. 화가 치밀어 올랐다.

"다큐멘터리 영화 현장 스태프 알바야. 감독이 직접 제작도 하는데 집안 재산이 넉넉해서 월급 떼일 염려도 없대. 현장 경험도 쌓고. 일석이조잖아. 완전 놓치기 아까운 자리야."

끼익! 요란한 소리와 함께 차가 섰다.

"너 미쳤냐? 피곤하면 면역력 떨어지는 거 몰라? 현장일이 얼마나 힘든 줄 알아?"

"강 교수님이 특별히 추천해 주신 곳이야."

"어머니가?"

자신에게 말도 없이 진실을 소개한 어머니의 행동에 진우는 차오르는 화를 억눌러야 했다.

"잘 배워둬. 도움은 이렇게 주는 거야. 거저 주는 돈은 수치감을 일으키지만 일자리는 최소한 내 자존심을 지키게 해주거든."

"할 수 있겠어?"

"그 정도도 못 견디면 죽어야지. 왜 사냐?"

퉁명스럽게 말하는 진실을 보며 진우의 마음이 착잡해졌다. 화가 나는 것 같기도 하고 서글픈 것 같기도 했다.

젠장. 제기랄.

"어디야? 거기까지 태워줄게."

"영화의 전당. 감독님이 영화로서의 다큐멘터리 이론과 미학에 대한 강좌를 개설하신대. 거기서 바로 보자고 하시더라고."

창밖을 보며 진실이 중얼거렸다.

자꾸만 거리를 두려는 진실을 보며 진우는 막연한 두려움을 느꼈다.

이동하는 동안 새벽부터 부슬거리던 비가 멈추고 날씨가 개기 시작했다. 하늘이 새 파랗고 구름은 깨끗하게 하얀 것이 저절로 기분이 좋아지는 그런 맑은 하늘이었다.

한참을 달린 차가 센텀시티 쪽으로 들어서자 웅장한 건물이 보이기 시작했다.

작년 영화제 참관차 영화의 전당을 방문했을 때, 어마어마한 규모의 야외 스크린에 흥분을 감추지 못하며 언젠가는 우리의 작품을 걸어보자, 진실과 다짐을 했었다.

"잘하고 와라."

진우가 주차장에 차를 세우며 말했다.

"고마워."

차에서 내린 진실이 금속 구조물 속으로 천천히 걸어갔다.

한 번도 뒤돌아보지 않고 앞으로 나아가는 진실의 뒷모습을 보며 진우는 버림받은 기분을 떨칠 수가 없었다. 처음 영화의 전당을 찾았을 때, 아무런 걱정도 없던 그때로 다시 돌아갈 수 있다면 얼마나 좋을까?

진우는 낮은 한숨을 뱉어내며 차를 출발시켰다.

차에서 내린 진실은 진우와의 불편함을 고민할 새도 없이 건물 내부로 들어섰다.

"어딜 가요?"

마침 청소를 하는 아주머니가 두리번거리는 진실에게 말을 걸어주었다.

"비프힐 2층 B 강의실이요."

"아, 저기 엘리베이터 타고 내리면 바로 보일 거예요."

"감사합니다."

예쁘게 인사를 하고 아주머니가 가르쳐 준 곳으로 걸음을 옮겼다. 크고 웅장한 외부와 달리 차분하고 잘 정리된 강의실로 들어서자 짜임새 있는 규모에 감탄사가 저절로 터져 나왔다.

"이쪽으로 오세요. 처음 방문은 아니시죠?"

안내하는 직원을 따라 천천히 걸음을 옮겼다.

"네. 작년 영화제 때 야외 스크린에서 영화 봤어요. 그런데 실외뿐만 아니라 실내도 굉장히 어마어마하네요."

"네. 맞아요. 이곳은 세계적으로도 손꼽히는 시설이죠. 그런데 박 감독님과는 어떤 사이세요? 우린 보통 학부생 안 쓰는데."

"교수님 소개로."

"아, 그렇구나. 우리 박 감독님이 굉장히 멋진 분이시거든요. 해박하시고 다정하시구요. 특히 영화에 대한 열정이 정말 남다르신 거 같아요."

자신을 최경희라고 소개한 젊은 여자는 진실을 안내하는 내내 감독에 대한 칭찬을 이어갔다.

"잠시만요."

안내한 최경희가 작은 쪽문 앞에 서서 '똑똑' 문을 두드리자, '들어오세요' 라는 낮은 저음이 들려왔다.

"안녕하세요. 구진실이라고 합니다."

창고 같은 작은 사무실로 들어서며 인사를 하던 그녀는 낯익은 남자를 발견하고 잠시 멍해졌다.

"어서 오세요, 진실 씨!"

"아, 네. 안녕하세요!"

"우리 구면이죠?"

"네. 지난번……."

진실의 발찌를 주워준 남자가 껄껄거리며 손을 내밀었다.

"박원준입니다."

"구진실입니다. 잘 부탁드려요."

마주 잡은 감독님의 손이 참 따뜻하다고 진실은 느꼈다.

박원준은 따뜻한 손만큼 따뜻한 눈을 가지고 있었다. 살짝살짝 웃을 때마다 생기는 외보조개와 고개를 숙일 때 보이는 긴 속눈썹이 매력적으로 느껴지는 남자였다.

"저기 앉아서 3분만 기다려 주세요. 제가 지금 보던 서류가 있어서요."

"네. 천천히 보셔도 돼요."

"3분이면 됩니다."

싱긋 웃으며 책상 앞으로 돌아간 감독이 바로 서류에 얼굴을 묻었다.

진실은 감독이 임시 사무실로 쓰고 있는 작은 방의 내부를 둘러보았다. 작지만 아늑한 공간이었다. 원목으로 된 책상은 깔끔하고 간결해 보였다. 제법 유명한 다큐멘터리 감독치고는 아주 소박한 느낌이 들었다.

좋은 느낌이야.

진실은 가득 찬 기대감으로 감독이 가리킨 의자에 얌전히 앉아 있었다.

"실례가 많았습니다."

채 3분이 지나기도 전에 감독이 돌아왔다.

"아닙니다."

"문창과라고요? 혹시 이쪽 일 해보신 적은 있으세요?"

"다큐멘터리는 아니고요, 영화에 한 번 참여한 적이 있었어요. 막내 스크립터로."

얌전하게 대답하는 진실을 보며 원준은 고개를 끄덕였다.

"괜찮네요. 스크립터일 하셨으면 꼼꼼하게 기억력은 좋으시겠습니다."

"꼭 그렇지만은 않아요."

진실이 부드럽게 웃었다.

구진실…….

그녀와 잘 어울리는 이름. 청바지와 하얀 셔츠, 머리는 하나로 질끈 묶었고 화장기도 없는 맨얼굴이다.

"좋습니다. 다큐 쪽 스크립터 일도 일반 영화와 크게 다르진 않아요. 뭐, 아직 학생이시다 보니 변동 시간이 좀 걸리긴 하는데. 우린 주로 새벽 촬영이니까. 수업과 겹치진 않겠지만, 많이 피곤할 겁니다. 어떻습니까?"

"시켜만 주시면 열심히 하겠습니다."

"좋습니다. 크랭크인은 다음 달부터 시작입니다. 보통 스태프들은 파트별로 미리 모이긴 하는데 진실 씬 수업도 있으니까 바로 당일 날 합류하시면 되겠습니다. 아, 혹시 현장 답사 같은 거 해주실 수 있나요?"

"네, 가능합니다."

"다행이네요. 총 여덟 군데 섬을 돌아야 하는데 한 명이 모자랐거든요."

"네, 알겠습니다."

진실이 밝은 얼굴로 고개를 끄덕였다.

"좋습니다. 자세한 근무조건은 조감독님께 들으시면 되고요."

원준이 간결하게 설명을 마친 후 빙그레 웃으며 그녀를 바라보았다.

"질문 있습니까?"

"저기……."

그가 머뭇거리는 그녀를 바라보았다.

"뭐 하실 말씀이라도 있습니까?"

"드릴 말씀이 있어요."

"말씀하세요."

"교수님께 들으셨는지 모르겠지만……."

"갑상선암을 앓았다는 걸 말씀하시는 겁니까?"

담담한 원준의 말에 진실이 조심스레 고개를 끄덕였다.

"전화상으로 듣긴 했었습니다만, 그게 일을 하는 데 무슨 문제가 됩니까? 아니면 피곤하면 안 되니까 살살 봐달라는 얘깁니까?"

"아니요. 전혀 아니에요. 약도 꼬박꼬박 챙겨 먹고 병원 검사도 잘 받고 있어요. 지금은 모든 수치가 다 정상이에요. 그러니까 선입견 없이 봐주셨으면 하고 말씀드리는 겁니다."

진실이 화들짝 놀라며 급히 대답했다.

"선입견을 가지고 말고 할 게 뭐가 있습니까?"

무덤덤한 원준의 말에 진실의 얼굴이 환하게 밝아졌다. 표정이 어린아이처럼 솔직하고 정직하다.

"감사합니다."

"일 못하면 바로 잘립니다. 감사할 것 전혀 없습니다."

사무적인 그의 말에 진실이 다시 웃었다. 소박한 웃음은 함께 하는 사람의 기분마저 좋아지게 만든다. 원준의 입가가 저도 모르게 벌어졌다.

"아뇨. 그게 아니라. 무슨 선입견을 가지냐고 하신 말씀이요. 정말 감사합니다."

"좋습니다. 그럼 잘 가십시오."

"네. 그럼 다음 달에 뵐게요."

진실이 나가고 원준은 다 식어버린 커피를 물끄러미 바라보았다.

'구진실이라…….'

건강하고 씩씩한 스태프 대신에 조금 덜 건강하고 더 많이 씩씩한 진실이 와버렸다.

"휴……."

원준은 한숨을 내쉬었다.

이번에 원준과 함께 일할 팀은 국내에는 잘 알려지지 않았지만 최고의 실력을 갖춘 환상의 팀이었다. 숙련된 프로들이 아직 어린 진실과 스스럼없이 어울릴지가 의문이었지만, 지금까지 진실이 보여준 모습들을 보건대 크게 우려할 일은 아닌 것 같았다.

"스크립터 할 학생 소개 좀 해주세요."

그의 말에 숙모는 한참을 갈등하는 것 같았다.

"전에…… 산에서 봤던 여자애 있지? 걔 보내줄까?"

등산로에서 만났던 예쁘장한 여학생이 구진실이고 발찌를 찾아주었던 사람도 구진실이 되는 셈이다.

"난 우리 진우가 걔와 좀 떨어져 있으면 좋겠어. 저도 이곳에서 일하고 진우도 공부하고 이러다 보면 좀 멀어지지 않을까? 개인적으로 걔 사정이 딱하게도 됐고."

강 교수의 말에 원준은 눈살을 찌푸렸다.

"지금 숙모님 아들과 여자 친구 떼놓으시려 절 이용하시는 겁니까?"
"나 그렇게 삐뚤어진 사람 아니야. 너도 Thyroid cancer로 고통받는 환자들 심정 알잖아. 집안이 괜찮을 땐 걱정 없었는데 돈 없고 아파 봐. 얼마나 힘들겠어. 몸도 성치 않은데 등록금이랑 용돈도 벌어야 하고. 그러니까 네가 좀 도와줘."

정색하는 숙모의 말에 원준의 말문이 막혀 버렸다.
약혼녀였던 지영을 생각나게 하는 여학생. 하지만 지영과 달리 명랑해 보이던 여학생이 자꾸만 떠올랐다.

"……알겠습니다."

원준이 진실을 보내라고 대답한 것은 아주 잠깐의 시간이 지난 뒤였고 오늘, 정말 진실이 나타났다.

정진우다.

에스컬레이터를 타고 지하철역으로 내려가던 아인은 다섯 계단쯤 앞에 서 있는 진우를 발견하고 심장이 멎을 만큼 충격을 받았다.

진우가 앞머리를 쓸어 올렸다. 걷어 올린 소매 사이로 보이는 팔뚝의 잔 근육과 길게 뻗은 손가락이 보였다. 아인의 심장은 미친 듯이 뛰기 시작했다. 가슴이 벅차올랐다. 평소 첫눈에 반했다는 인연 따위 믿진 않았지만, 자신의 앞에 서 있는 진우를 보면 믿지 않을 수가 없었다. 이렇게 다시 만나다니…….

아인이 감격하는 사이 하행선 에스컬레이터에서 내려선 진우는 다시 상행선으로 오르고 있었다. 내려온 곳을 다시 올라가는 것이 이상하긴 했지만, 그 덕에 진우의 얼굴을 확실히 볼 수 있었다.

설렘과 흥분으로 아인의 얼굴이 빨갛게 달아올랐다.

"왜 그래? 어디 아파?"

동행하던 사촌 운미가 의아한 듯 물었다. 약속에 늦겠다며 재촉하던 아인이 멍한 표정으로, 내려온 에스컬레이터를 올려다보는 모습이 이상하게 보일 만도 했다.

"언니 저기."

아인은 진우가 서 있는 에스컬레이터를 가리켰다. 자연스레 아인의 시선을 쫓던 운미가 눈살을 찌푸렸다.

"저런. 벌건 대낮에 뭐 하는 짓이야?"

교복을 입은 한 무리의 남학생들이 짧은 치마를 입은 여자의 뒤를 따르고 있었다. 환한 대낮임에도 여자의 치마 속을 도둑 촬영하는 한 명과 그 뒤로 바짝 붙어 친구의 범행을 가려주는 일행 네 명.

개통한 지 얼마 되지 않은 지하철 3호선 **역 계단은 평소에도 인적이 드물었지만 비가 오는 오전 시간은 더더욱 한산했고 그래서인지 무리의 모습을 제지할 사람도 없는 듯했다.

"쯧쯧. 하의 실종 패션……. 저거 조심해야 해. 저 여자. 자기 치마 속이 인터넷 여기저기에 떠돌게 되는 거 알란가 모르겠네. 에이. 어서 가자. 괜히 저런 애들 건드려 봤자 해코지만 당해. 요즘은 제일 무서운 게 교복 입은 애들이야."

겁 많은 운미가 다시 걸음을 옮기려고 하자 아인이 그녀의 팔을 잡았다.

"잠시만. 저 남자."

"응?"

아인의 시선을 쫓던 운미가 에스컬레이터 위를 걸어 올라가고 있는 남자를 발견했다. 남자는 심플하면서도 모던한 명품 진을 입고 있었는데 긴 다리는 플라밍고를 연상시키듯 쭉쭉 뻗어 있었다.

"저 남자가 왜?"

"그러게. 나도 그게 궁금해."

"뭐라는 거니? 저 남자도 일행이야?"

정진우가 절대 그럴 리가 없었다. 아인은 장담할 수 있었다. 그 때였다. 진우가 고개를 돌려 뒤를 바라보았다.

"어머나. 저게 누구야? 정진우네. 어쩐지 옷발이 예사롭지 않다 그랬어."

남자의 얼굴을 확인한 운미가 평소답지 않게 목소리를 높였다.

"언니도 알아?"

놀란 아인이 물어보자 운미가 배시시 웃으며 고개를 흔든다.

"정진우. 우리 고등학교 후배. 우리 학교에서는 현빈 버금가는 인기 스타였어. 집안 좋고 성격 까칠하고 옷발 죽이고. 왜 있잖아. 꼭 로맨스 영화에 나오는 남자 주인공 스타일. 예전에 같은 아파 트 살아서 가끔 마주치곤 했는데. 물론 진우는 나를 기억도 못하 겠지만……."

아인은 운미의 말을 하나도 흘리지 않기 위해 귀를 기을였다.

"참. 너도 알겠다. 정진우 느네 학교잖아. 너 몰라?"

"알아."

"근데, 쟤가 저기서 뭐 하는 거지?"

진우를 살피던 운미가 의아해하며 중얼거렸다. 정말 그가 왜 다 시 올라가는 걸까? 아인 역시 궁금하던 차였다. 그녀는 운미와 함 께 정진우의 행동을 살폈다.

불량스러운 남학생들 사이를 자연스레 비집고 올라간 정진우가 여자의 뒤에 바짝 붙어 섰다. 거짓말처럼 여자의 다리가 가려졌다. 감쪽같이.

아인은 운미와 두 눈을 마주쳤다.

"우후. 쟤 봐라. 지금 다리 가려주는 거 맞지?"

운미가 놀라움을 토해냈다.

아인은 숨을 삼키며 그를 계속 관찰했다.

"그나저나 쟤들 무지 불량스러워 보이는데 괜찮을까? 요즘 중고등학생 부모들은 애들 때문에 겸손을 배운다고 그러더라고."

"겸손을 배운다니. 그게 무슨 말이야?"

"생전 고개 숙일 일이 없던 사람들이 애들 때문에 고개 숙일 일이 많이 생기고 인생이 내 뜻대로 되는 것이 아니구나! 좌절도 느끼면서 그렇게 겸손을 배워간다 그거지. 요즘은 애들이 더 무서워. 물불 안 가리고 설치는데 아주 감당이 안 돼."

운미가 걱정스럽게 말했다.

정말 괜찮을까? 아인도 걱정스러운 마음으로 진우와 함께 있는 무리들을 살폈다. 행여나 불량스러운 학생들에게 해코지나 당하지 않을까, 여차하면 얼른 신고를 할 작정이었다.

그사이, 정진우는 계단 끝까지 올라가 자신이 가려준 여자가 평지로 사라지는 것을 확인하고 나서야 뒤로 돌아섰다. 그가 돌아서자 아인은 자신이 괜한 걱정을 했음을 깨달았다.

그 카리스마 넘치는 눈빛이란…….

정진우에게서는 멀리 있어도 한눈에 알아볼 수 있는 강력한 기가 느껴졌고 불만스러운 표정으로 진우의 뒤를 어슬렁거리던 고등학생들이 그와 반대로 순식간에 얼어붙는 것이 보였다.

다행이다.

아인은 안도의 한숨을 내쉬었다.

그가 촬영을 한 학생에게 손을 내밀자 잠시 쭈뼛거리던 학생이 휴대전화기를 건넸다. 정진우는 휴대전화기를 만지작거린 뒤 다시 돌려주었다.

"동영상 삭제했나 보다."

숨을 죽이며 지켜보던 운미가 소곤거렸다.

"그러게."

"죽인다. 정말 멋져. 멋저!"

운미가 몸을 부르르 떨며 말했다.

"정진우에 대해 더 아는 거 없어?"

정진우에게서 눈을 떼지 않은 채 아인이 물었다.

"설명이 뭐가 필요해? 방금 봤잖아. 잘생기고 남자답고 집안도 좋아. 미술학도로서의 예술적인 관점에서도 평범한 여자의 눈으로 봐도 다 괜찮아. 완전 특A급이지. 정말이지 저런 애를 차지하는 여자는 로또 맞은 거지."

아인은 운미의 말에 백 퍼센트 동의했다. 만약 자신이 직접 겪어보지 않았다면 운미의 말이 과장이라고 생각했을 것이다. 평소 남자를 우습게 알던 운미가 이렇게 흥분하는 것이 충분히 이해가 갔다.

"여자 친군? 고등학교 때 좋아했던 여자나 사귀었던 여자 친군 없대?"

"여친? 글쎄. 항상 붙어 다니는 애가 하나 있기는 했는데 사귄다는 소리는 한 번도 못 들었어. 그런데 뭐야? 너도 맘에 있는 거야? 후우. 정진우가 이젠 순진한 송아인의 마음까지 훔쳐 가는구나."

"응. 맘에 들어."

아인의 목소리는 진지했다.

"그래. 너라면 잘 어울리는 한 쌍이 될 것 같기도 해."

"성격은 어때?"

"성격은 얼음장 같단다. 그래도 저 봐라. 한 번씩 저렇게 터트려 주니까 다 용서가 되잖냐."

운미의 말에 아인은 예전 자신을 구해주고 유유히 사라지던 진우의 모습을 떠올렸다. 정말 가끔 터트려 주는 사람인가 봐……. 자신의 생각이 우스워 아인은 풋 웃음을 터트렸다.

정진우. 진우. 지누.

아인은 그의 이름을 속삭여 보았다. 입안을 맴도는 기분 좋은 울림에 저도 모르게 미소가 흘러나왔다.

거듭된 만남. 절대 우연이 아니다.

아인은 자신과 정진우의 만남은 분명 운명 같은 것이라 믿고 싶었다.

"헉! 늦었다. 서두르자."

운미의 재촉에 정신을 차린 아인은 떨어지지 않는 발걸음을 옮겼다. 그리고 결심했다. 꼭 저 남자를 차지하고 말 거라고.

이런 주말 아르바이트는 언제든지 환영이었다.

"이런 일 시켜서 정말 미안한데 전에 말했던 사전답사 좀 부탁해요. 지심도라고. 알죠? 거기 동백꽃이 그렇게 예쁘다던데요."

원준은 지심도에서 가장 마음에 드는 한 곳을 기준으로 잡고, 시간별로 변하는 풍광을 사진에 담아오라고 했다. 부탁하는 원준은 더없이 미안해했지만, 진실에게는 도리어 반가운 일이었다. 경치 좋기로 소문이 난 지심도까지 가는 길은 근사한 여행이 될 것이다. 이참에 어지러운 마음도 정리하고 돈도 벌고 이거야말로 꿩 먹고 알 먹는 일거양득의 아르바이트였다.

근사한 날씨였다. 눈부신 햇살이 쏟아지더니 바람마저 기분 좋게 불었다.

"근데, 구진실. 너 나 대신 진우랑 와야 했던 거 아냐?"

편의점에서 산 새우깡을 먹으며 경서가 말했다. 함께 지심도로 가자는 진실의 말에 경서는 환호성을 터트리며 기뻐했다.

"진우는 겁나 바빠."

"오홀. 어색해서가 아니고? 너희 아직 냉전이지?"

"냉전은 무슨. 아직 마음이 정리되지 않아서 그래. 쿨하게 감정 정리하고 나서, 그때 다시 보면 돼."

"호호호. 과연 그게 가능한 일일까?"

"그럼."

"그래. 본인이 그렇다면 제삼자는 그런 줄 아는 거지. 알았어. 접수. 그나저나 지심도 하면 드라마 '로망스'에 나왔던 장소 맞지? 김재원이랑 김하늘이 진해에서 군항제 구경하고 자전거 타던 곳. 거기."

"응. 아마도."

"오예! 나도 자전거 빌려서 타야지."

진실은 한껏 들떠 있는 경서를 보며 그곳에는 자전거 대여점이 없다는 말을 해주려다 그만두었다.

'산과 바다 그리고 천혜의 휴양지! 동백섬 지심도'라는 간판이 서 있는 장승포항은 길게 늘어선 생선가게와 곳곳에 널어놓은 말린 생선들이 가득했다.

"사람 무지 많다. 경기가 어렵다고 해도 놀러 가는 사람들은 항상 넘쳐 나. 그치?"

경서의 말처럼 주말이라 그런지 사람들이 많았다. 진실과 경서는 50m도 넘게 이어진 줄을 기다려 배에 탑승했다.

"감독님 완전 센스 있으시다. 이런 곳엘 다 보내주시고."

"놀러 가는 거 아냐. 사진 찍어 와야 해."

"가서 보고 사진 찍는 게 노는 거지."

경서와 함께 오기로 한 것은 탁월한 선택이었다. 도무지 잡생각할 틈을 주지 않는 경서 덕에 시종일관 웃으며 20분간의 짧은 승선을 마칠 수가 있었다.

섬에 도착한 두 사람은 흔들리는 배에서 내려 선착장에 발을 내

디뎠다. 날씨가 좋으면 대마도가 훤히 보이는 남쪽 바다를 바라보며 크게 바람을 들이마셨다.

"아, 좋다. 알바 같은 거 안 하고 매일 영화 보고 이렇게 여행 다니면 좋겠다. 그치?"

통영에서 올라온 경서 역시, 아르바이트에서 자유로울 수는 없었다. 하숙비와 용돈을 해결하기 위해 두 건의 과외와 편의점 주말 근무를 하는 중이었다. 오늘은 특별히 부탁을 해 하루 종일 시간을 낸 것이다.

"예전에는 미처 몰랐었어."

"뭘?"

"우리 경서가 얼마나 대단한 분이신지."

"헐! 그걸 이제야 알았단 말이야?"

"그러게. 진즉 몰라봐서 무지 미안하다."

"이제라도 알았으니 용서해 줄게."

경서의 농담에 진실은 웃음을 터트렸다.

그저 남들보다 어른스러운 씩씩하고 멋진 친구라고만 생각했는데 직접 학비를 벌어 써야 하는 처지가 되어보니 그동안 경서가 얼마나 대단한 일을 해왔는지 새삼스럽게 느껴졌다.

"역시 사람은 본인이 직접 겪어봐야 서로의 처지를 이해한다니까."

"그러게. 우리 할머니가 그러셨거든. 세상에 거저 얻어지는 건 하나도 없다고."

"맞아. 여러 가지 악재들이 꼭 나쁘다고 말할 순 없어. 글 쓸 때,

많은 도움이 되는 것 같아. 항상 부잣집에 행복한 사람들의 이야기만 쓸 수는 없잖아. 가난했던 경험, 아팠던 경험, 돈이 없어서, 사랑에 실패해서 슬프고 불행했었던 경험들이 다 피가 되고 살이 될 거야. 상상해서 쓰는 것과 직접 겪어보고 쓰는 건 하늘과 땅 차이니까.”

“오홀. 우리 몽실이. 몇 달 사이에 엄청 어른스러워졌어. 포스는 흡사 헤밍웨이 급이야. 그럼 난 이제 겁나 돈만 벌면 되겠네?”

“그렇지.”

“푸하하하. 좋아, 좋아. 우리 몽실이 대박나서 이렇게 여행 다닐 거 생각하니까 겁나 기쁘다.”

“그니까, 열심히 일해보자고.”

진실과 경서는 카메라를 꺼내 여기저기를 찍기 시작했다.

“그나저나 자전거 빌릴 데가 없네? 어라. 탈 데도 없어. 로망스에 나오는 관우랑 채원이는 어디서 자전걸 탔지?”

“저기…… 위로 올라가면 헬기장이 있어.”

진실이 가리키는 방향을 쫓던 경서가 의뭉스럽게 웃었다.

“너 와봤구나?”

“응, 예전에.”

“하긴. 진우가 등산 매니아였지.”

“응.”

“진우 생각나겠다. 생각했어?”

“그대 덕분에 웃느라고 아주 조금밖에 안 했어.”

“도움이 됐다니 눈물 나게 기쁘다.”

"아주 많이 기뻐해도 돼."

"후후. 기분은 어때? 피곤하지 않아?"

다른 방향으로 몸을 돌려 셔터를 눌러대던 경서가 물었다.

"가끔 가라앉긴 하는데 오늘은 최상의 컨디션이야. 근데 이렇게 여러 가지 일이 터지니까 좋은 점도 있어. 잡생각이 싹 없어졌거든. 나도 몰랐는데 내가 의외로 현장 체질인가 봐. 스크립터 일 생각할 때마다 활력이 생겨. 막 힘이 나."

"어휴. 장하셔."

"나 자신도 막 놀라는 중이야."

정말이었다. 요즈음 진실은 자신도 몰랐던 강인하고 굳건한 잠재력을 깨닫고 있는 중이었다. 평소에는 건성으로 보아 넘기던 각종 공모전에 관심을 기울이기도 했고 다음 달부터 시작할 다큐멘터리 영화의 자료조사와 장소 섭외 아르바이트까지 하면서 조금씩 강해지고 있는 자신을 발견했다. 진우와 붙어 다닐 때는 졸업과 취직, 그리고 사랑이 전부였다. 그런데 이제는 그것만이 다가 아님을 알게 되었다. 정말 소중한 수확이었다.

시간이 어떻게 흘러가는지 모를 정도로 바쁜 탓인지 침대에 누우면 바로 잠이 드는 행복까지 덤으로 따라왔다. 오늘만 해도 바다를 보며 진우를 잠시 생각했던 것 빼고는 딴생각을 할 틈이 없을 정도였다.

"생각보다 잘 지내서 참 다행이다. 사람이란 게 환경이 바뀌면…… 적응하기 힘들잖아. 그래서 걱정했었거든."

경서의 걱정에 진실은 진심에서 우러나오는 미소를 지었다.

"걱정하지 마. 나, 무지 잘 지내. 그리고 돈이 없어서 그렇지 변한 건 하나도 없어. 엄마도 여전히 씩씩하시고."

"훌륭한 모녀님."

"이제 남에게 맡기는 대신에 엄마가 직접 운영해 보실 거라고 하셨어. 사람이 죽기 살기로 매달리면 못하는 일이 없다고. 우리 엄마가 한 번 꽂힌 건 정말 죽기 살기로 하시거든."

"그래. 안 되면 될 때까지 해라. 전설적인 배구스타 김미숙 선수의 스타일 우리가 알잖아. 난 죽을 때까지 김미숙 선수 팬이야!"

다정한 경서의 말에 진실의 가슴이 뭉클거렸다.

"헤헤. 고마워. 경서. 네가 있어서 정말 다행이야!"

"나도! 사랑해, 친구!"

진실은 친구를 꼭 끌어안았다. 그리고 장난스럽게 속삭였다.

"고까지만 해. 너무 많이 나가면 위험해지니까."

"그런 거야? 여기까지만 가야 하는 거야?"

장단을 맞추듯 경서의 목소리가 은근해졌다.

"응. 안 그럼 우리 김미숙 여사 진짜 쓰러지신다."

"음. 가슴 아프지만, 그대를 향한 마음을 접어야겠군. 가뜩이나 큰일 겪으신 어머니 더 힘드시게 할 순 없으니까."

헤헤거리며 창밖을 바라보던 경서가 진지한 목소리로 말했다.

"진우는 어때? 너 바빠진 거 보고 뭐라 그래?"

"진우야…… 뭐……. 그렇지 뭐."

"한 번 물어보지 그래. 고백에 대한 대답. 왜 하지 않는지."

카메라 앵글을 조정하던 경서가 지나가는 말처럼 물었다.

"글쎄. 나름의 이유가 있겠지."

"봐봐. 구진실. 이래서 내가 너희를 천생연분이라 그러는 거야. 넌 진우를 이렇게 이해하잖아. 말하지 못하는 진우의 마음까지 헤아리고 있잖아. 난 그렇게 못해. 난 날 거절하는 남자들의 심리가 완전 궁금하더라고. 왜 싫은지, 어째서 싫은지 확실한 이유를 들어야 납득이 되더라. 내가 너였으면, 진작 난리가 났을 거야. 진우가 왜 그렇게 침묵하고 있는지 당장 이유를 말하라고 난리를 피웠을 거야. 저 좋다는 사람에게 그 정도 설명은 해줘야 예의가 아닌가 고집도 피우면서. 그래야 미련 없이 훨훨 털어버리지. 그런데 넌 나랑 달라. 나름 이유가 있겠지, 이럼서 기다리잖아."

"진우를 위해서가 아니야. 그냥 나 스스로 감정이 정리되길 기다리는 거지."

"아예 프러포즈를 해버리지 그랬어. 취직 삼아 결혼하는 사람도 아주 많은데."

경서의 말에 진실은 웃음을 터트렸다.

경서가 바라보는 세상이 바라보는 진우와 자신의 관계는 어떤 것일까? 궁금했지만 묻지 않았다. 묻는다고 해서 달라지는 건 아무것도 없으니까. 세상에는 말로 표현하기 힘든 상황이나 경우가 많은 법이다.

"어라? 비 온다."

진실이 작은 목소리로 중얼거렸다.

"그러네. 나 우산 안 가져왔는데."

고맙게도 한두 방울씩 떨어지는 빗줄기 덕에 경서의 관심사도 날씨로 돌아가 버렸다.

"사진 얼른 찍고 나가야겠다."

"그러게. 우리 흩어져서 찍자. 넌 여기서 계속 찍어. 난 저쪽 맡을게."

경서가 사라지고 잠시 평온한 침묵이 흘렀다.

"자! 여기서 사진 찍으시면 됩니다."

우르르 몰려와 사진을 찍어대는 아줌마들 덕에 진실의 평화는 금세 끝이 나버렸다. 여기저기 터져 나오는 감탄사와 왁자지껄한 웃음소리, 조용하던 언덕은 시장통처럼 변해 버렸다.

"욕심을 부리지 않으면 상처받지 않아."

사진을 찍으며 혼잣말을 중얼거렸다.

"실례합니다."

누군가의 인사에 진실은 카메라에서 시선을 돌렸다. 그리고 자신의 앞에 서 있는 학교 최고의 미녀를 바라보았다. 이런 것도 우연인가?

"반갑습니다. 우리 학교 학생 맞으시죠? 학교 식당에서 몇 번 본 것 같아서."

"아, 네."

쌀쌀맞을 줄만 알았던 송아인은 의외로 따뜻하고 인간적인 성격이었다. 방긋방긋 웃으며 이야기를 하는데 눈이 부실 정도로 아름다웠다. 같은 여자가 봐도 감탄사가 절로 나는데 남자들이 보면 얼마나 황홀하겠는가.

"우리 학번도 같죠?"

"네. 아마도."

송아인이야 워낙 유명한 학교 스타니 알고 있다 쳐도, 아인이 진실의 학번까지 알고 있다는 것이 뜻밖이었다.

"전 서양화 전공이에요."

"문창과예요."

"네에."

아인이 의미심장한 미소를 지었다.

"전 아는 분 부탁으로 콘티 밑그림 작업하러 왔어요. 아줌마들 틈에서 정신이 없었는데 아는 분 만나서 완전 반가워요. 여행 오셨어요?"

"저도 일 때문에."

"우리 나이도 같은데 말 놓고 친구 할까요? 이런 데서 만난 것도 인연인데."

"그래요."

"그래요가 아니라 그래."

진실은 싱긋 웃으며 내민 아인의 손을 마주 잡았다.

"나…… 사실 네 팬이기도 해."

"응?"

"언젠가 학교 신문에 '하루 1달러로 살아가는 가족들'이란 글 기고한 적 있잖다. 그거 보면서 진짜 멋지다. 이 글 쓴 사람이랑 친해지고 싶다 그랬어."

"아……. 그래서 내 학번을 알고 있었구나."

"몰랐구나? 너 학교에서 은근 유명인사야."

조근조근 싹싹하게 말을 하는 아인을 보며 진실은 미소를 지었다. 전혀 악의가 느껴지지 않는 천진함이 아인의 또 다른 매력이었다.

　모든 것을 다 가진 듯한 진우를 보면서 느꼈었다. 인생은 절대 공평한 것이 아니라고. 그런데 눈앞에 있는 아인도 마찬가지다. 어쩜 이렇게 예쁜 애가 성격까지 좋은 걸까?

　"참! 나 네가 쓴 글 읽고 바로 컴패션에 가입했어. 나 잘했지?"

　"응. 잘했어. 그리고 고마워."

　"내가 초중고를 미국에서 보내서 아는 사람도, 친구도 별로 없거든. 그 글 읽고 나서 너랑 친구 하고 싶다 그랬어. 그런데 여기서 너 있는 거 보고 '어라, 우리 분명히 인연이구나.' 그랬어."

　경계심을 가진 것이 미안해질 정도로 해맑게 웃는 아인의 모습은 순수하고 정직해 보였다.

　"앞으로 친하게 지내자. 그래 줄 거지?"

　"나야 영광이지."

　좋은 향기를 가진 사람이네.

　전화번호를 교환한 뒤, 좋아하는 아인을 보며 진실은 고개를 끄덕였다.

8. 뷰티풀 라이프

저녁 무렵부터 열이 났다.

지심도를 다녀온 뒤로 계속 감기 기운이 느껴지더니 비가 촉매제 역할을 한 모양이었다.

마지막 수업을 비몽사몽간에 마친 진실은 서둘러 학교를 나섰다. 얼른 집에 가서 누워야 할 것 같았다.

정류장까지 가는 동안에도 가랑비는 여전히 부슬거리며 내리고 있었다.

"동래로 가주……."

택시에 올라 행선지를 말하려던 진실이 입을 다물었다.

에고, 생각 없이 습관적으로 택시를 타버렸다.

잠시 창밖을 바라보았다. 여전히 비가 내리고 있었고 편히 가고 싶은 유혹이 말할 수 없을 정도로 컸지만, 얼마 남지 않은 용돈을 계산해 보면 어림도 없는 짓이었다.

'내 용돈은 내가 알아서 할 거야'라고 큰소리쳤으니 이제 이런 것도 익숙해져야 했다.

"죄송해요, 아저씨. 저 세워주세요. 돈 없는 거 깜빡했네요."

미안해하며 기본요금을 내밀자, 운전기사 아저씨가 그냥 내리라며 고개를 저었다.

"고맙습니다."

씩씩하게 인사를 하고 부지런히 걸음을 옮겼다. 학교 앞 사거리로 들어서자 어둑한 거리 속에 숨어 있던 냉한 기운이 먹잇감을 발견한 맹수처럼 달려들었다. 옷깃을 여미고 여며도 안으로 파고드는 시린 발톱은 옷감을 뚫고 뼛속까지 파고들었다.

"젠장……. 왜 이렇게 추운 거야."

아무것도 아닌데…… 단지 비가 오고 조금 추울 뿐인데도 눈가가 시려온다.

진실은 울컥 치밀어 오르는 설움을 가라앉히며 열심히 걸음을 옮겼다. 찬바람이 폐 깊은 곳까지 차오르자, 불현듯 낯선 중국 땅에서 살아가고 있을 아버지가 떠올랐다. 그동안은 몰랐었다. 아버지의 그늘이 이렇게 따뜻한 것이었는지. 엄마와 자신을 버린 아버지가 원망스럽기도 했지만 그래도 딸이 성인이 되기까지 오래 참고 기다려 주신 점은 감사했다.

이렇게 또 하나를 배우게 되는구나.

요즘 구진실은 배움의 소용돌이에 빠져 허우적거리는 사람처럼 새로운 인생을 경험하는 중이었다.

"그동안 편하게 키워주셔서 감사합니다."

중국에 계신 아버지가 듣지도 못할 감사인사까지 했다.

긍정적인 생각을 한 덕분인지 버스는 금방 도착을 했고 전용차도 덕분에 10분 만에 동래까지 도착할 수가 있었다.

한결 가벼워진 가음으로 버스에서 내린 진실은 가방을 머리 위로 올렸다. 부지런히 달리면 5분 정도 걸릴 거야. 계산을 하고 달릴 준비를 하는데 누군가가 그녀의 앞을 막아섰다.

"미쳤구나. 너 무뇌아야?"

"정진우…… 다."

진실은 머리 위로 덮이는 낯익은 점퍼를 보며 멍하니 진우의 이름을 불렀다.

"진우……."

보고 싶었던 정진우.

참고 잘 견뎌왔었는데.

의식적으로 그를 생각하지 않기 위해 많은 노력을 했었다. 그런데 바로 눈앞에서 그의 얼굴을 보니 굳게 먹었던 마음이 너무도 쉽게 허물어져 버리고 있었다.

"반칙이야…… ."

몸은 추운데 빨갛게 달아오른 볼에서는 화끈화끈 열기가 솟아났다.

진우를 만나서 열이 나는 걸까? 왜 이렇게 볼이 뜨겁지?

멍하니 생각하던 진실은 거칠게 잡아끄는 진우의 손에 이끌려 그의 차에 올랐다.

"여긴 어쩐 일이야?"

듣기 거북한 쉰 목소리가 흘러나왔다.

"조용히 해."

잔뜩 화가 난 진우의 목소리. 분명 아주 낮은 소리인데도 머릿속이 둥둥 울렸다.

"조용히, 조용히 가자."

진우가 다시 말했다. 한마디라도 하면 폭발할 것 같은 긴장에 진실은 입을 꾹 다물고 창밖으로 고개를 돌렸다.

다행히 차는 금세 집 앞까지 도착했고 불편했던 침묵은 금세 끝이 났다.

"완전 고마워. 덕분에 편하게 왔어."

차에서 내려 발걸음을 옮기려는데 다리가 휘청거렸다. 본능적으로 옆에 있는 진우를 잡았더니 거짓말처럼 몸이 붕 떠올랐다.

진실은 꿈을 꾸는 것처럼 몽롱한 상태로 자신을 안고 있는 진우를 올려다보았다. 귓가에 들려오는 힘찬 심장 소리와 익숙한 체취, 맞닿은 진우의 몸에서 느껴지는 온기에 안도감이 몰려왔다. 편안하다. 진실은 작은 한숨을 토해냈다.

"나 걸어갈 수 있는데."

"조용히 하라 그랬지?"

커다란 나무 대문 앞에 선 진우가 묻지도 않고 비밀번호를 누르자, '탁' 하는 소리와 함께 대문이 열렸다. 진실은 진우의 품에 안긴 채 자신의 집으로 들어섰다. 사람의 기척을 감지한 센서 등이 켜지고 넓고 어둠침침한 실내가 조금씩 모습을 드러냈다.

"엄만, 12시쯤에 들어오셔."

묻지도 않은 말을 중얼거렸다.

진우는 화가 난 사람처럼 굳은 얼굴로 진실을 소파 위에 내려놓았다.

"커피 마……."

"꼼짝하지 말고 누워 있어."

일어나려 바동거리던 진실은 진우에게 손쉽게 제압당했다.

"커피라도……."

"움직이지 마."

"나 정말 괜찮아. 그니까……."

"제발. 입 좀 닥쳐!"

진우가 버럭 소리를 질렀고 진실은 겁먹은 아이처럼 입을 꾹 다물어 버렸다.

"너 왜 이래? 왜 이렇게 멍청하게 살아?"

거칠게 말하는 진우의 얼굴이 낯설게 느껴졌다.

"내…… 내가 뭘."

"죽으려고 환장했냐? 비는 왜 맞고 다녀? 내 번호 몰라? 데리러 오라면 되잖아. 전화 한 통이면 될 걸, 왜 멍청하게 비를 맞고 다녀?"

진우가 소리를 질러댔다.

진실은 꿀 먹은 벙어리처럼 입을 다물고 화를 내는 진우를 지켜보았다.

오랜 시간 진우를 봐왔지만 진우의 모든 것을 꿰뚫고 있다고 자부하는 죽마고우지만 지금 같은 표정은 진실조차 가늠하기가 힘이 들었다.

"미, 미안해."

진실이 작게 중얼거렸다.

미안하다는 말이 먹힌 걸까? 화가 나 소리치던 진우가 입을 다물었다.

'다행이다.'

안도하던 진실은, 이글이글 불타오르는 진우의 눈을 보며 자신이 착각한 것을 깨달았다.

화가 풀린 것이 아니었다. 어떻게 해야 진우의 화가 풀릴까?

궁리하던 진실이 작게 속삭였다.

"나는 너 바쁠까 봐 나름 배려해 준 거야."

"안 바빠. 아무리 바빠도 너 태워다 줄 시간은 돼."

진우의 목소리에서 분노가 빠져 있었다.

드디어 냉정함을 되찾은 모양이다.

"알았어. 그러니까 화 그만 내. 나 겁먹었단 말이야."

"다음부터는 이런 일 생기면 바로 전화해. 미련하게 굴지 마."

"응."

진실은 말 잘 듣는 학생처럼 고개를 끄덕였다. 마음속으로는 '우리가 이십 년 지기 친구라서?' 라고 묻고 싶었지만, '응' 이라는 대답이 돌아올 것이 분명했으므로 차마 물어볼 수가 없었다.

우린 이십 년을 함께한 친구니까.

둘도 없는 좋은 친구.

빌어먹을 친구.

그래. 우린 참 좋은 친구지.

경서의 착각처럼 사랑이니 뭐니 이런 감정이 아니라 그냥 순수한 우정이었다.

반짝반짝 빛이 나는 우정.

"네가 한두 살 먹은 어린애도 아니고. 언제까지 우리 진우가 따라다닐 순 없겠지?"

교수님의 말씀이 떠올랐다.

칫! 자기 아들이 따라다니는 걸 나더러 어떻게 하라고.

진실은 소파에서 벌떡 일어났다.

"야! 얌전히 누워 있으라니까 어딜 일어나!"

뜨거운 물을 끓이기 위해 주전자를 찾던 진우가 다시 인상을 썼다.

"젖은 옷 갈아입을 거야. 왜? 여기서 갈아입으면 좋겠어?"

열이 올라 어질어질거리는데도 사납게 소리를 질렀다.

깜짝 놀란 진우가 입을 벌리며 그녀를 쳐다보았다. 고분고분 말을 잘 듣다 성질을 부리는 진실이 이상해 보이는 모양이다.

"걱정 마! 나 안 미쳤거든."

깊이 있는 눈동자가 더 깊어졌다.

저 자식 눈이 저렇게 예뻤단 말이지? 젠장, 재수 없는 자식.

진실은 혼잣말을 중얼거리며 그를 노려봤다. 그리고 크게 소리
쳤다.

"배고파! 씻고 올 테니까 라면 끓여놔."

욕실에 들어가기 전, 다시 한 번 째려봤더니 진우는 어이가 없
는지 허, 소리를 내며 창밖으로 시선을 돌려 버린다.

#진실!

집이 동래라 그랬지? 나 오늘 너네 집 근처 갈 일 있는데, 잠깐 방문
해도 될까?

연락 기다릴게!

옷을 벗으며 주머니 속의 휴대전화기를 꺼내자 빨간 불빛이 깜
빡거리고 있었다. 확인해 보니 아인이다. 지심도에 다녀온 뒤로
아인이와는 자주 연락을 했었다. 함께 차도 마시고 밥도 먹으며
급속도로 친해지고 있었다.

"에고. 미안. 문잘 너무 늦게 봤다."

혼잣말을 중얼거리며 다음 문자를 확인했다.

#비 오는데 어딜 싸돌아다녀.

#집 앞이야. 빨리 들어와.

#죽을래? 어디야?

진우가 보낸 문자메시지. 시간을 보니 벌써 1시간도 전에 보낸 것들이다.

"어쩐지 승질을 부리더라. 꽤 추웠을 텐데. 골 많이 났겠다."

손가락 끝으로 휴대전화기의 액정을 쓸어보았다. 차갑게 맨들거리는 감촉. 꼭 평상시의 정진우 같다.

"바보. 할 말이 그것뿐이야?"

착잡한 마음으로 휴대전화기를 올려놓고 옷을 갈아입었다.

손을 씻고 세면대 위의 거울을 보니 행복하지도, 불행하지도 않은 그냥 그저 그런 '구진실'이 서 있다. 요즘 들어 자꾸만 가라앉는 몸이 말할 수 없이 서글퍼지다가도 옆에서 잔소리를 해대는 진우를 보면 저렇게 벌컥 화를 낼 정도로 챙겨주는 진우를 보면 그 서글픔이 점차 사라진다.

양손을 들어 목을 가만히 쓸어보았다. 요즘 들어 조금씩 부어오르기 시작한 목이 느껴졌다. 다시 재발한 것은 아닐까? 평생을 이렇게 가슴 졸이며 살아야 하는 자신의 처지가 서글프고 비참해진다.

진실은 가만히 두 눈을 감으며 생각했다.

'눈을 다시 떴을 때 이 모든 것이 꿈이라면 얼마나 좋을까?'

하나, 둘, 셋!

다시 눈을 떴다.

모든 것이 그대로. 하나도 변한 것이 없다.

진실은 쓴웃음을 지으며 화장실 문을 열었다.

❖

딸각, 문이 열리는 소리가 나더니 상쾌한 비누 향기가 느껴졌다.

등 뒤로 오소소 소름이 돋았다. 익숙지 않은 감정이다.

"젠장."

진우는 나지막하게 욕설을 뱉어내며 라면 봉지를 뜯었다.

"물 끓어?"

불행인지 다행인지 진실의 목소리는 평소 톤으로 돌아와 있었다. 가슴속에 차오르는 안도와 갑갑함이 뒤섞이고 있었다.

"수프 먼저 넣었지?"

진실이 가까이 다가오자 진실이 즐겨 쓰는 비누 향이 코끝을 간질였다. 풋풋한 냄새가 난다. 꼭 아가에게서 나는 향기 같다. 진우는 고개를 돌려 진실을 보고 싶었지만 그러지 않았다. 자칫 잘못하면 후회할 짓을 해버릴 것만 같았다.

"……응."

폭풍우 치듯 넘실거리는 마음을 감추고 차분히 대답했다. 대신 냄비 안의 물이 맹렬히 끓기 시작한다.

"잘 끓여봐."

나른한 진실의 목소리가 들려왔다.

온몸의 피가 손끝에 쏠리기라도 한 듯, 진우의 손이 떨리기 시작했다. 그는 복식호흡을 하듯 깊은숨을 내쉬며 라면을 반으로 쪼개 냄비에 집어넣었다. 이미 풀어놓은 수프 때문인지 불그스레한 거품들이 요란하게 끓어올랐다.

"계란은?"

수건으로 머리를 닦는 소리를 들으며 진우는 진실의 젖은 머리를 수건으로 말려주는 상상을 했다. 작은 머리통을 붙잡고 뽀송뽀송해질 때까지 말려주고 싶었다. 상기된 얼굴로 고맙다고 말하는…….

빠지직, 손안에 있던 달걀을 깨뜨릴 뻔했다.

진우는 겨우 정신을 차리고 아무 말 없이 달걀을 깨 넣었다. 보글보글 끓고 있는 라면발 위로 노른자가 떨어지자 거품이 잠잠해졌다. 라면이 골고루 퍼지도록 젓가락으로 휘젓자 탱글거리던 노른자가 흐트러지며 실낱같이 작고 노란 결정처를 만들어냈다. 진실이가 좋아하겠다. 저도 모르게 흐뭇한 미소가 떠오른다.

"냄새 좋다."

진실의 말에 피식 웃음이 터져 나온다. 저는 사람을 미치게 만드는 향기를 풍기고 있으면서 고작 800원짜리 라면 냄새에 황홀해하는 멍청이.

"저리 가서 앉아!"

설렘을 감추기 위해 퉁명스럽게 말했다.

"너 지금 한강에서 뺨 맞고 나에게 화풀이하는 거지?"

"뭐?"

"지금 나에게 화풀이하는 거 아냐? 맞지?"

평소의 구진실로 돌아온 걸까? 먹을 것을 보더니 목소리에 힘이 들어가 있다.

"쓸데없는 소리 하지 말고 젓가락이나 챙겨."

"틀림없어. 수상해."

진우를 흘겨보던 진실이 마지못해 젓가락을 챙기는 소리가 들려왔다. 진우는 조금 덜 퍼진 라면의 불을 껐다. 진실은 퍼진 라면을 싫어한다.

"냉장고에 김치 있어."

진실이 말했다.

말 잘 듣는 아이처럼 진우는 냉장고 속에 든 총각김치 그릇을 꺼내 식탁 위에 올려놓았다. 진실이 냉큼 일어나더니 밥통 속의 밥을 꺼내 온다. 조촐하지만 따뜻한 식탁이 완성되었다.

"맛있다."

한 젓가락을 입에 넣고 후루룩 삼킨 진실이 행복한 듯 말했다. 정말 맛있는 모양이다. 라면 대신 뿌듯함이 진우의 배를 부르게 했다.

"다큐, 촬영은 언제부터래?"

"6월부터."

김치를 집어 진실의 그릇 위에 올려주었다.

"한 주밖에 안 남았네."

"응."

참새처럼 받아 먹는 구진실.

"움직이는 인원이 적어서 편하겠다."

"응. 스태프 다 합쳐도 열 명 안짝이래. 완전 편하겠지?"

진실이 숟가락을 내밀었다.

"감독은 어때?"

"좋아. 분위기도 좋고. 사람도 좋고."

잘게 자른 김치를 다시 올려주자 만족스러운 듯 미소를 짓는다.

"쟁쟁한 프로들이라 만만치 않을 거야."

"응. 그렇지 않아도 가끔 진행 회의 참석하는데, 진행하는 거 보면 확실히 달라. 완전 프로야! 느낌이 아주 좋아."

또다시 라면 한 젓가락을 삼킨 진실이 우물거리며 말했다.

"천천히 먹어. 그렇게 먹다 내일 보름달 뜨겄다."

진우의 말에 진실은 '푸읏' 웃음을 터트렸다. 괘씸하게도 아주 순진무구한 웃음이다.

진우는 이 야심한 시간에 다 큰 남자와 마주 앉아 저렇게 맹하니 웃을 수 있는 구진실의 머릿속이 궁금해졌다. 아무리 친한 친구라고는 하지만 그도 남자다. 그런데 신경도 안 쓰이는 걸까?

좋아한다며 사람 마음에 불을 질러놓을 때는 언제고 이제는 아주 태평스럽게 듣고 있다. 믿어줘서 고맙다고 해야 할까? 무시하지 말라고 화를 내야 하는 걸까?

"맛있냐?"

"응. 네가 끓여줘서 더 맛이 좋은 것 같아."

또다시 해맑게 웃는 진실을 보며 진우는 애꿎은 김치만 씹어댔다. 서로의 집을 시도 때도 없이 드나들었지만, 지금은 상황이 다르다. 이 집에 단둘이만 있다고 생각하자 이상한 생각이 들기 시작했다.

'안 돼.'

진우는 선우와의 약속을 떠올렸다.

진실이를 볼 때면 항상 함께 떠오르던 형의 얼굴, 진실의 뒤에 그림자처럼 따라붙어 그를 힘겹게 만들던 형의 얼굴……. 그런데 그 얼굴이 오늘은 생각조차 나지 않는다. 대신, 라면을 입에 넣고 오물거리는 진실의 입술만 클로즈업되어 보일 뿐이다.

쿵쾅쿵쾅, 심장이 백 미터 달리기를 한 것처럼 뛰고 있을 때 고맙게도 벨이 울렸다. 덕분에 진실의 입술에서 시선을 뗄 수가 있었다.

"누구 올 사람 있어?"

"아니. 누구지? 이 시간에 올 사람이 없는데? 설마, 아인인가?"

벌떡 일어나 인터폰을 확인하던 진실이 '어라! 진짜 왔네!' 라고 중얼거리며 현관으로 나갔다. 그리고 곧, 바람 냄새와 함께 낯선 여자의 목소리가 들려왔다.

"내 문자 못 봤어?"

"미안. 문잘 늦게 확인했어. 담에 보자고 답 넣었는데 못 봤구나?"

"아하, 그랬구나. 이거만 전해주고 갈게."

"이게 뭐야?"

"전복. 친척분이 보내주셨는데 너무 많아서 나눠 먹자고."

해맑게 웃으며 상자를 내미는 아인을 보며 진실은 난감한 표정을 지었다. 들어오라고 하기도, 그냥 그대로 보내기도 애매했다.

"잠깐 들어올래?"

결국, 예의 바른 구진실 버전이 승리를 했다.

"그래도 돼?"

"응. 부모님 안 계셔."

"그럼, 물 한 잔만."

아인이 주저하며 신발을 벗었다.

"차 마실래? 지금 친구랑 라면 먹고 있었거든."

"진짜? 나도 껴도 되는 자린가?"

조심스레 거실로 들어선 아인의 눈이 주방에 있는 진우를 바라보며 크게 떠졌다.

"아, 이런 실례를……. 남자 친구와 있었구나."

"아니. 남자는 맞는데 남자 친구는 아냐. 친구인데 남자인 거지."

"뭐가 그렇게 어려워?"

배시시 미소를 짓는 아인의 모습은 주방 불빛에 더욱더 화사해 보였다. 방금 샤워하고 나와 붉어진 맨 얼굴로 앉아 있는 자신의 모습과 여신 같은 아인의 모습이 진우의 눈에 어떻게 비칠지 신경이 쓰였지만, 진실은 아주 '쿨' 하게 아인을 주방으로 인도했다.

"여긴 내 친구 정진우. 진우야, 여긴 송아인. 같은 학교에다 만난 적도 있으니 서로 알지들?"

"안녕!"

"안녕하세요."

아인은 반갑게 인사를 했고 진우는 무뚝뚝하게 답인사를 했다.

"어. 민망해라. 난 반말했는데 진우 씨는 말을 높이네. 우리 몇 번 만난 적 있는데 기억 안 나요?"

"아…… 네."

"전에, 선우 선배 심부름으로 작업실에서 봤었어요. 그리고……."

진우의 심드렁한 대답에도 아인은 호의적인 미소를 잃지 않았다. 뜻밖의 만남이었을 텐데도 당황하지 않고 화사하게 웃는 아인을 보며 진실은 선우의 말을 떠올렸다.

"진우에게 진 빚이 있나 봐."

진우에게 진 빚이라…….

어쩌면…… 아인의 마음을 알 수 있을 것 같기도 했다. 고등학교 때도 이런 일이 몇 번 있었다. 진실을 통해 진우와 인연을 맺고 싶어하던 친구들. 그들 모두가 나쁜 의도가 아니었을 텐데도 경계하고 의심하다 결국 좋은 친구들마저 잃어버렸다. 다시는 그런 실수를 반복하고 싶지 않았다. 어떤 목적으로 다가왔든 간에 좋은 인연으로 이어지면 그것뿐이었다.

"근데 진실아. 완전 좋은 냄새 나는데, 나도 한 젓가락 해도 돼?"

아인이 라면을 향해 눈길을 돌렸다.

"어. 그래. 같이 먹자."

순순히 고개를 끄덕이는 진실을 보며 진우는 낮은 한숨을 내쉬었다.

아무리 동문이라도 그렇지, 만난 지 얼마 되지도 않은 사람을 겁도 없이 집에 들이고 식탁에 앉히는 저 순진함을 어떻게 해야 할까? 제발 정신 좀 차리라고 소리라도 지르고 싶었지만, 차마 그럴 수도 없었다.

"그래도 되죠?"

아인이 그를 보며 물었다.

'피곤하게 굴지 말고 마음대로 하세요.' 라고 대답하고 싶은 것을 참으며 진우는 순순히 고개를 끄덕였다. 더 이상 까칠하게 굴었다간 진실이 자신의 친구를 무시하는 거냐며 잔소리를 해댈 것이 분명했다.

"그러시든지요."

"와아. 완전 고맙습니다! 제가 먹을 복이 좀 있거든요."

맹랑한 여잘세.

진우는 낯선 여자가 그들의 식탁을 침입해 들어오는 것을 언짢게 지켜보았다.

얼마 만에 가져보는 둘만의 식사시간인데……. 그는 진실과 둘만 있고 싶었다. 따뜻한 라면을 먹으며 그동안 묵혀왔던 갈등을 하나씩 풀어나가고 싶었다. 그런데 멍청한 구진실은 그의 마음을 모른 채 낯선 사람을 끼워 들이고 있다.

하여간, 눈치라고는…….

"먹어!"

설상가상으로 친절하게 권하기까지 한다.

"어. 고마워. 잘 먹을게. 고맙습니다. 잘 먹을게요."

아인이 웃으며 젓가락을 들어 올렸다.

고작 두 줄기의 라면 발을 집어 든 아인이 조심스레 면발을 삼켰다. 소리도 나지 않고 국물도 튀지 않았다. 꼭 인조인간이 밥을 먹는 것처럼 인간미가 느껴지지 않는 식사 모습이었다.

"저기. 내가 그쪽한테 밥 한 번 사야 하는데. 아니, 한 번이 아니라 열 번이라도 사야 하는데."

두 가닥도 되지 않는 면발을 꼭꼭 씹어 삼킨 아인이 조심스럽게 말하자 진우는 눈살을 찌푸렸다.

"밥을? 왜요?"

"내가 그쪽한테 신세를 졌거든요. 근데…… 그냥 진실이처럼 말 놓으면 안 돼요? 나, 불편한데."

"말 놓으면 내가 불편해요. 내가 좀 올곧은 집안의 자식이라. 우리 집안이 잘 모르는 분에게 함부로 하대하고 그런 집안이 아니거든요."

"진실아, 네가 말 좀 해봐. 동갑인데 불편해."

아인은 비협조적으로 구는 진우를 보며 어쩔 수 없다는 듯 진실에게 도움을 요청했다.

"정진우, 너 왜 그래? 말 놔!"

"내 맘이다."

"저게. 아인, 삐딱한 진우는 내비두고 하던 얘기나 계속해 봐. 진우에게 왜 밥을 사야 하는데?"

"우리 완전 영화처럼 만난 적이 있었거든."

"응? 정진우, 너 아인이랑 영화처럼 만난 적이 있었어?"

"아니. 작업실에서 잠시 봤던 걸로 기억하는데."

아인이 고개를 저었다.

"아뇨. 우리 훨씬 전에 만난 적 있어요. 기억 안 나세요?"

"글쎄요. 전 기억에 없는데."

쓰윽, 고개를 숙이고 라면 그릇에 얼굴을 박는 진우를 보며 아인의 얼굴이 빨갛게 달아올랐다.

"미안해. 쟤가 낯가림을 좀 해서. 그런데 언제 진우를 봤어?"

모르는 사람을 모른다고 하는데 진실이 대신 사과를 하고 있다.

"아, 아니. 내가 너무 아는 체를 했나 봐. 얼마 전에 진우 씨에게 큰 도움을 받았거든. 그래서 너무 반가워서. 진우 씬 기억도 못하는 것 같지만."

"정진우! 너 빨랑 기억해 봐. 언제 아인이에게 도움을 줬어?"

"모르겠어."

"에고, 답답해. 정진우 기억 떠올리는 것보다 아인이 네가 말하는 게 빠르겠다."

"대명 오피스텔. 지하주차장."

아인이 작은 목소리로 말하고는 고개를 숙였다.

대명 오피스텔, 지하주차장. 기억이 났다. 그때 그 여자구나.

"아."

짧게 말한 진우가 자리에서 일어났다.

"아? 아, 뭐?"

"내가 불량배들에게 곤란한 일을 당할 뻔한 적이 있었는데, 진우 씨가 구해줬어."

아인이 수줍게 말했다.

"진짜? 그런 위험한 일을 당할 뻔했단 말이야? 와아! 진우가 진짜 훌륭한 일 했네. 근데 정진우! 넌 그렇게 장한 일을 했으면서 말도 안 하고."

"그래서 내가 은혜 갚아야 해."

그냥 전화 통화하는 시늉만 했을 뿐인데 저 여자는 소설을 쓰고 있었다.

젠장, 피곤해. 오늘 밤은 더 이상의 평안을 유지하기가 불가능한 것 같았다. 하여간, 여자들이란. 진우는 자리에서 일어났다.

"몽실. 너 마저 먹어. 난 간다."

"저, 저도 갈게요."

아인도 그를 따라 일어났다.

"왜? 라면 마저 먹고 가도 되는데…….."

"아니. 나 택시 타고 왔는데 밤이라 좀 그러네. 진우 씨 집이 어디예요? 가는 길에 저 지하철 타는 곳까지만 태워주시면 안 돼요?"

조심스러운 아인의 눈길이 진실을 거쳐 진우에게로 향했다.

"밤에 나다니지를 말지……."

혼잣말을 하는 진우를 보며 진실이 눈을 흘겼다. 그러더니 아인에게는 친절하게 묻는다.

"집이 어딘데?"

"센텀시티."

"오홀! 별로 멀지도 않네. 진우 네가 태워주고 오면 되겠다."

"구진실! 우리 집, 바로 요 옆이거든."

"전복 가지고 여까지 왔는데 그냥 보내?"

진실이 입 모양으로 속삭였다.

"네 손님이지 내 손님이냐?"

"알았어. 전복 좀 나눠 줄게."

인심 쓰듯 말하는 진실을 보며 진우는 입맛을 다셨다.

이 멍충아! 넌 질투심도 없어?

좋아하는 남자한테 다른 여자 집에까지 바래다주라고 하는 멍청이가 어딨냐. 그렇게 방심해도 되는 거야? 진실의 어깨를 잡고 정신을 차릴 때까지 흔들어주고 싶었다.

"그럼 아인이 잘 데려다 줘."

"이게. 어디서 혼자 빠지려고."

진실의 눈동자가 동그랗게 커졌다.

"응?"

"너도 어서 준비해. 같이 가자."

"어휴……."

"내 손님이 아니라 네 손님이거든."

"알았어."

겉옷을 가지러 방 안에 들어온 진실을 따라 들어선 진우가 투덜거렸다.

"야! 이 야밤에 나 혼자 가란 말이야? 것도 모르는 여자랑 단둘이? 넌 젤로 친한 친구란 놈이 내 걱정도 안 되냐?"

곰탱이 구진실이 그의 마음을 알아주는 날이 언제쯤 올까?

진우는 이렇게 에둘러서라도 자신의 마음을 표현하고 싶었다.

"진우야! 나, 내일 과제도 많은데……. 혼자 가면 안 돼?"

"생판 모르는 여자잖아. 괜히 나갔다가 납치라도 당하면 어떻게 하냐? 모르는 사람을 어떻게 내 차에 태워. 그니까 너도 타. 같이 태워다 주고 번개처럼 오면 되잖아."

고집을 피우는 진우를 보며 진실은 어이가 없다는 듯 피식 웃었다.

"왜 그랬어?"

아인을 내려주고 돌아오는 차 안에서 먼저 침묵을 깬 것은 진실이었다.

"뭐가?"

"아인이 말이야. 편하게 지내자는데 끝까지 존대하더라. 그렇게 대놓고 무안 줄 필요는 없었잖아."

"멍충아. 걔가 나 쳐다보는 눈 못 봤어?"

창밖 풍경을 향해 있던 진실이 고개를 돌려 진우를 바라보았다.

"그런가? 그렇게 느꼈어?"

"내가 바보냐?"

"알면서 그렇게 싸가지 없게 굴었단 말이야?"

"괜히 잘해주면서 희망고문 할 필요가 뭐가 있냐."

"잘났어. 정말."

사람 마음이나 무시하고 말이지…….

진실이 혼잣말을 중얼거렸다.

"어허. 구진실. 그러는 너는? 너도 알고 있었으면서 나보고 데려다 주라 그런 거지?"

"그래서 따라갔잖아."

"야! 입은 삐뚤어져도 말은 똑바로 하라 그랬지? 네가 가고 싶어서 간 거야? 니가 억지로 끌고 간 거지."

"이러나저러나 갔다는 게 중요한 거지."

"못생긴 게 입만 살아서는. 야! 구진실!"

"왜?"

"딴생각하지 말고 딱 한 달만 기다려."

"뭔 소리야? 한 달이라니."

"방학 때 스위스 다녀올 거야. 형이랑 할 말이 있거든. 전화나 메일 말고 얼굴 마주 보면서 해야 할 얘기야."

"얼굴 보고 해야 할 얘기?"

"응. 얼굴 보고 해야 할 얘기."

진우는 더없이 진지했다. 그에게 묻고 싶은 것이 많았지만 이상하게 입술이 떨어지지 않았다.

"갔다가 언제 오는데?"

"금방일 수도 있고 시간이 많이 걸릴 수도 있어. 넌, 나 올 때까지 아무 생각 하지 말고 기다려. 바닷가에서 네가 한 말…… 그때 다시 얘기하자. 그러니까 그때까지 혼자 고민하고 혼자 결정짓지 마. 혼자…… 울지도 마."

신호가 바뀌고 다시 차가 출발했다.

"대답해."

진우의 목소리가 속삭이듯 들렸다.

"……."

"대답."

"……응."

진실은 한참 만에야 대답을 했다.

9. 새로운 도전

"안녕하세요, 교수님! 저는 송아인이라고 합니다."

교수실을 나서던 강 교수의 앞을 웬 여학생이 가로막았다.

"존경하는 강현경 교수님. 무지 뵙고 싶었어요."

강 교수는 예쁘게 인사하는 아인을 한참 동안 바라보았다. 예대 쪽에 김태희를 닮은 여학생이 있다는 소문을 들은 적이 있었다.

이 아이구나.

아인을 보는 순간 알 수 있었다. 백옥 같은 피부에 맑은 눈빛, 시원시원한 이목구비와 다정한 음색이 정말이지 어디 한 군데 흠 잡을 데가 없는 예쁜 아이였다.

예쁘네. 우리 진우랑 잘 어울리겠어.

불현듯 떠오른 생각은 스스로도 놀라운 것이었다.

원준의 말처럼 정말 아들 가진 엄마가 되어가고 있는 모양이었다. 예기치 않은 변화였지만 왠지 진짜 엄마가 된 것 같은 기분이 썩 나쁘진 않았다.

"그래요. 안녕하세요."

인사를 하고 다시 걸음을 옮기려는데 아인이 불쑥 선물상자를 내밀었다.

"이게 뭐죠?"

"뇌물이에요."

강 교수는 눈살을 찌푸렸다.

"뇌물?"

"헤헤. 사실은 선우 오빠를 통해 들었어요. 비타민을 꼭 챙겨 드신다고. 마침 캐나다에서 들어온 좋은 비타민이 있기에 교수님 생각나서 사 왔어요."

"우리 선우가⋯⋯?"

"저 선우 오빠 후배예요. 건물이 달라서 못 뵀었는데 아무래도 인사를 드려야 할 것 같아서요. 오빠 없어서 섭섭하시죠? 오빠도 교수님 걱정을 많이 하더라고요."

진우가 아니라 선우 쪽? 의외였다.

"걱정해 줘서 고마워요. 그런데 이걸 왜 나에게?"

"진우 대신 드리는 거예요."

이번에는 다시 진우를 들먹였다. 얘가 지금 뭐 하자는 거지?

종잡을 수 없는 말을 하는 아인을 강 교수는 물끄러미 바라보았다.

"우리 진우 대신?"

"네. 제가 진우에게 큰 신세를 졌는데, 그래서 은혜를 갚고 싶은데 도무지 받으려 하지를 않는 거예요. 제가 빚지고는 못사는 성격이라, 그래서 진우 대신 어머니 되시는 강 교수님께 드리는 거예요."

어머니 되시는 강 교수님께……

듣기 좋은 말이었다.

시종일관 미소를 지으며 애교스럽게 다가오는 아인을 보며 강교수는…… 왠지 굳어 있던 마음이 스르르 풀어지는 것을 느꼈다.

"우리 진우에게 무슨 큰 신세를 졌기에?"

우습게도 자신에게 있었는지도 모를 부드러운 목소리가 흘러나왔다.

"아주 큰 신세요. 사실, 제가 평생 비타민 사드려도 되는 큰 신세였어요."

배시시 웃으며 한 발 앞으로 다가온 아인을 강 교수는 홀린 듯 쳐다보았다.

아무 생각 하지 말고 기다려 달라던 말에 동의한 후로 진우와의 관계는 예전처럼 편안해졌다. 여전히 티격태격하며 말싸움을 즐겼고, 바쁜 틈을 쪼개 유럽 희귀 명작 영화들을 보러 다니기도 했다.

물론, 전과 같이 기분이 동하면 오르는 등산도 다시 시작되었다.

6월의 첫 번째 토요일, 오랜만에 찾은 산의 효과는 아주 탁월했다.

"헉. 헉. 살 좀 빼라. 이건 아주 고문이다, 고문."

"아주. 죽어라. 죽어. 사내새끼가……."

"야! 혈압이 끊어질 것 같단 말이야. 허, 헉."

"안 끊어져. 그러니 걱정 말고 힘 좀 써봐."

오른쪽 다리가 떨어지려고 하자 진실은 진우의 목을 감고 있는 두 팔에 힘을 더 주었다.

"힘들다. 손힘 빼라."

"시끄러. 성스러운 날을 앞두고 집에서 고이 쉬겠다는 나를 억지로 데리고 나온 건 너라고. 그니까 책임을 져야지."

월요일이면 대망의 크랭크인을 앞두고 있는 중요한 시기이니 공기 좋은 산에서 원기를 보충하자고 설득한 것은 진우였다.

"내가 잠깐 돌았었나 봐."

진우의 엄살에 진실은 커다랗게 웃음을 터트렸다. 그 바람에 진우가 또다시 휘청거렸지만 진실의 웃음은 그치지 않았다.

"아 씨. 안 되겠다. 너 내려."

"야. 너 한 입으로 두말할 거야? 니가 산에만 가면 업어준다고 했잖아."

"내 입을 꿰매고 싶다."

진우가 헐떡거리며 말했다.

"그러시든지."

"너 살 더 찐 거 맞지?"

"이씨. 넌, 어쩜 숙녀한테 그런 걸 묻냐?"

"자알한다. 너 살찌면 안 되는 거 알아? 몰라?"

"야. 내가 많이 먹어서 찌는 거야? 원래 갑상선에 걸리면 붓고 그게 살이 되기도 하고 그래."

"웃기고 있네. 야. 넌 항진증이라고. 살이 빠져야 정상이거든. 니가 얼마나 많이 먹으면, 니 병도 몸을 못 따라가겠냐."

"이게."

얄밉게 말하는 진우의 등을 '찰싹!' 소리가 나도록 후려갈기자, 그가 헉 소리를 내며 휘청거렸다.

"야. 왜 때려?"

"어어. 조심해."

떨어질까 봐 겁이 난 진실이 그의 목을 본능적으로 꼭 껴안았다. 가슴을 통해 느껴지는 진우의 심장박동 소리가 유난히도 크게 들려온다.

"괘, 괜찮아?"

허리를 숙인 채 균형을 잡고 있던 진우가 물었다.

"어, 어. 괜찮아."

"야, 넘어질 뻔했다. 꼭 붙잡아."

"알았어."

의미 없는 어색한 대화가 오고 갔다.

진실은 눈앞에 있는 진우의 넓고 듬직한 등에 귀를 갖다 대었다. 따뜻한 열기가 그녀의 얼굴로 와 닿았다. 힘차게 뛰는 건강한 심장 소리가 진우의 등을 통해 진실의 볼을 타고 다시 그녀의 심장으로 전해져 왔다.

갑자기 기침이 터져 나올 것만 같았다. 발가락도 간지러웠다. 어디선가 나뭇가지들이 속삭이는 소리가 들리는 것 같기도 했다. 무엇 하나 정확한 느낌이 아닌 여러 가지 감정들이 복잡하게 얽히기 시작했다.

진실은 나직한 목소리로 그를 불렀다.

"진우야."

"왜?"

"있지, 갑자기 발바닥이 간지러워."

진실의 잔 숨결이 그의 목 주위에서 부서지자, 진우는 목을 움찔거리며 걸음을 멈추었다. 진실이 발바닥이 간지럽다는데 왜 자신의 아랫배에 힘이 들어가는지 본인조차 알 수 없었지만, 더 이상 그녀를 업을 수는 없을 것 같았다.

"안 되겠다. 너 내려."

"왜?"

"무거워서 더 이상 못 가것다."

"치사한 놈."

"치사해도 어쩔 수 없어."

진우가 짧게 한숨을 내쉬었다.

"그나저나 난 그 다큐 팀이 걱정이다."

"우리 팀이? 왜?"

"그 불쌍한 사람들이 무슨 죄가 있다고 너랑 한팀이 되어서 는."

"과분한 칭찬, 몸 둘 바를 모르겠다. 그리고 말이 나왔으니까 하는 말이지만, 이 몸은 무려 특채시거든."

"헐! 거긴 직원을 어떻게 뽑는 거야? 그렇게 설렁설렁 뽑아도 되는 거야?"

"흐흐흐. 강 교수님이 추천해 주셨잖아."

"추천을 해도 뽑는 건 그쪽이잖아."

"그리고 말이지, 결정적으로 내가 신뢰 가게 생겼으니까. 게다가 한 미모 하지, 성격 훌륭하지, 아이디어 탁월하지. 어디 하나 빠지는 데가 있어야 말이지."

"헐!"

"그런데 있지. 진우야. 나, 우리 감독님에게 완전 감동받았다."

"우리 감독님? 벌써부터 아부 모드냐?"

"응. 난 면접에 합격한 그 순간부터 우리 감독님이 정말 마음에 들었어. 아주 근사한 분이었거든."

"어떻게 근사한데?"

"나 아픈 거, 그게 왜요? 그래서 살살 봐달라 이겁니까? 이러는 거 있지."

"다 맞는 말이구만."

"헤헤. 알잖아. 내 병 알고 그렇게 말해주는 사람은 너 말고 처음이야. 어! 앗!"

헤헤거리던 진실이 동문에서 내려오고 있는 한 무리의 등산객들을 보며 외마디 비명을 질렀다.

"왜 그래?"

"아는 사람 같아서."

"아는 사람? 누구?"

"우리 감독님."

"어디?"

"저기. 저기 내려오는 두 분. 안경 낀 남자 옆에 초록색 모자 쓰신 분이 감독님이야."

진우는 걸음을 멈춘 채 진실의 손끝이 향하는 곳을 응시했다.

초록색 모자를 쓴 사람은 흔히 봐오던, 감독 포스를 팍팍 풍기는 성질 더러운 배불뚝이 아저씨가 아니라 교양 있게 생긴 젊고 핸섬한 남자였다. 이제 막 서른을 넘긴 듯 보이는 남자의 준수한 외모에 진우는 미간을 찌푸렸다.

"너네 감독이 저렇게 젊은 남자였냐?"

"응. 완전 근사하게 생기셨지? 잠시만 기다려 봐. 너도 소개시켜 줄게. 네가 찍고 싶어하는 예술영화에 많은 도움이 될 거야. 감독니이이임!"

앞서 나간 진실이 들뜬 목소리로 감독을 불렀다.

영국에서 발간되는 영화잡지, 토탈필름에서 그의 작품에 대해 언급한 것을 본 적이 있다. 깔끔한 촬영기법에 인간미 넘치는 영상미를 만들어내는 감독이라는 호평을 읽으며 언젠가 한 번쯤 만나보고 싶다는 생각을 하긴 했었다.

하지만 눈 맞은 강아지마냥 기뻐하는 진실의 뒷모습을 보니 기분이 급격히 다운되어 버렸다.

"진실 씨, 산에서 만나니 더 반갑습니다."

원준이 진실에게 미소를 지어 보였다. 잘 마른 한지 위로 검은 먹이 번져 가듯 온화하고 부드러운 미소였다.

"그러게요. 크랭크인 준비 때문에 많이 바쁘실 줄 알았는데, 이렇게 뜻밖의 장소에서 뵈니 정말 반가워요."

"바쁠수록 돌아가라…… 란 말도 있잖아요. 맑은 공기도 쐬고 생각도 정리하고 좋은 기운 받아 가려고 왔습니다. 옆에 계신 분은 일행이십니까?"

어려 보이는 외모와 달리 연륜이 묻어나는 중후한 음성이었다.

"네에. 감독님! 제 친구 정진우예요. 진우도 영화연출을 하고 싶어하거든요. 그래서 감독님께 소개해 드리고 싶어요."

"네. 반갑습니다. 박원준입니다."

원준이 호의적인 미소를 지으며 앞으로 다가왔다.

진우는 딱딱하게 굳은 자세로 그가 내민 손을 마주 잡았다.

"처음 뵙겠습니다. 정진우입니다."

힘을 꽉 주어 잡던 원준이 진우를 한참 바라보더니, 마치 오랜만에 지기를 보는 것처럼 반갑게 웃었다.

"정진우 씨! 이렇게 만나니까 정말 반가운데요."

"벌써 내려오시는 걸 보니 일찍 오셨나 봅니다."

"저흰 좀 서둘렀습니다. 늦기 전에 어서 올라갔다 오십시오. 길

조심하고요."

인사를 마친 원준이 일행의 옆으로 갔다.

"조심해서 가세요. 진실 씨는 월요일 날 봅시다."

"살펴 가십시오."

"감독님, 월요일 날 봬요."

진우는 원준에게 인사를 한 후, 환하게 웃는 진실을 옆으로 잡아당겼다.

"그만하지."

"뭘?"

"이 멍충아! 그만 웃으라고."

진우는 멀어져 가는 원준을 여전히 바라보고 있는 진실의 얼굴을 옆으로 돌려 버렸다.

"야! 이게. 기껏 우리 감독님까지 소개시켜 줬더니 왜 또 시비야?"

돌아간 고개를 번개처럼 제자리로 돌린 진실이 매서운 눈으로 그를 노려보았다. 노려보건 째려보건 자신만 바라봐 주길 바라는 자신의 마음도 모르는 진실이 원망스럽다.

"에휴, 참자! 참아!"

진우는 깊은 한숨을 토해내며 걸음을 옮겼다.

5월 31일과 6월의 느낌은 판이하였다.

시간으로 따지면 불과 24시간밖에 되지 않지만 그 갭은 엄청난 것이었다.

봄의 완벽한 끝과 또 다른 계절의 시작이기도 한 6월은 여름을 향해 빠르게 달려가고 있었다.

처음 해보는 다큐멘터리 촬영은 무한한 인내와 기다림의 미학이 필요한, 그것도 아주 많이 필요한 지루한 작업이었다. 배우들이 등장하는 일반 촬영과 달리 많은 스태프도 필요치 않았고 미친 듯이 장비를 옮겨대야 하는 장소 이동도 적었다. 밥 먹을 시간조차 없던 전과 달리 정적이고 조용한 작업은 나름대로 재미가 있었다.

스크린에서만 보던 배우들을 직접 만날 수 있는 지난번 영화 작업도 재미있었지만, 세밀한 관찰이 요구되는 다큐멘터리 작업은 덜렁대는 진실에게 많은 것을 배우고 체험할 좋은 기회였다.

다큐멘터리 촬영은 감독과 카메라의 역할이 아주 중요한 작업이었다. 여러 대의 무인카메라를 곳곳에 설치한 뒤, 피사체의 작은 변화까지 놓치지 않기 위해 신경을 곤두세워야 했는데, 날짜와 시간, 날씨와 기온들을 세밀하게 파악해야 했고 그것들을 분류별로 기록해야 했다. 지난번 영화에서는 촬영을 시작하기 전, 자료 조사와 정리만 석 달이 넘게 걸렸고 촬영장소 섭외와 선정 등으로 쓴 기차비만도 수십만 원이 들었는데 이번 촬영은 그런 잡다한 것들이 없어 좋았다.

이번 다큐멘터리는 '섬 꽃'에 관한 내용이었다. 국화나 장미,

튜울립과 안개꽃 등 이름 있는 꽃들만 알고 있었던 진실로서는 색다른 경험이자 좋은 공부가 되었다.

두렵고 긴장되었던 일은, 도저히 적응이 될 것 같지 않았던 지루한 기다림은 사흘 만에 익숙해지기 시작했고, 일주일이 되자 세밀한 변화를 관찰하는 일이 조금씩 재미있어지기 시작했다. 특히 감독님과 스태프들이 회의를 하는 동안 잠깐씩 보는 원본 필름들은 지루했지만, 그 속에서 발견하는 변화는 지루함을 보상하고도 남을 만큼 흥미로웠다.

"이번엔 콘티를 잘 짜서 그런지 일하기가 한결 수월하네. 이번 콘티 작업 누가 했어요?"

몇 안 되는 스태프 중의 하나인 최경희 선배가 컴퓨터에서 눈을 떼지 않은 채 물었다.

"감독님 미국서 공부하실 때 알게 된 미모의 미술학도 솜씨란다."

콘티에 얼굴을 박고 있던 조감독의 말에 조명 팀 감독인 김성민이 벌떡 일어나 고개를 까닥거리며 랩을 했다.

"세이 예에. 미. 술. 학. 도. 그것도 미모의 미. 술. 학. 도. 몇백 년 만에 들어보는 단어인지, 미. 모! 남자인지 여자인지도 모르는 제3의 성을 가진 이들에게서는 도무지 찾아볼 수 없는 미. 모!"

"그렇지! 역쉬 미모가 받쳐 주는 예술가의 솜씨라서 그런지 우리 감독님이 짜주실 때랑은 확실히 달라. 디테일이 살아 있잖아."

성민의 말에 행사기획 팀장이 맞장구를 치며 고개를 끄덕였다.

"그 미술학도 얼굴 보면 그 콘티를 더 애정하게 될 것이다."

두 사람이 하는 양을 바라보던 홍보팀장마저 거들었다.

"여러분! 그 미모의 미술학도 보기도 전에 제3의 성을 가진 조감독에게 맞아 줄 수가 있습니다. 그러니 입 닥치시고 얼른 일이나 하시죠."

터프한 조감독님의 엄포에 떠들썩하던 사무실 안이 금방 조용해졌다.

오늘 일정표를 복사하고 있던 진실은 미모의 미술학도란 말에 지심도에서 만났던 아인을 떠올렸다. 감독님과 미국에서부터 아는 사이였구나.

"진실 씨, 복사 다 하고 섭외했던 촬영 장소 관할 도청에 다시 한 번 확인 전화 부탁해. 그 사람들 깜빡깜빡 잘하거든. 근데 자긴 안 더워? 6월이 훌쩍 지났는데 웬 목 폴라 티?"

경희 선배의 관심이 모니터에서 진실로 옮겨졌다.

"어이. 어이. 자기 일이나 열심히 해. 일하면서 별 간섭을 다 한다."

"트집이 아니라 더운데 답답해 보이니까 그렇죠."

조감독의 핀잔에 입술을 비죽이는 경희를 보며 진실이 작게 미소를 지었다. 조금씩 특별나기도 했지만, 악의가 없는 좋은 사람들 같았다.

"목에 흉터가 있어서요."

"어맛! 정말? 왜? 다친 거야? 아님 수술?"

경희 선배가 다시 물었다.

"아따, 최경희! 다음 촬영 동선 다 짠 거야? 왜 그렇게 남의 일에 관심이 많아!"

조감독이 다시 소리를 지르자 경희의 시선이 마지못해 모니터로 돌아갔다.

진실은 아옹다옹거리는 조감독님과 최경희를 보며 기분 좋게 웃었다. 이번 일을 하면서 웃는 일이 많아졌다. 무엇보다 감사한 일은 이들과 함께 있다 보면 자신이 환자라는 사실을 잊는다는 것이다.

수술에 성공한 암환자가 5년 이상 생존할 확률은 40%, 그중 갑상선 암환자의 생존율은 80%. 갑상선암은 다른 암에 비해 완치율이 높은 편이긴 하지만 항상 조심하며 살아야 했다. 이곳에서는 그림자처럼 따라다니는 병의 흔적들을 잊을 수가 있어 좋았다. 무엇보다 다시 좋아진 진우와의 관계는 진실을 편안하고 기분 좋게 만들었다. 요즘은 하루하루가 감사와 웃음의 연속이었다.

"저 바람 좀 쐬고 올게요."

휴식 시간을 이용해 사무실을 벗어난 진실이 빗자루를 들고 옥상으로 향했다.

천장이 없는 옥상 위로 뜨거운 열기가 고스란히 남아 있었지만, 시야가 환하게 트여 있어 좋았다. 진실은 그늘에 놓인 의자 위에 앉아 불어오는 바람을 맞았다. 바닷가는 아니지만, 바람 속에서 바다 냄새가 나는 것 같았다.

"좋다~"

냄새를 음미하며 피로를 풀고 있는 진실의 이마 근처로 시원한 냉기가 느껴졌다. 눈을 떠보니 흰색 티셔츠를 입은 원준이 차가운

냉커피를 들고 있다.

"어! 감독님! 잘 다녀오셨어요?"

완도로 떠났던 원준이 사흘 만에 나타났다. 이번에는 얼마나 많은 변화를 담아왔을까?

손을 내밀다 복사잉크가 묻은 것을 알게 되었다.

"닦아요."

원준이 주머니 속의 있는 손수건을 꺼내 건네주었다. 6월의 성급한 열기도 비껴갈 것처럼 여유로운 미소를 짓고 있는 원준의 모습이 신선하게 느껴졌다.

참, 친절한 분이야.

진실은 꾸벅 고개를 숙이며 손수건을 건네받았다.

"고맙습니다."

손을 닦고 커피잔을 넘겨받았다.

"아아아. 정말 시원해요. 감사합니다."

냉커피 속에 있는 얼음을 입안에 넣은 진실이 행복한 미소를 지으며 말했다. 왼쪽으로 불룩 솟아오른 볼이 움직일 때마다 왼쪽 눈은 본의 아닌 윙크 곡선을 만들고 있었다.

"완전 최고세요. 진짜 맛있어요."

"다행이네요. 앞으로 종종 타드려야겠어요."

"설마, 이걸 직접 타 오신 건 아니죠?"

"바리스타 과정을 밟았습니다."

"완전 멋지시다. 바리스타 과정까지."

"공부하라고 유학 보내놨더니 요리만 배워왔다고 부모님 상심이 이만저만이 아니었어요."

"오, 요리공부까지 하신 거예요?"

"미국에서 조금, 프랑스에서 조금, 이태리에서 조금, 아르헨티나에서 조금 살았거든요. 가는 곳마다 레스토랑 하는 친구를 사귀어서 그쪽 요리들을 두루두루 배웠어요."

"우와! 미국, 프랑스, 이태리, 아르헨티나……. 저도 어릴 때 아빠 따라 가봤었는데. 정말 멋졌던 기억이 나요. 특히 아르헨티나에서 먹었던 비프스테이크는 정말 잊을 수가 없어요. 크기가 세숫대야만 하잖아요. 맛도 정말 좋았는데."

"부에노스아이레스(Buenos Aires)의 비프스테이크. 저도 참 좋아했는데. 흠. 언제 본토 요리 솜씨 맛을 보여 드려야겠어요."

"진짜요?"

"이래 봬도 부에노스아이레스에서는 포르테뇨(porteños)라고 불렸습니다."

"포르테뇨(porteños)?"

"아, 포르테뇨(porteños) 항구 사람이란 뜻이에요. 부에노스아이레스에 사는 사람들을 포르테뇨라고 부르죠."

"감독님, 완전 짱이시네요. 저는요, 요리 잘하는 사람을 정말 존경하거든요. 혹시 일식은 못하세요?"

"일식 좋아하세요?"

"전 세상에서 젤로 좋아하는 음식이 회랑 초밥이거든요. 초고추장에 듬뿍 찍어서…… 쓰으읍."

소맷부리로 입가를 훔치는 진실을 보며 원준이 또다시 웃음을 터트렸다.

"'미스터 초밥왕'을 재밌게 보긴 했습니다만 아쉽게도 배울 기회는 없었습니다. 언젠가 일식도 한 번 도전을 해봐야겠군요."

"우와! '미스터 초밥왕'을 아시는구나. 저도 쇼타 광팬이에요. 우리 진짜 친하게 지내요."

"하하하. 이렇게 열렬히 좋아해 주시니, 꼭 일식을 섭렵해서 요리 대접을 해야겠군요."

원준의 웃음소리가 듣기 좋게 퍼져 나갔다.

진실은 마음 맞는 친구를 만난 것처럼 기분이 좋아졌다.

"감독님, 회의하러 오시래요."

어느 틈에 나타났는지 최경희가 원준을 불렀다. 아래에서 좋지 않은 일이 있었는지 안색이 나빠 보였다.

"아, 벌써 그렇게 됐네. 자, 진실 씨. 우리 회의하러 갑시다!"

"네, 포르테뇨(porteños)!"

원준이 다시 웃음을 터트렸다.

한 발 뒤에서 걸어가던 경희는 연신 웃음을 터트리는 원준과 진실을 곱지 않은 눈으로 쏘아보았다. 자신에게는 한 번도 보여주지 않던 웃음을 진실에게 보여주는 감독님이 야속하고 신입 주제에 감독님과 농담을 주고받으며 웃고 있는 진실이 마음에 들지 않았다.

낯가림이 심한 정진우가, 마음을 튼 사람들에게는 더없이 잘한다는 이야기는 운미 언니에게 충분히 전해 들었다. 진실이 그 지인 중의 한 사람인 것은 틀림없는 사실이었고, 진실을 바라보는 진우의 눈빛이 친구 그 이상의 것임을 알 수도 있었다.

하지만 스위스로 떠난 선우가 말했다. 우리 진우는 날 배신하지 않을 거라고. 형이 좋아하는 여자에게 딴마음을 품을 녀석이 아니라고. 그 아이의 몸이 불편해 더 마음을 쏟는 것뿐이라고. 아인은 자신 있게 말하던 선우를 믿고 싶었다.

"우리 진우 포기하지 마. 처음은 힘들어도 마음을 열면 더없이 멋진 친구로 변할 거야."

선우의 당부를 기억하며 건물 앞을 지킨 지 30분 만에 그가 모습을 드러냈다.

"안녕하세요."

"네. 안녕하세요."

용기를 내어 인사를 하는 아인을 진우가 무심히 쳐다보았다.

"오랜만이에요. 그동안 잘 지내셨죠?"

"네."

"저기, 그날은…… 잘 들어가셨죠?"

"네. 보시다시피."

진우가 다시 걸음을 옮기기 시작했다.

계단 옆 벤치에 앉아 있던 여학생들이 무슨 일이냐는 듯 호기심을 드러내며 보고 있었다. 얼굴이 화끈거렸지만 조금 더 용기를 내보기로 했다.

"진실이, 요즘 알바 하느라 무지 바쁘죠? 진실이가 바빠서…… 심심하시겠어요."

"괜찮습니다."

"진실이 이사는 언제 한대요?"

아인은 그와 보조를 맞추기 위해 열심히 걸음을 옮겼다.

"……글쎄요."

"방학하면 한다던데 혹시 자세한 날짜 아세요?"

"몰라요."

차갑게 말하는 그를 보며 아인은 애써 용기를 끌어모았다.

"은혜 갚을 기회…… 주세요."

계단을 반쯤 내려가던 진우가 우뚝 멈춰 섰다. 아인은 얼른 진우의 앞으로 다가갔다. 카키색 셔츠를 입은 그에게서 진한 풀 향기가 났다.

"송아인 씨."

그가 처음으로 이름을 불러주었다. 가슴이 걷잡을 수 없이 뛰기 시작했다. 아인은 붉어진 얼굴로 그를 바라보았다.

"네, 진우 씨."

"그럴 필요 없어요."

"네?"

"은혜니 뭐니 그럴 필요 없으니까 부담 갖지 마세요. 은혜 베푼 거 아니에요. 저는 그쪽에게 은혜 베푼 거라 생각지 않으니까, 그러니까 그러지 마시라고요. 아! 어머니께도 더 이상 그러실 필요 없습니다."

칼로 벤 듯, 감정의 여지를 남겨두지 않는 진우의 말에 아인은 할 말이 없어졌다.

"그럼, 이만."

그가 다시 멀어지려 한다.

상냥한 인사말은 기대조차 하지 않았다. 하지만 이런 푸대접도 생각지 못했다. 그런데 정말 우스운 것은 진우의 이런 쌀쌀맞음조차 매력적으로 느껴진다는 것이다. 스스로 생각해도 정말 바보 같은 짓이었지만 그가 좋았다. 어제보다 오늘이 더 좋았다.

"잠시만요."

멈춰 선 그가 귀찮은 듯 아인을 바라봤다.

"진우 씨와 친구 되고 싶어요. 친구는 괜찮지 않아요? 진실이와 그런 거처럼 진우 씨와도 좋은 친구가 되고 싶어요."

절박한 아인의 마음을 읽기라도 한 것처럼 진우가 물끄러미 그녀를 바라보았다. 무표정한 그의 얼굴에 아인은 숨이 넘어갈 만큼 긴장하고 있었다.

지독한 갈증이 현기증과 함께 몰려왔다.

핑그르르. 하늘이 도는 것 같았다.

아인은 천천히 쓰러지며 정진우가 자신에게로 손을 뻗는 모습에 희미하게 미소를 지었다.

❖

아인은 보건실에서 눈을 떴다.

창가에 서 있는 진우를 보며 꿈이 아닐까, 눈을 깜박여 보았다.

몇 번이나 감았다 떠도 그는 여전히 그 자리에 있었다.

꿈이…… 아니다.

"진우 씨."

그의 이름을 불러보았다.

"밥 굶었어요? 저혈당 증세라는데."

무뚝뚝한 진우의 목소리가 들려왔다.

침대 옆으로 다가와 자신을 내려다보는 진우를 보자 심장이 미친 듯이 뛰기 시작했다. 눈물이 날 것처럼 감격스럽다가도 이렇게까지 하는 자신이 한심하게 느껴져 비참했다.

"진실이가 갑상선암이었어. 그래서 더 잘하는 걸 거야. 우리 진우 동정심이 많은 아이거든. 우리 진우가 그래. 강한 사람에게는 강하지만 약한 사람에게는 한없이 약하지."

강 교수의 말을 기억하며 아주 천천히 대꾸했다.

"갑상선 결절이 있어요. 아주 많이 긴장하고…… 그러면 가끔 호흡 곤란이 와요."

진우의 눈빛이 변하고 있었다. 진실이를 생각하고 있는 것이 틀림없었다. 모든 신경이 그에게 향해 있어서인지 그의 기분 변화를 금방 알 수 있었다.

"호흡 곤란? 그 정도면 제거 수술 해야지 않나?"

좋은 현상이야.

아인은 안도의 한숨을 내쉬었다.

"음……. 사실을 고백하자면 이번에 처음이에요. 쓰러진 거. 경고는 받았지만요."

"그래도 병원에 가봐요."

의례적인 말이겠지만 그의 걱정에 기분이 좋아졌다.

"진우 씨가 거절하면 어쩌나…… 긴장을 너무 했나 봐요."

"나와 친구 하는 게 그렇게 중요해요? 호흡 곤란이 올 정도로?"

"네. 호흡 곤란이 올 정도로."

그가 갈등하고 있었다.

"난, 진실이 좋아해요."

알고 있어요. 그래도 괜찮아요.

두근두근, 그에게 한 걸음 더 가까이 갈 수 있을지도 모른다는 희망이 생겼다.

"진우 씨만큼 진실이도 좋아해요. 진실이에게 상처 주는 일 절대 안 할게요."

얼마쯤은 진심이었다.

"우리가 친구로 지내도 그쪽은 상처받을 겁니다."

"나도…… 나를 제일 좋아해 주는 친구 있어요."

거짓말이었다.

아인은 진우를 가진 진실이 눈물 나게 부러웠다.

"친구…… 말고 지금처럼 진실이 친구 해요. 진실이 친구로……. 우리 그렇게 아는 사이 합시다."

한결 따뜻해진 진우의 눈빛에 왈칵 눈물이 쏟아지려 했다.

아인은 고개를 끄덕였고 진우는 헛기침을 하며 가방을 챙겨 들었다.

한 걸음은 아니어도 반 걸음은 다가간 느낌이었다. 태어나 가장 설레는 여름이 될 것만 같은 기분에 아인의 가슴이 두근거리기 시작했다.

 **10. 내 마음 너에게 닿길…….**

토요일이 영원히 오지 않을 줄 알았다.

아인은 침대에서 벌떡 일어나 욕실로 달려갔다.

하루가 천 년 같았던 이틀을 보낸 뒤 고대하던 토요일.

#토요일 날 뭐 해? 난 진우랑 등산 갈 거야. 같이 갈래?

진실의 문자를 받고 가슴이 설레었다. 분명 갑상선 결절에 대해 진우와 이야기를 나눈 것이 틀림없었지만, 그래도 좋았다. 설레는 마음을 감출 수가 없었다.

샤워를 하고 외출 준비를 서둘렀다. 정성스럽게 감은 머리를 말려 윤기가 날 때까지 빗었다. 어깨까지 오는 머릿결이 찰랑거리며 물결을 치자 기분이 좋아졌다.

아빠에게 받은 용돈으로 구매한 분홍색 등산복은 아인과 정말 잘 어울렸다.

22인치밖에 되지 않는 개미허리를 강조하기 위해 얇은 카디건을 허리에 둘렀다. 거울에 비친 자신의 모습이 제법 마음에 들었다.

아인은 들뜬 마음으로 집을 벗어났다. 약속 장소인 동라까지 오는 동안 가슴이 두근거려 미칠 것만 같았다. 예전에는 남자에 목을 매는 친구들을 이해할 수 없었지만 이제는 그 마음을 십분 이해할 수 있었다.

택시에서 내리자, 진우와 진실의 모습이 보였다. 새우깡을 서로 뺏기 위해 티격태격 싸우고 있는 모습에 가슴 한구석이 찌르르 아파왔다. 아인은 아픔을 드러내는 대신 밝게 웃으며 그들에게 다가갔다.

"안녕!"

들고 있는 새우깡을 뺏기지 않기 위해 애쓰던 진실과 뺏으려 몸싸움을 하고 있던 진우가 함께 아인을 바라보았다.

예쁘다고 말해줄까?

아인의 심장이 두근거렸다. 여기까지 오는 내내 자신을 바라보던 사람들의 감탄 어린 시선이 떠올랐다.

"와와! 난 이렇게 예쁜 등산객은 처음이야! 화보 찍으러 가는 사람 같어!"

진실이 감탄사를 내뱉었다…… 그리고 그것뿐이었다.

진우의 눈빛에 감탄의 빛이라든지 놀라움의 빛은 전혀 보이지 않았다. 그는 지나가는 돌멩이를 보는 것처럼 담담한 표정으로 아인을 바라볼 뿐이었다.

"왔어?"

"응. 많이 기다렸지?"

실망감을 감추며 아인이 활짝 웃었지만, 그의 무반응에 그 미소마저 공중으로 사라져 버렸다.

"별로. 어서 가자."

진우가 먼저 돌아섰다.

그의 무심함에 가슴이 아팠지만, 함께 있는 것만으로도 너무나 설레어 불만이 쏙 들어가 버린다.

"진우에게 들었어. 갑상선……. 많이 힘들었지? 그래도 관리만 잘하면 돼. 우리랑 같이 꾸준히 등산도 다니고 배드민턴도 치고 그러자."

진실이 따뜻하게 위로해 주었다.

"응. 고마워. 그리고 이렇게 불러줘서 고마워. 그런데 진우는 내가 온 게 싫은가 봐."

"별말을 다 한다. 산이 우리 것도 아닌데 같이 가면 어때서. 가자! 저 자식은 원래 저래. 그니까 신경 쓰지 마. 익숙해지면 그러려니…… 그렇게 돼."

진실은 훌륭한 중재자였다.

진우와 아인의 중간에서 적절한 화제와 알맞은 참견으로 어색한 두 사람 사이를 부드럽게 만들어주었다.

"목마르다. 잠시 쉬면서 물 한 잔 마시고 움직일까?"

입이 마른 아인의 상태를 체크해 쉴 시간을 만들어주는 것도 진실의 역할이었다.

진우는 두말없이 멈춰 서서 가방 속의 물을 꺼냈다. 뚜껑을 열고 조금 쏟아부은 후 진실에게 내밀었다.

"마셔!"

진실이 진우에게 받은 생수 병을 곧바로 아인에게 건넸다. 옆에 있던 진우가 못마땅한 듯 쳐다보았지만 개의치 않고 아인에게 웃어주었다.

참…… 따뜻하다.

진실과 함께 있으면 기분이 좋아졌다. 항상 웃으며 밝은 표정을 짓는 진실을 미워하기란 쉽지 않은 일이었다.

이런 친구가 있었다면 얼마나 좋았을까?

이기적인 백인 아이들 틈에서 눈치 보고 놀림당하고 자란 아인에게 진실은 따뜻하고 신기한 존재였다.

"너흰 물 마시고 천천히 올라와. 난 먼저 가서 기다리고 있을게."

진우가 가방을 고쳐 매며 말했다.

"잠시만. 나 화장실 다녀올 테니까 너 아인이랑 있어줘. 혼자 두지 말고."

"야! 뛰지 마. 넘어져!"

화장실 쪽으로 달려가는 진실을 보며 진우가 눈살을 찌푸렸다.

진실이 만들어놓은 편안함은 그녀와 함께 사라져 버렸다.

진우는 여전히 무심한 얼굴로 바위에 앉아 진실을 기다렸고 아인 역시 진실이 사라진 쪽만 열심히 바라보고 있었다.

"병원은 갔어?"

처음에는 잘못 들은 말인 줄 알았다.

"응?"

"결절……. 병원 가서 검사했냐고."

나를 걱정해 주고 있어. 아인의 가슴이 감동으로 뭉클거렸다.

"으응."

"아인."

진우가 낮은 목소리로 그녀의 이름을 불렀다.

"응?"

"미안하지만 앞으로 등산은 안 왔으면 좋겠어. 진실이는……아직 완전히 회복한 상태가 아니야. 제 한 몸 챙기기도 힘든데 너까지 신경 쓰려면 버거울 거야."

진우의 차가움에 왈칵 눈물이 쏟아질 것 같았다.

자신의 마음을 몰라주는 그가 야속하고 미웠다. 하지만 이상하게도 그의 이런 냉정함이 싫지 않았다. 언젠가는 자신을 봐주고 사랑해 줄 것만 같은 희망을 버릴 수가 없었다. 아인은 속상한 마음을 감추고 고개를 끄덕였다.

"이해해 줘서 고마워."

그가 처음으로 미소를 보여주었다.

아인은 살며시 미소 짓고 있는 그의 모습, 고개를 앞으로 살짝 기울인 그림 같은 얼굴을 훔쳐보았다. 짙고도 긴 속눈썹이 부드러운 곡선을 그리고 있고 깎아지른 듯한 반듯한 콧날과 그림 같은 입술은 사람이 아니라 조각상을 보는 것 같았다.

'이렇게 좋아하는데……. 보는 것만으로 이렇게 가슴이 뛰는데……. 왜 내 마음을 몰라주는 걸까?'

아인은 그의 무심함에 상처를 받았고 그런 자신과 진우에게 화가 나기 시작했다.

"야! 정진우! 너 또 뭐라 그랬는데 아인이 얼굴이 왜 이래? 너 나 없는 새에 아인이 구박했지?"

화장실에 다녀온 진실이 진우를 노려보았다. 조각상처럼 앉아 있던 진우의 얼굴에 그제야 생기가 돌아오기 시작했다.

"아주 생사람을 잡아. 등산 처음 하면서 팔팔거리는 사람 봤어?"

"그런가? 아인아, 너 피곤해서 그래?"

진실이 걱정스럽게 물었다.

"아니. 괜찮아."

"들었지? 정진우? 괜찮다잖아."

"밥통. 너 같음 그렇게 대놓고 물어보는데 안 괜찮다 그러겠냐?"

진우가 혀를 차며 걸음을 옮겼다.

멀어지는 진우를 보자 가슴이 아려왔다.

"난 정말 괜찮아. 우리도 이제 가자."

아인은 미소를 지으며 자리에서 일어났다.

이상하게 심장이 아파왔다.

❖

왁자지껄한 사람들의 웃음소리가 아련하게 들려왔다.

반 평도 안 되는 공간에 갇힌 진실은 뚫린 천장을 바라보며 한숨을 내쉬었다. 이곳을 벗어나고 싶지만, 상황이 좋지 않다.

처음부터 바로 집으로 가는 건데…….

등산을 마치고 내려오는 길에 들른 묵밥집이 화근이었다. 아니, 그곳에서 만난 다큐 팀을 따라 광안리 횟집까지 온 것이 더 큰 화근이었다.

새어머니의 호출을 받고 집으로 돌아간 진우와 달리, 진실과 아인은 금정산 밑에 있는 묵밥집으로 향했다. 그리고 그곳에서 조감독과 다큐 팀을 만났다.

"와아! 우리 진실 씨를 여기서 보다니. 옆에 계신 아름다운 분은 누구야?"

"어라. 콘티 짜신 미모의 미술학도시네. 두 사람 아는 사이였어?"

눈빛을 반짝이는 김성민에 이어, 아인을 알아본 조감독의 말에 일시에 환호성이 터져 나왔다. 그들은 광안리까지 꼭 같이 가야 한다며 두 사람을 잡았다. 제주도에 설치한 카메라를 철수시키고 돌아온, 몇 날 며칠을 잠도 못 자고 고생한 그들의 초대를 거절할 수가 없었다.

"제주도는 회가 너무 비싸서 손가락만 빨다 왔거든. 광안리 가서 먹으려고 벼르고 별렀어요. 같이 갑시다. 안 가면 집에 못 가요."

"감독님 아시면 혼날걸요. 혼자 지심도에서 고생하고 계시는데 우리끼리 회식하면 배신감 느끼실 거예요."

"어허. 감독님도 허락하셨어. 여기. 여기."

조감독은 법인카드를 흔들어댔고 촬영 팀은 완벽한 콘티를 짠, 미모의 아인을 절대 그냥 보낼 수 없다며 잡고 늘어졌다. 그래서 결국 광안리까지 따라올 수밖에 없었다.

처음에는 좋았다. 그러다 사무실 팀이 합류하면서 술이 돌기 시작했다. 술을 못하는 진실로서는 곤혹이 아닐 수 없었다. 계속 거절하기가 힘이 들어 몸 상태를 알리고 양해를 구했다. 그렇게 고비를 넘기고 화장실로 왔다. 그런데 더 큰 난관이 도사리고 있다는 것을 미처 알지 못했다.

화장실 문을 열려던 진실은 낯익은 목소리에 손을 거둬들였다.

"수술을 해서 목에 흉터가 있나 봐."

최경희 선배였다.

"어머. 어머. 어쩐 일이니. 그래서 더운데도 목티를 입고 다녔구나?"

"그렇다니까. 알고 보니까 내 동생 고등학교 동창이었지 뭐야. 폭삭 망하기 전까지는 꽤 살았었나 봐."

"아휴, 어쩐다니. 안됐다."

"집안 쫄딱 망했지, 몸 성치 않지. 애가 그래 가지고 어디 시집이나 가겠어?"

경희 선배의 목소리에는 연신 날이 서 있었다. 얼굴은 보이지 않았지만, 카랑카랑한 목소리에 깃든 조소를 읽을 수 있었다.

"항상 웃고 있어서 그런 줄 몰랐는데. 알고 보니 진실이 불쌍하네."

동정 어린 누군가의 목소리가 이어졌다.

진실의 얼굴 위로 열이 올랐다. 수치심에 비참함까지 더해졌다.

"어휴. 너 속고 있어. 진실이 내숭 떠는 거 보면 확 깰 거다. 자기 아픈 거 이용해서 남자들 동정이나 사려고 하고, 은근 공주병에다 주제도 모르는……."

경희 선배가 또다시 이야기를 시작했다.

"헐! 진짜?"

"내 동생 말로는 자기 주제도 모르고 옆집 사는 킹카를 유혹했단다. 그 남자애가 학교 다닐 때부터 아주 유명한 킹카였대. 한라건설 알지? 거기 후계자라네. 아무튼, 진실이가 그 남자애 따라다닌 게 고등학교 때부터 소문이 자자했다고 하더라고."

"그렇게 보이지 않는데."

"나도 믿기진 않았는데. 감독님께 하는 거 보니까 내 동생 말이 맞더라고. 아주 살살 꼬리를 치는데 가관이더라."

"킹카라는 남친은 어쩌고 우리 감독님한테 꼬리를 친대요?"

"보나마나 성공 못 한 거지. 그 킹카 꼬드기려다 실패하고 우리 감독님께 꼬리 치는 거 아니겠어? 지 형편이 그러니까 괜찮은 남자 하나 잘 잡아서 팔자라도 고치자 싶겠지."

"그렇게 안 봤는데 실망이네. 사람이 어쩜 그래. 난 그런 애들 진짜 싫던데."

"그렇다니까. 우리 감독님이야 사람이 너무 좋아서 탈이잖아. 걔 사정 뻔히 알고 있으실 테고 불쌍하다고 동정하시다가 정이라도 들까 봐 걱정돼."

경희 선배가 계속 소설을 쓰고 있었다.

진실은 피식 웃음을 터트렸다. 이상하게 화가 나지 않았다. 말 같지도 않은 헛소리를 계속 들어야 하는 이 상황이 곤란할 뿐이었다. 그녀의 얼굴을 보면 왠지 여유롭게 웃을 수 있을 것 같았다.

"어디서 우리 감독님을 넘봐. 주제도 모르고."

처음에는 반신반의 하던 목소리들에도 적의가 깃들어 있었다. 여자들이 급격히 가까워지는 때는 공통의 적이 생기는 순간이다.

지금 나가면 깜짝 놀라겠지. 그들의 표정이 보고 싶었다. 손잡이를 향해 손을 뻗은 순간, 화장실 문이 '쾅' 하고 열리는 소리가 났다.

"지금 뭐 해? 다들 찾던데."

조감독의 목소리였다.

"네. 지금 가요."

그들이 화장실을 벗어나는 소리가 들려왔다. 소란스럽던 화장실은 금세 고요해졌다.

기분전환이 필요했다.

바닷바람이 마시고 싶었다.

진실은 천천히 화장실을 벗어났다.

건물 밖으로 나서자 부풀어 오른 솜꽃처럼 흐드러진 하얀 구름과 파란색 하늘이 보인다. 회식 장소가 바닷가여서 참 다행스러웠다. 몇 걸음 걷지 않아 보이는 푸른 바다는 답답했던 가슴이 뻥 뚫리도록 시원하게 펼쳐져 있었다.

왜 소라껍데기에서는 파도 소리가 날까?

바람 끝자락에 매달린 흰 포말을 보며 진실은 생각에 잠겼다. 작은 소라 안에 바다가 담겨 있는지, 바다에 대한 그리움이 그 속에 고스란히 담겨 있는 것인지 알 턱이 없었지만 작은 소라 안에 담긴 바다는 끊임없이 파도 소리를 토해내고 있었다. 한참을 바다를 바라보며 있던 진실의 귓가에 낯익은 목소리가 들려왔다.

"어라! 몽실! 너 여긴 웬일이야?"

진우였다. 정진우.

그가 나타나자 주변 공기가 달라졌다. 적진 한가운데 있다 천군만마를 얻은 것처럼 든든해졌다.

"뭐야? 또 너야? 너 나 미행하지?"

이십 년이 넘는 시간 동안 함께 다닌 단짝에게 괜한 투정을 부려보았다. 다니는 동선이 똑같다 보니 이렇게 마주치는 일이 종종 일어날 수밖에 없는데도.

"웃기시네."

"그렇지. 내가 좀 웃기지. 근데 넌? 강 교수님이 불러서 갔잖아.

여긴 어쩐 일이야?"

"어머니 아는 분이 여기서 횟집을 개업했단다. 같이 밥 먹자고
부르셨네."

진우가 횟집이 고여 있는 상가건물을 가리키며 말했다.

"그랬구나. 좋네. 회도 먹고 바다도 보고."

"맛은 별로였어. 근데 넌 추운데 뭐 하냐?"

"난 회식. 산 밑에 있는 묵밥집에서 조감독님을 만났어. 다큐 팀
회식한다고 같이 가자고 하시기에 아인이랑 같이 왔지."

"우리 몽실이 많이 컸네. 회식도 다 하고."

한 발 앞으로 나선 진우가 진실의 머리를 흐트러트렸다.

"그런데 회식이라면서 왜 혼자 청승 떨고 있어?"

"배가 불러서 잠깐 바람 쐬러 나왔어."

"멍충이. 너 또 과식했구나?"

"응."

"잘했다. 그럼, 이제 집에 갈 거야? 데려다 줘?"

네가 있어 참 다행이야.

지금 이 기분을 모조리 아는 것 같은 눈빛을 하고 있는 진우를
진실은 빤히 쳐다보았다.

"너 교수님이랑 왔다면서."

"아는 분들이랑 열심히 담화 중이시다. 가서 인사드리고 가면
돼."

듣던 중 반가운 소리였다. 그러자고 말하려던 진실은 회식 장소
에 남겨진 아인을 기억해 냈다. 혼자 남겨놓고 오다니. 짓궂은 촬

영 팀에 둘러싸여 많이 곤란해하고 있을지도 몰랐다.

"아니. 아인이도 있고. 또 회식자리에서 그렇게 의리 없는 짓을 할 순 없지. 난 팀이랑 같이 움직일래."

"그럼 집에 갈 때 전화해. 데려다 줄 테니."

진실은 고개를 끄덕이며 식당으로 걸어갔다.

"어이! 진실."

입구 계단을 오르려는 진실을 진우가 불렀다.

"응?"

"식당이 어디야?"

"저기 앞에 만선."

"알았다! 가라!"

"응. 가!"

"어이. 몽실!"

"아, 왜?"

"회식에서 무슨 일 있었는지 모르지만 혼자 그렇게 서 있지 마라. 너랑 안 어울린다."

귀신같은 놈. 하여간 쓸데없는 데만 눈치가 빨라.

진실은 고개를 저으며 그의 말을 부인했다.

"이러고 있음, 근사한 남자가 와서 대시할까 봐 그랬다. 됐냐?"

"헐! 꿈 깨시고 얼른 들어가라아!"

"너 진짜 재수 없어!"

진실은 주먹을 흔들며 다시 돌아섰다.

다시 찾은 왁자지껄한 회식자리는 뜨거운 열기로 가득 차 있었다. 문을 열자 담배 연기와 열띤 토론이 가득한 작은 룸을 채우고 있던 사람들의 시선이 모조리 진실에게로 향했다.

"진실! 여기!"

진실을 발견한 조감독이 손을 흔들었다. 마침 그 옆에는 아인도 함께 있었다.

"어디 다녀온 거야? 한참 기다렸잖아."

자리를 잡은 진실의 옆에서 아인이 속삭였다.

"미안! 머리 아파서 바람 좀 쐬고 왔어. 죄송해요, 조감독님."

"잘했어. 잘했어. 맑은 공기도 좀 쐬고 해야 좋은 글 쓰는 거야. 그리고 오늘 식비는 법인카드로 긁을 거니까 많이 먹어."

조감독이 사이다를 따라주며 말했다.

미소를 띠며 컵을 들어 올리던 진실과 경희 선배의 눈이 마주쳤다. 슬며시 눈길을 피하는 경희 선배를 보자 피식 미소가 터져 나왔다. 자신은 바닷가에 다 버리고 왔는데 경희 선배는 아직도 품고 있는 중이었나 보다.

그렇죠? 그래서 미안하죠?

"경희 선배님, 맥주 한 잔 따라 드릴까요?"

죄책감을 더 느껴보라고 순진무구한 눈빛으로 빤히 쳐다보아 주었다.

"아, 아니. 너무 많이 마셨어."

"어머. 그러시구나."

어색하게 웃는 경희 선배를 보며 아무것도 모르는 사람처럼 고개를 끄덕여 주었다.

그때 '똑똑' 노크 소리와 함께 미닫이문이 열렸다.

땡땡땡! 동시 다발로 일어나는 소음을 일시에 잠재우는 맑은 종소리에 모두의 시선이 입구로 향했다.

"안녕하세요! 저는 '삿뽀르'의 매니저 정선희라고 합니다."

단정한 옷차림에 곱게 머리를 묶어 올린 매니저가 활짝 웃으며 인사를 했다. 매니저의 뒤로 세 명의 종업원이 음식이 담긴 카트를 잡고 서 있었다. 카트 위에 놓인 커다란 접시에는 대하구이와 튀김, 닭꼬치, 각종 해산물 등이 수북이 담겨 있었고 한눈에 보기에도 예사롭지 않은 음식들을 바라보던 다큐 팀의 눈이 휘둥그레졌다.

"와!"

"영화사 망하는 거 아냐?"

"그러게. 너무 무리하는 거 같은데."

이미 회로 배를 채운 그들이었지만 뿌리칠 수 없는 유혹이었다.

"조감독님, 너무 무리하시는 거 아녜요?"

촬영 팀 막내인 김인식이 걱정스레 물었다.

"아냐. 난 안 시켰는데."

"그럼 감독님이 특별 주문하셨나?"

"그랬나? 그랬나 보다. 혹시 방을 잘못 찾아오신 거 아니죠? 저

흰 모둠회와 매운탕만 주문했는데. 혹시 박원준 감독님께 전화가 왔었나요?"

조감독의 물음에 매니저가 고개를 흔들었다.

"아닙니다. 이 음식들은 다른 분이 보내신 거예요. 혹시 구진실 작가님이 어느 분이신가요?"

매니저 덕에 모든 시선이 진실에게 집중되었고 오이를 씹던 진실은 어정쩡하게 손을 들었다.

"제가 구진실이에요."

"아, 구진실 작가님. 작가님 팬 분이 보내신 음식입니다."

"예? 그럴 리가 없는데……."

"장춘골…… 정 도령이라는 분이 이미 계산까지 다 마치셨어요. 앞으로 좋은 작품 기대하겠다는 메시지도 전해달라고 하셨습니다."

매니저가 웃음을 참으려 말했다.

회식자리는 일순간 창밖의 파도처럼 일렁였다. 부러움의 환호성이 계속 밀려 나왔다.

"우와! 구진실 씨! 정 도령이 누구야?"

"남친이야?"

"애인?"

한꺼번에 쏟아지는 질문들에 진실은 "친구가 장난을 쳤나 봐요."라고 작게 중얼거렸다.

"에이……. 거짓말. 아무리 친구가 이런 선심을 쓰냐? 척 보기에도 엄청 나왔을 것 같은데?"

"아무튼 잘 먹을게. 이게 웬 거야?"

조감독이 대하튀김을 입으로 가져갔다. '아사삭' 튀김옷이 부서지는 소리와 함께 고소한 향기가 퍼져 나가자, 모두 비명을 지르며 접시를 향해 손을 뻗기 시작했다.

"고마워! 진실! 잘 먹을게."

"잘 먹겠습니다, 진실 씨!"

"부러워요. 어쩜 이런 애인을 다 두시고."

진실은 회식을 하는 내내 인사를 들었다. 동정이나 경멸이 담긴 눈빛보다는 부러움의 시기 어린 눈빛이 마음을 홀가분하게 한다. 거기다 하얗게 변한 경희 선배의 얼굴을 보는 것도 즐거웠다.

진실은 진우에게 문자메시지를 보냈다.

#고맙다! 부디 망하지 말고 계속 부자로 남아줘.

띠리링!

메시지 알림음과 함께 답이 날아왔다.

알면…… 좀 잘해보든지.

회식 끝나면 주차장에서 보자. 혼자 가면 죽는다.

되돌아온 문자에 진실은 피식 웃음을 터트렸다.

"진우구나."

옆자리에 앉아 있던 아인이 작은 목소리로 물었다.

"응."

"좋은…… 친구네. 부럽다."

아인이 씁쓸하게 웃고 있었다.

"진실 씨 친구에게 꼭 인사 전해줘. 다음에 우리 영화사에 놀러 오라 그래. 내가 근사한 차 대접할게."

회식이 끝나고 식비보다 더 많이 나온 디저트 가격을 보며 조감독이 미안해했다.

"네."

"집에 가자. 아인 씨 먼저 바래다주고 자기도 바래다줄게."

"저흰 친구랑……."

얼버무리는 진실을 보며 조감독이 알겠다는 듯 미소를 지었다.

"아하. 그 사람이 기다리고 있구나? 알았어. 그럼 즐거운 시간 보내고 다음 주에 보자. 아인 씨, 오늘 즐거웠어요."

"조심해서 들어가세요."

일행들과 인사를 나눈 뒤 진실과 아인은 주차장으로 향했다. 그리고 그곳에서 진우와 함께 있는 강 교수를 발견했다.

"어머! 교수님! 안녕하셨어요?"

진실보다 먼저 아인이 나서서 인사를 했다. 환하게 웃으며 강 교수에게 다가가는 아인을 진실은 놀란 눈으로 지켜보았다.

"어머니라고 부르라니까. 너 있다는 소리 듣고 보고 가려고 기다렸어."

더없이 반갑게 인사를 나누는 강 교수의 시선이 진실에게로 향했다.

"안녕하셨어요, 교수님."

"그래. 진실이구나."

교양 있는 목소리로 진실을 이름을 부르는 강 교수의 눈빛에 정체 모를 뿌듯함이 섞여 있었다. 아인과의 사이를 진실에게 과시하고 싶은 것 같았다.

"너희는 여기서 만나기로 약속을 한 거니?"

"저희야 매일 만나죠."

당연하다는 듯 자신을 쳐다보는 진우를 보며 강 교수는 작은 한숨을 내쉬었다.

"그래. 어서 가자."

"어머니, 죄송한데 먼저 들어가세요. 전 진실이와 잠시 할 얘기가 있어서요."

진우가 예의 바르게 대답했다.

"그럼, 아인인?"

강 교수의 시선이 아인에게로 향했다.

"어머니께서 좀 데려다 주세요."

아인이 고개를 숙였고, 강 교수는 눈살을 찌푸렸다.

"그래? 알았다. 너무 늦지 말고 일찍 들어오렴."

불쾌한 기색이 역력해 보이는 강 교수에게 진우는 예의 바르게 고개를 숙였다.

"먼저 들어가십시오."

"그래, 그럼. 아인아, 우린 가자."

강 교수가 돌아섰다.

"나 먼저 갈게. 나중에 봐."

아인이 강 교수를 따라나섰다.

금세 사라지는 쥐색 벤츠를 바라보던 진실이 옆에 서 있던 진우에게로 고개를 돌렸다.

"어머니랑 같이 가지."

"불편해."

"어머니가 뭐가 불편해?"

"어머니여서 불편해."

"밥통, 당최 뭔 소리를 하는지……. 차는 어딨어?"

"어머니 차 얻어 타고 왔어. 나가서 지하철 타자."

"같이 가."

진실은 성큼성큼 걸어가는 진우의 뒤를 쫓아가며 빙그레 미소를 지었다.

진우가 있어서…… 참 좋았다.

할 말이 있다며 어머니를 먼저 보낸 진우는 지하철 안에서도, 지하철에서 내린 뒤에도 말이 없었다.

"할 말 있다며?"

텅 빈 지하도를 걸으며 진실이 물었다.

"그냥 하는 소리였어."

"싱겁기는."

진실은 지하철 매점에서 사놓은 커피음료 바리스타를 한 모금 마셨다. 진한 카페 모카 향이 입안으로 퍼져 나가면서 기분이 좋아졌다.

"아! 오늘 무지하게 긴 하루였네."

"그냐?"

"응. 시간도 겁나 빨라. 다음 주면 벌써 방학이네."

"스위스 가는 준빈 잘돼가?"

"같이 갈래? 비행기값은 36개월 할부로 꿔줄게."

"치사하게 주면 그냥 주지."

"헐. 난 땅 파서 장사하냐?"

진실이 내민 바리스타를 받아 한 모금 마신 진우가 '맛있네!' 라고 중얼거렸다.

"난 못 가."

"왜?"

"다큐 알바는 어쩌고. 난 열심히 돈 벌고 있을 테니 넌 잘 다녀와."

우뚝, 진우가 걸음을 멈추었다.

"왜? 지하철에 뭐 빠뜨리고 왔어?"

"아니."

"그럼 왜?"

말이 채 끝나기도 전에 진실은 진우의 품으로 빨려 들어갔다. 걷잡을 수 없는 폭풍처럼 진우의 입술이 진실의 입술을 덮쳐 왔다. 아무런 생각도 할 수가 없었다. 도망갈 수 없도록 꼭 끌어안은 그의 팔은 강철처럼 강했고 강렬한 힘은 온몸을 저릿하게 만들어

버렸다. 미약처럼 휘감기는 감미로움과 뜨거움…….

얼마나 시간이 흘렀을까?

진우는 아주 잠깐씩 선심이라도 쓰는 양 숨 쉴 틈을 내어주는 것 외에는 둘 사이의 공간을 허락하지 않았다. 진실이 조금이라도 벗어나려 하면 다시 힘을 주어 끌어안기를 반복했다.

"야……. 너……. 너……."

"도장 찍은 거야. 나 없을 때 바람피면 죽는다."

숨이 막혀 말을 잇지 못하는 진실을 꼭 껴안으며 진우가 소곤거렸다.

"알았어. 빨리 돌아오기나 해."

진실은 작은 숨소리를 토해내며 그의 품에 얼굴을 묻었다. 볼이 닿는 그의 가슴은 따뜻하고 포근했다. 등을 꼭 껴안아주는 손길은 강하고 다정했다.

"그 말밖에 할 말이 없나?"

진우가 물었다.

"그러는 너는?"

"말하지 않아도 알아요~ 몰라?"

"응. 몰라."

"멍충이."

그가 다시 입술을 맞추었다. 강하게 빨아들이는 그의 입술에 정신이 몽롱해졌다. 맞닿은 몸에서 불길이 솟는 것이 아닐까, 너무 달콤해 사르르 녹아버리는 것은 아닐까 겁이 났다.

길고 긴 오늘 하루 중 최고의 시간이었다.

❖

　진우에 대한 감정을 처음으로 느낀 것은 초등학교 4학년 때쯤
이었다.

　"학교 앞에서 산 똥개 복실이가 세상을 떠난 날, 그날, 내가 엄
청나게 울었거든. 너무 많이 울어서 눈이 안 떠질 정도로."

　"오호! 그날 진우가 널 위로해 줬구나. 그날부터 감정이 싹튼 거
네?"

　경서의 말에 진실은 고개를 흔들었다.

　"진우는 아무 말도 하지 않았어. 그냥…… 날 업어줬어. 세상이
끝난 사람처럼 통곡하던 나를 등에 업고 1시간 30분 거리를 걸어
왔었어."

　"헉! 왜? 버스 타지. 차비가 없었어?"

　"내가…… 고집을 피웠거든. 우는 모습 사람들에게 보이기 창
피하다고."

　"세상에! 그래서 초등학교 4학년짜리가 널 업고 1시간 반을 걸
었단 말이야?"

　"응. 꼬맹이 진우가 온천장에서 동래까지 날 업고 한 시간 반을
걸었어. 그날 저녁에 진우가 우리 집에서 잤는데…… 진우 발에
하얗게 물집이 잡혀 있는 거야. 이상하게 그 발바닥을 보는
데…… 또다시 눈물이 터져 나왔어. 복실이가 죽었을 때보다 더
많이."

어린 마음에도 알았다. 진우 때문에 마음이 이렇게 아플 수도 있다는 것을.

"꼬맹이들이 아주 영화를 찍었네. 그래서? 그때 네가 먼저 고백해 보지 그랬어?"

"고백 같은 거 하지 않아도 알 수 있었어. 서로의 마음."

"헐!"

무더운 여름, 호교 스탠드에 앉아 이마에 흘러내린 머리카락을 쓸어 올리며 입으로 바람을 만들던 중학생 진우를 보며 빠르게 뛰는 맥박을 주체하지 못하는 자신이 이상한 사람처럼 느껴졌다.

시험을 며칠 앞둔 어느 봄날, 내과 병동 창가에 기대 영어단어집을 보며 입술을 달싹이던 고등학생 진우를 보며 심장이 죄어드는 느낌을 받은 조이 있었다.

진실에게 있어 진우와의 시간은 물이 흐르는 것처럼 자연스럽고 계절의 변화처럼 가슴 뒤는 경험들이었다.

"구진실, 넌 복 받은 년이 틀림없나 보다."

"내가?"

"응. 세상 어떤 여자가 정진우 같은 남자를 이웃사촌으로 두고 태어났겠냐? 아니다. 이웃이라서가 아니라 너희는 그냥 운명 같아. 서로 함께할 수밖에 없는 운명. 멋지다! 브라보야! 드대체 내 운명은 어디 처박혀 있는 거야. 내 이놈의 인연, 나타나기만 해봐라. 그냥 다리 몽뎅이를……."

투덜거리는 경서를 보며 진실은 진우를 생각했다.

#다녀올게.

　방학이 시작되는 날, 진우는 메마른 문자 한 통을 남기고 스위
스로 떠나 버렸다.

　진우가 떠나고 삼 일 뒤 장마전선이 몰려오기 시작했다. 오키나
와 해상 부근에 태풍 칸이 모습을 드러냈고 세력이 강한 태풍은
조만간 수도권을 강타할 것이라는 예보가 계속되고 있었다. 분홍
색 비옷에 같은 색 우산을 쓴 예쁜 기상 캐스터가 충청남북도와
강원도 지역은 폭우에 대비하라고 당부를 했다. 부산 하늘에도 칸
의 영향이 미치기 시작했지만 별다른 피해 없이 넘길 수가 있었
다.

　그리고 일주일이 더 흘렀다.

　촬영을 끝낸 다큐 작업은 편집 막바지에 이르고 있었고 연일 계
속되는 밤샘 작업과 10월 시나리오 공모전을 준비하는 진실의 몸
과 마음은 하루가 다르게 지쳐 가고 있었다.

　진우에게서는 아무런 연락이 없었다.

　전화를 해도 받지 않았고 문자나 카톡을 보내도 감감무소식이
었다. 조금씩 걱정이 되기 시작했다. 그리고 또다시 일주일이 흐
른 뒤 아인에게서 강 교수님과 함께 스위스로 떠난다는 이야기를
들을 수 있었다. 진우의 안부를 전해주겠다는 아인의 들뜬 목소리
에 진실은 정체 모를 불안감을 느껴야 했다.

　먹먹해지는 가슴을 달래기 위해 매일매일 바다를 찾았다. 그렇

게 좋아했던 바다를 봐도 답답한 가슴은 나아지지 않았다. 자신에게 다가온 아인이 처음으로 밉게 느껴졌다.

#잘 도착했어. 진우도 잘 있고.

아인의 문자는 그것으로 끝이었다.

진우는 계속 연락이 되지 않았다. 스위스에서 무슨 일이 일어났는지 아무도 가르쳐 주지 않았다. 시간이 지날수록 가슴이 타들어 갔다. 당장이라도 스위스로 날아가고 싶었지만, 여건이 허락지 않았다.

아인의 문자를 받은 다음날 진실과 엄마는 해운대 시장 인근의 빌라로 이사를 했다. 2층에다 앞 건물에 가려져 햇빛이 들지 않는 생각보다 낡고 좁은 집이었다. 그나마 바다 가까운 곳에 있다는 것이 한 가닥 위로가 되었다.

이사를 도와주겠다던 진우는 오지 않았지만 밝은 표정으로 정리를 했다. 조금만 우스운 일이 있어도 크게 웃었다. 모든 것이 제자리를 잡은 뒤에는 짬뽕과 자장면을 시켜 자축파티를 하기도 했다. 초라했지만 혼자가 아니라 엄마와 함께여서 다행이었다.

며칠이 지나고 동네 탐험을 시작했다. 아침마다 엄마와 함께 바닷가를 산책할 수 있어 좋았고 원 없이 바다를 볼 수 있어 좋았다. 방학에다, 영화사도 가까웠다. 모든 것이 다 좋았다. 진우가 옆에 없다는 것만 빼고는……

11. 그것은 폭풍처럼

"다녀왔습니다."

우렁찬 음성과 함께 박 감독이 영화사 사무실로 돌아왔다.

"잘 다녀오셨어요?"

마침 모두 다 외근을 나가고 편집상의 티를 확인하고 있던 진실은 반갑게 원준을 맞았다.

섬 꽃을 찾아 대한민국에 있는 크고 작은 8개의 섬을 방문하고 온 그의 얼굴은 까맣게 타 있었다. 많이 여위고 날카로워진 모습이었지만 다정하고 부드러운 눈빛만은 여전했다.

"고생하셨습니다."

"그러게요. 못 먹고 못 잔 건 난데, 진실 씨 얼굴은 왜 그래요? 진실 씨 얼굴 보니까 마음이 안 좋아지려고 해."

원준의 음성이 들려왔다. 어떻게 지내는지 어디가 아픈 것은 아닌지 알 수 없는 진우의 소식을 기다리다 지친 진실을 위로하듯 따뜻한 음성이었다. 우습게도 눈물이 쏟아질 것만 같았다.

"아무것도 아니에요. 며칠 잠을 못 자서."

"이런……. 잘 자고 잘 먹어야죠. 내가 너무 혹사시킨 건가? 죄책감이 느껴지려고 하네."

"아니에요."

"그럼 안 좋은 일 있었어요?"

처음부터 좋은 느낌을 주는 사람이었다. 원준은. 나이 차가 많이 나서 그런지 큰오빠 같기도 했고 막내 삼촌 같은 느낌이 들기도 했다.

"너무 식상한 말 같지만 힘들고 어려울 땐 말씀하세요. 힘닿는 데까지 도울 테니까."

다정한 그의 말에 진실은 열심히 고개를 끄덕였다.

원준이 돌아온 날, 회식으로 늦은 퇴근을 한 진실이 집 안으로 들어섰다.

"다녀왔습니다."

열려 있는 안방을 향해 인사를 한 뒤 목욕탕 문을 열었다.

쓱쓱쓱쓱, 비누조각을 여러 번 문질러 거품을 내던 진실은 거울에 비친 자신의 모습을 바라보았다. 매일처럼 보고 있는 눈, 코,

입……. 한 가닥으로 묶어 올린 머리는 바닷바람으로 눅진해졌고 작년 이맘때쯤 진우가 사준 티셔츠는 유행과 상관없이 여전히 잘 어울렸다.

진우는 지금쯤 어떻게 지내고 있을까?

거짓말쟁이. 금방 온다더니…….

정진우, 너 지금까지 뭘 하고 있는 거니?

스위스로 떠난 아인과 여전히 감감무소식인 정진우.

진우를 믿고 있으면서도 스멀스멀 올라오는 불안감은 어쩔 수가 없었다.

잘 지내고 있는 건지 어디 아픈 건 아닌지 무엇보다 진우의 목소리가 그리워서 그가 보고 싶어서 가슴 한구석이 내려앉는 것처럼 아파왔다.

"바보같이. 왜 그러냐? 무슨 사정이 있을 거야. 그래서 연락 못하는 걸 거야. 그러니까 꿋꿋하게 기다려. 구진실. 힘내자. 아자아자!"

씩씩하게 외치며 시원한 물줄기에 손을 씻었다. 사라지는 비누거품처럼 걱정이나 근심이 다 씻겨 나가기를 바라면서…….

수건으로 손을 닦으며 부엌 겸용으로 쓰는 작은 거실을 지나가던 진실은 조용히 안방을 들여다보았다. 이불이 불룩 솟아 있는 것이 보인다. 벌써 주무시나? 고개를 갸웃거리며 문을 닫으려던 차에 이상한 느낌이 진실을 사로잡았다. 진실은 조용히 엄마를 불러보았다.

"엄마."

아무런 대답이 없었다.

"엄마!"

조금 더 큰 목소리로 불렀지만 역시 아무런 반응이 없었다.

"어, 엄마……?"

한동안 움직일 수가 없었다.

가슴이 쿵쾅거리고 정신이 아득해졌지만, 곧 정신을 차리고 안방으로 뛰어들었다. 그리고 누워 있는 엄마를 흔들어 깨웠다.

"엄마아아앗!"

엄마를 부르며 전화기를 찾았다. 무의식중에 119를 부르고 엄마와 함께 응급실로 달려갔다. 흘러내리는 눈물을 훔칠 생각도 하지 못한 채, 그렇게 엄마의 옆을 지켰다.

금요일 밤, 응급실은 전쟁터 같았다. 패싸움을 하다 머리가 깨진 환자가 소리를 질러댔다. 붕대 사이로 스며 나오는 빨간 피가 소름 끼치게 싫었다. 계단에서 굴러떨어져 병원으로 실려 온 환자도 마취기가 떨어졌는지 계속 비명을 질러대고 있었다.

"김미숙 씨! 보호자 되세요?"

분홍색 유니폼을 입은 간호사가 다가와 물었다. 그녀의 옆에는 피곤에 지친 젊은 의사가 차트를 보며 서 있었다.

"네. 네."

"과로에다 영양실조 기운도 있어요. 지금 약에 취해 주무시니까 걱정 마시고요."

옆에 있던 하얀 가운의 의사가 사무적으로 말하고는 사라졌다.

죽은 듯 잠들어 있는 엄마를 보니 덜컥 겁이 났다. 진우를 걱정하느라 엄마가 이 지경이 될 때까지 신경 쓰지 못했다.

"나 정말 못된 딸이다, 엄마. 그치?"

진실이 작게 속삭였다.

"이제, 내가 이제부터 정말 잘할게."

진심 어린 고백에도 엄마는 반응을 보이지 않았다. 꼭 감긴 엄마의 두 눈이 영영 떠지지 않을까 무서웠다.

"구진실 씨?"

물수건으로 엄마의 얼굴을 닦고 있던 진실의 뒤에서 원준의 목소리가 들려왔다.

"감독님이 여긴 어떻게?"

"함께 움직였던 오기수 촬영감독이 장염으로 실려 왔답니다. 응급실에 있다기에 왔는데 여기서 진실 씨를 만나게 되는군요."

낯선 병원에서 아는 사람을 만났다는 안도감이 생겼다.

원준의 시선이 진실의 뒤쪽에 누워 있는 미숙에게로 향했다.

"누가 편찮으십니까? 어머니?"

"……네."

"이런. 많이 놀랐겠군요. 어디가 안 좋으신 겁니까?"

부드러운 원준의 목소리가 들렸다. 엄마의 병명을 말하기가 부끄러워 차마 입을 열 수가 없었다.

"과, 과로에다 영양실조라고……."

"가엾게도……. 원래 부모님들은 나이가 드시면서 조금씩 편찮으시기 시작합니다. 그러니 너무 상심하지 마세요."

조금 우스운 이야기이지만, 진실은 잘 알지도 못하는 박원준 감독에게 따듯한 위로를 받으며 응어리졌던 마음이 조금씩 녹는 것을 느꼈다.

"고, 고맙습니다."

"고맙긴요. 진실 씨는 괜찮은 거죠?"

"네. 그런데 이런 모습 보여 드려서 무지하게 부끄러워요."

"어머니가 아픈데 약해지는 건 당연해요."

원준이 다정하게 말했다.

다음날 새벽, 스위스로 떠났던 진우는 삼 주하고도 이틀 만에 부산으로 돌아왔다.

"얼굴이 왜 그 모양이야? 내내 굶었냐?"

"응."

"쯧쯧. 입맛 까다로운 놈이 개고생했구나. 형님은 잘 계시지?"

공항까지 마중을 나온 현재의 물음에 진우는 멈칫거렸다. 눈에 띄게 굳어진 진우의 얼굴을 유심히 바라보던 현재가 친구의 손에서 가방을 빼앗아 든다.

"진실이는 마중 안 나오냐? 싸웠어?"

"일부러 연락 안 했다."

"왜?"

"몰골이…… 이래서."

"너 꽤 오래 있다 온 거 알지? 진실이가 걱정 많이 했어, 인마."

"알아."

"우리 미래도 그렇지만 여자들은 이런 거 무지 싫어해. 남자들에게 혼자만의 생각할 시간이 필요한 걸 잘 모른다고. 여자들은."

"응."

"잘못했다고 무릎 꿇고 싹싹 빌어라."

"응."

"야! 너 왜 이래? '응응' 밖에 할 줄 모르냐? 너 인마! 스위스 다녀오더니 바보 된 것 같다."

"응."

"이 미친놈!"

진우는 크게 숨을 들이마셨다. 한국으로 돌아오기로 결정이 난 지난밤 내내 진실에게 전화를 했지만, 연결이 되지 않았다. 체한 것처럼 명치끝이 답답했다.

"지금이라도 전화해 봐."

"안 받아."

"안 받아? 진짜 화가 많이 났나? 진실이 집은?"

"거기도 안 받아."

"헐. 이거 무슨 사고 난 건 아니겠지?"

"미치겠다……."

"얌마. 너 역지사지易地思之 알지? 넌 하루도 못 참으면서 진실이는 3주 동안이나 연락도 안 되는 널 기다렸으니 얼마나 힘들었겠냐?"

현재의 말이 맞았다. 진우는 지금 뼈저리게 반성하는 중이었다.

아무리 여건이 허락되지 않는다고 해도 연락이 끊어지게 놓아둔 것은 정말 큰 잘못이었다.

"진실이 친한 친구 없어? 거기라도 전화해 봐."

현재의 말에 고등학교 때부터 단짝으로 지내던 경서가 떠올랐다. 진우는 재빨리 학과 사무실에 전화를 넣어 경서의 전화번호를 알아냈다.

전화를 받은 경서는 현란한 욕설을 쏟아냈다. 그리고 쓰러진 엄마를 간호하기 위해 진실이 지금 병원에 있다는 소식도 전해주었다.

"일단 확인해 봐야겠어. 해운대 백병원으로 가자."

현재는 아무 말 없이 차를 다시 출발시켰다.

"고맙다."

병원에 도착하자마자 진우는 미친 듯이 달려갔다.

장마 틈틈이 내리쬐는 초여름의 볕은 따스하고 고마웠다. 병실 창밖으로 보이는 정원의 푸르른 나뭇잎들은 때를 만난 듯 숨통을 틔웠다.

"내일 퇴원해도 좋습니다. 아, 그리고 환자분 폐도 안 좋으시니까 환기를 자주 시켜주십시오. 되도록이면 공기가 좋은 곳을 자주 찾으시고요."

당부를 끝낸 의사가 사라지고 진실은 엄마의 짐을 챙겼다. 병실에서 사용했던 그릇들을 정리하고 빌린 물품들을 반납하러 가다 휴게실에서 나서던 원준과 마주쳤다.

"어머님보다 진실 씨가 더 아파 보이는 거 알죠?"

원준이 종이컵에 담긴 커피를 내밀었다.

"고맙습니다. 여러모로……."

"제가 뭘 한 게 있다고. 그나저나 우리 오기수 촬영감독도 얼른 퇴원을 해야 할 텐데. 혼자 있으면 무지 심심할 겁니다."

원준이 장난스럽게 말했다.

"염치없지만…… 가불해 주신 거 정말 감사합니다. 나중에 꼭 갚을게요."

"네, 그렇게 하세요. 대신 나중에요. 아주 나중에 그렇게 하세요."

진실의 마음을 알고 있기라도 한 듯 원준이 다정한 목소리로 말했다.

"고맙습니다. 감독님 아니었으면 정말 어쩔 줄을 몰랐을 거예요."

"아. 그렇게 고마우시면 저도 부탁 하나 드려도 될까요?"

원준의 말에 진실은 열심히 고개를 끄덕였다.

"그럼요."

"다큐도 마무리되어 가고 이제 슬슬 다음 작품 준비를 해야 하는데……. 진실 씨 일하는 거 아주 마음에 듭니다. 야무지고 정확하고 센스도 있고요. 그래서 다음 작품도 함께 하고 싶은데. 어때요?"

"저야 그럼 너무 감사하죠."

"그럼 계약 성립한 걸로 하죠."

환하게 웃는 원준을 보며 진실도 따라 웃었다.

"그럼 계약 성사 의미로 악수?"

원준이 손을 내밀었다. 자신 있게 내밀어진 그의 손을 보며 진실도 조심스레 손을 내밀었다. 원준과 맞잡은 손에서 바람이 느껴졌다.

"구진실!"

목덜미가 서늘해지더니 어디선가 진우의 목소리가 들려왔다.

모든 사물이 흑백영화를 보는 것처럼 흐리게 바뀌더니 목소리의 주인공이 바로 앞에 나타났다.

"지, 진우야!"

몰라보게 여위어 있었지만 분명 정진우였다.

"오랜만에 뵙습니다."

원준에게 정중하게 인사를 하더니 원준과 맞잡은 진실의 손을 빼냈다. 부드러운 표정과 달리 단호한 손길이었다.

"너, 어떻게 된 거야? 내, 내가 얼마나 걱정한 줄 알아?"

"미안. 나중에 다 설명할게. 일단 어머니부터 뵙자."

진우가 진실의 손을 잡아 이끌었다.

"잠시만. 감독님께 인사드리고."

"우리 진실이 챙겨주셔서 감사합니다. 나중에 찾아뵙고 인사드리겠습니다."

원준에게 다가가려는 진실을 막아서며 진우가 대신 인사를 했다.

"그래요. 나중에 봅시다."

흥미로운 표정으로 진우를 바라보던 원준이 고개를 끄덕였다.

병원 복도를 걷는 내내 진우는 진실의 손을 놓지 않았다.

"어떻게 된 거야? 무슨 일 있었어?"

진실이 걱정스레 물었다. 만나기만 하면 가만두지 않으려고 했었는데 몰라보게 여윈 진우를 보니 그동안 쌓아왔던 분노가 하나도 생각이 나지 않았다.

"좀 아팠었어."

"아팠어?"

"응."

"근데, 넌 나 걱정한 거 맞아?"

"무슨 소리야?"

"나 좋다고 한 놈이 너네 감독이랑 아주 즐겁게 웃고 있더라. 손까지 잡고."

진우의 목소리가 조금씩 높아지고 있었다.

"이게. 연락두절 됐다 돌아온 인간이 어디서 큰소리치고 있어. 넌 우리 엄마 만나고 나면 나한테 죽을 줄 알아."

갑자기 연락이 끊어진 진우를 생각하며 심장이 얼마나 파도파기를 해댔는지, 그의 부재가 만들어놓은 시간 동안이 얼마나 무섭고 외로웠는지 그는 결코 모를 것이다.

"알았어. 일단 어머니 뵙고 죽이든 살리든 마음대로 해. 그런데 어머닌 어디가 안 좋으신 거야?"

"이틀 전에 쓰러지셨어. 가게며 이사며 무리를 하셨나 봐. 과로

에 영양실조 증상까지 있대. 당분간 좀 쉬시면서 몸조리해야 한
대."

진우의 얼굴이 점점 굳어져 갔다.

"많이 힘들었겠다. 옆에 있어주지 못해서 정말 미안해."

병실 앞에서 진우는 옷매무새를 가다듬었다. 그리고 조심스레
문을 열었다.

애석하게도 엄마는 잠이 들어 있었다. 깊이 잠든 엄마를 바라보
는 진실의 손을 잡으며 진우가 '나가자'라고 입 모양으로 속삭였
다.

복도를 나오자 진우가 조금씩 속력을 내기 시작했다. 든든한
팔이 진실을 꼭 잡은 뒤, 옆으로 바짝 끌어당겼다. 진우의 몸에
서 뜨거운 열기가 느껴졌다. 병원 내의 모든 소음이 사라지고
두근거리는 진우의 심장 소리만 들려왔다. 앞이 보이지 않는 두
려움이 순식간에 사라져 버리고 묘한 안정감이 진실을 휘감았
다.

"기다리게 해서 미안해. 그런데 나도 미칠 만큼 네가 그리웠
어."

아무도 없는 비상계단까지 한걸음에 달려간 그가 진실을 껴안
았다.

환청처럼 그의 속삭임이 들렸다. 허리를 바짝 쥐고 있는 두 손
의 열기가 점점 짙어지기 시작했다. 허리가 타들어갈 것처럼 뜨거
워지기 시작했다.

두근두근. 두근두근. 두근두근.

진실의 심장이 격렬한 리듬을 타는 드럼처럼 점점 빨라지고 있었다. 이대로 있다가는 그녀마저 타들어가 버릴 것만 같았다.

"미안해. 정말."

낮은 음성이었다.

진우의 품에 꽉 안긴 진실은 어쩔 수 없이 고개를 끄덕였다.

창밖에서 불어온 바람이 두 사람 사이를 지나가며 정체 모를 꽃잎들을 뿌려댔다. 바람이 빚어내는 음률에 맞추어 하늘하늘 춤을 추는 꽃잎들만 아니라면 시간이 멈추었다고 느껴질 만큼…… 고요한 정적이었다.

"잠시 나갔다 오자."

진실은 진우의 뒤를 따랐다.

병원을 나서는 두 사람은 약속이라도 한 것처럼 침묵을 고수했다. 누구의 것인지 모를 심장박동 소리만 느껴질 뿐이었다. 전에 없던 어색함과 조바심, 숨 막히는 정적 속에 진실이 먼저 입을 열었다.

"스위스에서 무슨 일 있었어?"

"밥은……? 배고프다."

한참 동안 입을 다물고 있던 진우가 꺼낸 말에 진실은 피식 웃음이 났다.

"왜 웃어?"

"난 밥 먹었어. 밥 먹으러 갈래?"

"너 먹었으면 됐어. 일단 저기 좀 앉자."

진우가 길가에 있는 벤치를 가리켰다.

벤치에 앉자 또다시 침묵이 흘렀다. 그들은 빠른 걸음으로 지나는 사람들을 한참 동안 구경했다. 지나가는 차량을 확인하기도 했으며 이미 저문 먹물하늘을 바라보기도 했다.

"언제 이사한 거야?"

100번 버스가 여섯 번째로 지날 때 진우가 말했다.

"으응. 일주일 정도 됐어."

"그랬구나."

"응. 그런데…… 또 이사해야 할 것 같아."

"왜? 이사 간 곳에 무슨 문제라도 있는 거야?"

진우가 눈살을 찌푸리며 물었다. 손을 들어 주름진 그의 이마를 만지고 싶었다.

"새로 이사한 집이 엄마에게 해롭대."

"그럼 이제 내 아파트로……."

"진우야."

진실이 차분한 음성으로 진우를 불렀다.

"네게는 정말 신세지기 싫어. 못난 자존심 때문이라고 뭐라 해도 할 말은 없어. 그런데 정말 네게는 그러기 싫어."

진실이 나지막하게 말했고 진우는 마지못한 사람처럼 천천히 고개를 끄덕였다.

"이사 갈 곳은?"

"이제 알아봐야지."

진우의 반듯한 이마가 또다시 구겨졌다.

"360개월 할부도 안 돼?"

"응. 안 돼."

"그러지 말고 360개월 할부하자. 떼먹을 생각 하지 말고 꼭 갚으면 되잖아."

진우의 말에 진실은 피식 웃음을 터트렸다.

"왜 웃어?"

"그냥. 너 보니까 좋아서."

달관한 사람처럼 웃는 진실을 보며 진우는 왠지 모를 불안감을 느꼈다. 진실은 지금 나이를 많이 먹은 어른처럼 성숙한 미소를 짓고 있었다.

"있지, 진우야. 좀 웃기지만 엄마 쓰러지시고 나니까 정신이 번쩍 들더라. 지금 내가 해야 할 일들이 줄줄이 생각났어."

진실의 음성은 차분했다.

꼭 마음의 정리를 다 한 사람처럼 여유로운 그녀의 모습과 달리 진우의 얼굴은 차츰 어두워져 갔다. 불끈 쥔 두 주먹은 핏줄이 도드라져 보일 정도였지만 진우의 변화를 알아채지 못한 진실은 계속 말을 이어나갔다.

"스위스에서 무슨 일이 있었는지 모르겠지만 너를 걱정하는 것보다 엄마 걱정이 더 크게 느껴졌어. 이게 정확한 나의 심정이야."

"알았어. 무슨 뜻인지 이해도 돼."

진우가 고개를 끄덕였다. 그리고 장난스럽게 웃으며 말했다.

"그래도 구진실! 넌 나를 책임져야 할 의무가 있어."

"뭐?"

"그때 바닷가에서 내 입술…… 네가 뺏어갔잖아. 난 처음이었다고. 사고를 쳤으면 뒷감당을 해야지. 나 그렇게 헤픈 놈 아니다. 책임 회피할 생각 하지 말고 끝까지 책임져."

진지한 진우의 말이 우스웠다.

"스위스 다녀오더니만 완전 느끼해졌어."

"인생관이 변했다고 봐야지. 내 감정에 솔직해지기로."

"스위스에서…… 무슨 일이 있었던 거야?"

"음……. 많은 일들이 있었어."

진실은 진지하게 말하는 진우의 이야기를 듣기 위해 자세를 고쳐 앉았다.

"그런데 그전에……."

진우가 몸을 숙이며 다가오자 진실의 두 눈이 자연스럽게 감겼다. 서로의 입술이 부드럽게 맞닿았다 떨어졌다.

"휴우. 너 완전 그리웠던 거 알아?"

진우의 입술이 다시 다가왔다. 강하게 빨아 당기는 진우의 입술이 오랫동안 진실의 입술에 머물렀다.

12. 똥개 복실이

보고 싶어 미치는 줄 알았어.

라는 고백에 '그런 놈이 전화 한 통 안 해.' 라며 쏘아붙이던 진실의 투덜거림을 떠올리며 귀국 후 첫 아침을 맞았다.

전화를 해볼까? 망설이는 진우의 귓가에 낑낑거리는 소리가 들려왔다.

"벌써 깼냐?"

작은 강아지가 가느다란 신음을 내며 진우를 쳐다보고 있었다. 꼬물거리는 작은 몸집하며 구슬같이 반짝이는 눈동자, 누구를 물어뜯기는커녕 제 한 몸 지키기도 힘겨워 보이는 닮은꼴들. 꼭 저랑 같이 살 주인을 닮아 있다.

진우는 침대가로 다가가 두 눈을 반짝이는 자그마한 강아지를 보았다. 살며시 품에 안으니 작은 생명체의 꿈틀거림이 느껴졌다. 아침 일찍 병원에 들러 아줌마에게 선물을 할 생각이었다. 두 사람만 사는 집에 새 식구가 늘면 좋아할 것 같았다.

"새벽에 아버지 귀국하셨어. 인사드렸니?"

작은 털뭉치를 안고 내려오는 진우를 보며 강 교수가 물었다. 스위스에서 돌아온 내내 냉랭하기만 하던 강 교수였다.

"네."

"너랑 선우 문제 때문에 내가 연락을 드렸어."

"잘하셨습니다."

"아버지는…… 내 의견에 동의하셨다."

"그럴 거라 생각했습니다."

진우는 자신의 품 안에 얼굴을 묻고 있는 강아지의 털을 부드럽게 쓸어주었다. 낑낑, 강아지가 만족스럽게 꿈틀거렸다.

"그…… 강아지는 분양받은 거니?"

"네."

"귀엽구나."

"네. 진실이 줄 선물입니다."

조금만 양보해도 좋을 텐데.

진우가 안고 있는 강아지가 누구의 품으로 들어갈지는 물어보지 않아도 알 수 있었다. 그래서 일부러 묻지 않았다. 그런데 그걸 꼭 집어 말하는 진우의 융통성 없음에 강 교수는 깊은 한숨을 내쉬었다.

"스위스에서 그 사단이 나고도 그렇게 고집을 피워야겠니?"

"네. 죽을 만큼 힘들게 내린 결론이니까요."

"선우가 이대로 물러설까?"

"네."

"내 생각은 달라. 선우는 포기하지 않을 거야. 또다시 우울증이 시작되면 스스로를 괴롭힐 거라고. 그땐 어떡할 거니? 도다시 스위스로 날아가서 목숨을 담보로 미련하게 굴 거니? 넌 형을 외면할 수 없는 아이야."

"그렇게밖에 할 수 없으면 그렇게 해야죠."

설득의 여지가 없이 진우는 단호하기만 했다.

한참이 흐른 후, 강 교수가 말했다.

"저녁부터 다시 비가 올 거라던데. 우산은 챙겼니?"

"차 안에 있습니다."

"다시 비 온대요? 내일까지만 좀 참지. 이럴 게 아니라 빛 좋을 때 얼른 이불 말려야겠어요. 뽀송뽀송하게 말려야지."

예쁘게 깎은 과일 접시를 식탁에 올리며 파주댁이 말했고 강 교수는 고개를 끄덕였다.

"네, 아줌마. 수고 좀 해주세요. 거기 서서 그러지 말그 과일 한 조각 먹고 나가렴."

칠보로 곱게 장식한 은 포크로 멜론 한 알을 찍은 강 교수가 진우에게 내밀었다.

"감사합니다."

"장마철 태양이 참 고맙지? 뽀송뽀송하고 쾌적해. 평소에는 모르다가 비가 쏟아지면 태양의 고마움을 느끼곤 하지. 그렇지 않니?"

강 교수가 부드럽게 말했다. 그녀의 눈빛은 고요하고 잔잔했다.

"시간 없습니다. 하고 싶은 말씀을 하세요."

"인생이 그렇더구나. 젊었을 땐 도저히 모르겠던 것들이 나이가 들면 환히 보여. 날씨도 인생사도 사람도. 서글프지만 너무 잘 보여. 그래서 난 아인이가 마음에 든다. 싹싹하고 밝고 예뻐. 누구든지 함께 있으면 기분 좋게 만들어줄 그런 아이야."

진우는 강 교수가 건네준 파파야 멜론을 삼켰다. 입안으로 퍼지던 달콤한 과즙 끝에 쓴맛이 났다. 꼭지 부분이었나 보다.

"이렇게 반복되는 얘기…… 지루해지려고 합니다."

"네가 아무리 생각이 깊어도 아직은 어려. 이성보다 감성이 앞서는 때지."

강 교수가 지속적인 관리를 받는 자신의 피부처럼 매끄럽게 말했다.

"그러게요. 어머님 말씀처럼 저흰 아직 어린데 왜 그렇게 걱정을 하시는지 모르겠습니다. 제가 당장 결혼이라도 할 것 같으신가 봐요?"

강 교수에게 지지 않는 배짱과 여유로움은 진우에게도 있었다.

아들의 말에 강 교수는 고개를 끄덕였다.

"지금은 그저 가엾고 안됐겠지. 신경도 쓰이고 마음도 아플 거야."

"네. 가엾고 안됐고 신경 쓰이고 마음도 아픕니다."

"그래, 그럴 거야. 넌 유달리 책임감도 강하고 심지도 곧은 아이니까. 그래서 내가 걱정하는 거야. 너를 잘 아니까. 넌 섣불리 네 감정 털어놓는 애가 아니잖아. 넌 한 번 말한 것은 반드시 지키는 애니까, 네가 말을 꺼낸 이상 진실이와 너의 관계는 젊은 날 잠깐 지나가는 바람이라고 생각지 않아."

"네. 그럴 작정입니다."

확고한 진우의 말에 강 교수의 얼굴에 깃든 미소가 조금씩 사라지고 있었다.

주방 창으로 햇빛이 길게 들어오고 있었다. 주위를 환히 밝히는 빛은 밝고 화사하고 뽀송뽀송했다.

"장마철 태양…… 쾌적하고 고맙죠. 이불 말리기도 좋고 살균도 되고. 산책하기도 좋습니다. 그런데…… 그것뿐입니다. 적어도 제게는 고맙긴 하지만 더 이상은 어떤 감정도 이끌어내지 못하는 존재일 뿐입니다. 전 장마철 태양보다 밤하늘에 뜬 달 취향이거든요. 태양처럼 밝지 않아도 마음을 움직이고 애절하게 만듭니다. 며칠 못 보면 그립습니다. 저를 불행하게도 하고 행복하게도 만드는 것은 어둠을 헤치고 힘겹게 모습을 드러내는 달입니다."

진우는 강 교수를 향해 예의 바르게 말한 뒤 돌아섰다. 말랑말랑한 강아지를 조심스레 안고 있는 모습이 무색하리만큼 흐트러짐 없는 모습이었다.

"형은…… 네 형은 어떻게 돼도 상관없단 말이야?"

거실 쪽에서 위엄 있는 굵고 낮은 목소리가 들려왔다.

진우는 안방에서 나서는 아버지를 보았다. 평소 꾸준히 운동을 하고 몸 관리를 한 덕분에 쉰 중반의 나이가 믿기지 않을 정도로 날렵한 몸매를 지닌 정 사장이 아들을 향해 시선을 고정하고 있었다.

"안녕히 주무셨습니까?"

진우는 고개를 숙여 아버지에게 인사를 했다.

"이제 형은 관심도 없는 거냐?"

정 사장이 아들을 꼭 닮은 무표정한 얼굴로 다시 물었다.

다음 선거 공천을 위해 머리부터 발끝까지 이미지를 관리하는 중이라 조금 긴 반백의 머리를 세련되게 빗어 넘긴 헤어스타일만 빼면 자신과 판박이인 아버지를 보며 진우는 품속의 강아지를 더 세게 끌어안았다.

"대답해라. 네 형은 어쩔 셈이냐?"

무표정은 여전했으나 낮은 목소리에는 다급함이 숨겨져 있었다.

"형은…… 형의 인생을 살겠죠. 그렇게 걱정되시면 스위스로 가셔서 얼굴 한 번 보고 오시는 건 어떻습니까? 아버지를 많이 기다리는 눈치던데요."

"큰일을 하다 보면 잃는 것도 있는 법이지. 그런 것쯤은 이해할 나이가 되지 않았니?"

"뭐가 큰일이고 뭐가 작은 일입니까? 자식이, 가족이 아버지에게는 작은 일입니까? 형을 그렇게 만든 건 아버지의 무관심입니다. 아버지의 무관심과 외도는 어머니를 뼛속까지 아프게 했습니다. 슬프고 외로웠던 어머니 밑에서 자란 형은 그 슬픔을 그대로 닮아 있고요. 이제 와 그런 걱정을 하시는 게 아버지답지 않습니다."

아들의 말에 정 사장이 얼굴을 찌푸렸다.

"그래서 지금 어린아이처럼 투정하는 거냐?"

"그럴 리가요. 전 그냥 생각하는 대로 말씀드렸을 뿐입니다."

스산한 침묵이 흘렀다.

강 교수는 들고 있던 신문을 접은 뒤 장식장으로 걸어가는 남편을 불안한 눈빛으로 쫓았다.

"……생각대로라……"

줄줄이 늘어선 상패를 훑던 손가락이 2010년 경제인 연합회에서 받은 감사패에서 멈추었다. 감사패를 들어 아래위로 쓰다듬던 정 사장이 다시 물었다.

"그래서 네 엄마가 죽은 것도 형이 저렇게 된 것도 다 내 책임이다?"

낮은 목소리로 묻는 정 사장의 입가에 미소가 걸려 있었다. 차갑고 매서운 눈빛만 아니었다면 기분이 좋은 거라 착각할 정도였다.

"결정적인 요인이라 생각합니다."

"그래서 결정적인 요인을 제공한 아버지가 아들을 걱정하는 것이 우습다?"

"형 걱정보다는 앞으로 펼치실 정치 인생이 걱정되신 거 아닙니까? 진실이보다는 아인이가 훨씬 아버지 며느릿감으로 어울린다고 생각하신 거죠. 아인이 아버님께서 미국 내 한인 사회에 큰 영향력을 행사하시는 분이라는 얘긴 들었습니다. 그래서 친분을 쌓아놓고 싶으신 거 아닙니까? 아버지 정치 경력을 위해……."

말이 끝나기도 전에 감사패가 날아왔다.

진우는 움직이지 않고 품 안에 안은 강아지를 더 세게 끌어안았다.

윙윙대며 날아오는 상패를 피하지 않았다. 이마에 극심한 통증이 느껴졌다. 진한 피비린내와 함께 눈앞에 붉은 세상이 펼쳐졌다.

"아아악!"

강 교수의 비명이 대기를 갈랐다. 뒷정원에서 이불을 널던 파주댁이 뛰어들어 왔다.

"차 마셔."

진실은 아인의 앞으로 녹차 잔을 밀어주었다.

삼 주하고도 닷새 만에 보는 아인은 한참 동안 입술만 깨물고 있었다. 많이 여위어져 돌아온 진우 못지않게 아인도 수척해져 있었다.

"스위스에서 단체로 다이어트한 거야? 진우도 그렇고 너도 그렇고. 다들 너무 여위었다."

"박 감독님과 다음 작업도 같이 하기로 했다며?"

아인이 영화사 사무실을 둘러보며 물었다.

"응. 아마 그렇게 될 것 같아."

"저기……."

아인이 다시 말을 하려다 멈추었다.

"괜찮으니까 말해."

차분히 말하는 진실을 보며 아인이 고개를 숙였다.

"어머니는 괜찮으셔?"

"응."

"미…… 안해."

"뭐가?"

"스위스 따라간 거. 강 교수님이 제의하셔서 거절하기가 좀 그랬거든."

"응."

"스위스에서 일이 좀 있었어."

"응. 얘기 들었어."

"아……. 그랬구나."

아인이 잠시 뜸을 들이다 다시 말을 이었다.

"어제 아침에 강 교수님께 전화가 왔었어. 혹시 현재 씨 연락처를 아냐고."

"현재는 왜?"

"모른다고 했더니 알았다고 끊더라. 그런데 교수님 목소리가 심상치 않았어. 자꾸만 마음에 걸려서 찾아갔는데. 진우가 많이 다쳤더라고."

심장이 철렁 내려앉는 것 같았다.

"진우가 다쳐?"

"응. 그래서 현재 씨가 데려갔나 봐. 진우는 이제 겨우 몸을 회복했는데 또다시 힘든 고비를 넘겨야 돼."

진실은 눈살을 찌푸렸다. 진우는 분명 스위스에서 아팠다고 했다. 너무 아파서 죽을 만큼 아파서 그래서 연락을 못했다고 했다.

"선우 오빠가 약을 먹었어. 스위스에서. 그래서…… 그래서 옆을 지키던 진우가 식음을 전폐했어. 하루 이틀 저러다 말겠지 했는데 일주일이 지나고 열흘이 다 돼도 고집을 안 꺾으니까 강 교수님께 연락이 왔어. 이러다 간호하는 사람 먼저 죽겠다고. 그 소식 듣고 교수님께서 나보고 같이 스위스로 가자고 하셨어."

가슴이 철렁 내려앉는 말에 진실은 숨을 들이마셨다.

"선우 오빠 이제 괜찮아?"

"응. 진우가 이 주일 동안 한시도 떠나지 않고 옆을 지켰거든."

그래서, 그래서 연락이 없었구나.

선우 오빠가 자살 시도를 했다니. 믿어지지 않는 얘기였다. 진우는 얼마나 놀랐을까? 애타는 심정으로 형의 옆을 지키고 있었을 진우를 생각하자 가슴이 아파왔다.

"이 주 동안 선우 오빠 옆을 지키면서 진우는 빵 한 조각 입에 대지 않았어. 하루가 다르게 말라가는 진우 보면서 선우 오빠가 결국 항복을 했어. 다시는 그러지 않는다고 약속…… 했어."

몰라보게 여위어 있던 진우의 얼굴이 생각났다. 가슴이 아팠다.

"선우 오빠가 널 좋아한 건 알지? 스위스를 찾아간 진우가 널 사랑한다고 고백을 했고, 다음날 선우 오빠가 그런 일을 벌였어. 교수님이 화를 많이 내셨어. 교수님은 사이좋은 형제가…… 너 때문에 틀어지게 생겼다고. 그래서 나는…… 내 생각에는 진실이 네가…… 노선을 변경해 주면……."

진실은 아련하게 멀어지는 아인의 말을 들으며 이상하게도 어린 시절 진실을 업고 걷다가 물집이 잡혔던 진우의 발바닥을 떠올렸다.

"두 사람 다 아주 오래전부터 너를 좋아했다고. 포기할 수 없다고. 선우 오빠도 많이 아팠대. 그걸 보는 진우도 많이 아프고. 어제 아침에 진우가 교수님이랑 이야기하다가 아버님께서 던진 상패에 맞았나 봐. 그래서 피가 많이 났었다고. 교수님은…… 이게 다 너 때문이라고 많이 속상해하시고."

숨이 막혀왔다.

선우 오빠가 자신에게 호감이 있다는 것 정도는 알고 있었지만 약을 먹었다니……. 거기다 진우가 형에게 자신과의 사이를 인정받기 위해 단식을 하며 형의 곁을 지켰다는 말에 가슴이 먹먹해졌다.

"나…… 진우 좋아해. 알고 있었지?"

아인이 말했다.

"응."

"하긴 그렇게 티를 냈는데 네가 모를 리가 없지. 난 진우가 너무 좋아. 그렇게 차갑게 대하는데도 포기가 안 돼. 그래서 네가 참 부러웠어. 부럽고 미웠어. 너무 자신만만하게 나를 받아들여 준 네게 보란 듯이 진우를 뺏고 싶었어."

"난…… 네가 좋았어. 내 글 읽고 컴패션에 가입했다며 수줍게 말하는 네가 참 좋았어. 난 여자 친구가 많지 않았거든. 네가 먼저 다가와 줘서 난 정말 기뻤어. 그리고…… 진우를 믿었어."

그때 진실의 휴대전화기가 불길하게 울어댔다.

"……네."

―나 좀 보자.

강 교수였다.

딱딱한 대리석 바닥이 출렁거리는 것 같았다.

진실은 무거운 마음으로 전화기를 내려놓았다.

진우는 진실의 집이 올려다보이는 길가에 차를 세웠다. 그리고 운전 중에 온 문자를 확인했다.

#정진우 님. 김미숙 님의 병원비를 부탁하신 대로 처리했습니다.

―백병원 수납담당자 이영애.

"낑낑! 잉잉!"

거칠게 출발을 한 덕분인지 뒷좌석에서 졸고 있던 강아지가 낑낑거리며 짖어대기 시작했다. 낯선 곳이라 겁을 먹은 모양이었다.

"얌마! 시끄러워. 큰일 할 놈이 겁은……. 네가 얼마나 막중한 사명을 띠고 있는지 기억하란 말이야. 넌 앞으로 진실이 집에 오는 놈들 다 쫓아내야 해. 그러니까 지금부터 맘 단단히 먹고 잘 지켜야 된다."

원래는 집 지키기용 큰 개를 사려고 했지만 들어서는 진우를 뚫어지게 바라보는 녀석의 애처로운 시선을 도저히 외면할 수가 없었다. 금빛 털 속으로 보이는 물기 어린 눈동자는 진실이 키우던 똥강아지를 쏙 빼닮았다. 그래서 더 눈길이 갔었는지도 모른다.

"휴우. 너를 믿어도 될라나 모르것다. 어이, 털뭉치. 진실이 놀래켜야 되니까 조금만 참아라. 오빠가 금방 데리러 올게. 널 보면 무지 좋아할 거야."

회심의 미소를 지은 진우는 차 문을 닫으며 진실의 빌라로 야심차게 걸음을 옮겼다.

"진우 왔구나. 어서 오렴."

문이 열리고 활짝 웃던 미숙의 얼굴이 놀라움으로 일그러졌다.

"어머나. 얼굴이 왜 그 모양이야? 누구랑 싸웠니? 병원은 다녀왔어?"

걱정스럽게 바라보는 미숙을 향해 진우는 부드러운 미소를 지었다.

"교통사고를 좀 당했습니다. 멍이 좀 들어서 그렇지 다친 곳은 없어요."

"어머나, 세상에. 많이 다친 것 같은데 이렇게 돌아다녀도 돼?"

"그럼요. 병원에서 퇴원해도 된다고 했습니다. 얼굴만 이렇지 다른 데는 멀쩡합니다. 저보다 어머니 몸이 더 걱정이죠. 좀 어떠세요? 자주 찾아뵙지도 못하고 죄송합니다."

꾸벅, 진우의 인사에 미숙이 괜찮다며 손사래를 친다.

"별소릴 다 한다. 어서 들어와."

"네."

"이사한 집 궁금해서 와봤구나?"

"네."

"저녁은?"

"먹었습니다."

"그럼 커피 마실래?"

"네."

미숙이 주방으로 사라진 사이 진우는 낡고 초라한 거실을 둘러보았다. 빛이 들지 않는 창가에 손질이 잘된 화분 3개가 나란히 놓여 있었다. 잎에서 반질거리며 윤기가 났다. 옆에 있는 주황색 소파와 묘하게 잘 어울렸다.

"소파…… 못 보던 거네요."

진우가 주황색 소파를 가리키며 물었다.

"응. 감독님이 이사 선물로 주셨어. 영화 소품으로 쓰던 거였는데 이제 쓸 일이 없대."

진우는 미간을 찌푸렸다. 예전에는 뭐든지 함께 고르고 샀었다. 작은 소품이지만 그만큼만의 거리가 느껴졌다.

젠장……

"별이 바다 위로 쏟아질 것 같지? 공기도 정말 좋아."

밤하늘의 고요가 깨어질 것 같은 분위기 속에 미숙이 밝게 말했다. 진우의 기분은 급속도로 나빠졌다. 나이도, 재력도, 모든 것이 자신보다 뛰어난 원준에게 화가 났다. 무엇보다 진실이에게 도움을 주는 방법이…… 서툴기만 한 자신과는 너무나 달랐다.

"스위스는 잘 다녀왔어?"

"네."

"선우는 잘 지내고?"

"네."

"부모님은 여전히 건강하시지?"

"네."

"진실이는 이번 팀이랑 다음번 영화도 같이 하기로 했다던데 얘기 들었니?"

"……네."

"감독님, 한 번 뵀는데 괜찮은 분 같더라. 너도 봤지?"

"네."

"너도 그렇고 우리 진실이도 그렇고. 이렇게 잘 커줘서 고마워. 특히 넌 더 고마워. 네가 우리 진실이 알뜰살뜰 보살피는 거 다 알

아. 많이 고마워하고 있어."

미숙이 부드러운 목소리로 다시 말했다.

"아니에요. 제가 도움을 더 많이 받아요."

머리를 긁적이며 멋쩍게 대답하는 진우를 보며 미숙이 소리 죽여 웃었다.

"요즘 많이 힘들지?"

미숙이 물었다.

"네?"

"애들도 아니고 매일같이 붙어 다니는 너희들 모습, 정 사장님이나 강 교수님에게는 안 좋게 비칠 수도 있어."

뜻밖의 말에 말문이 막혀 버렸다.

"내가…… 파주 아줌마랑 친하잖아. 대충 얘기 들었어. 사장님 성격 모르는 것도 아니고. 그래도 힘내! 애정사가 너무 술술 풀려도 추억이 없어서 재미없어. 힘들게 쟁취한 사랑일수록 더 소중하고 애틋한 거야. 근데 너희는 진짜 사귀는 거 맞아? 둘이 합의 본거야? 언제까지 친구로만 지낼 거니?"

"어머니!"

"그래도…… 난…… 항상 진우 편이야!"

짓궂게 웃는 미숙을 보며 진우의 콧잔등이 붉어졌다.

동래 쪽은 맑다고 하더니 해운대는 세차게 비가 쏟아졌다. 바다

습기까지 더해 꿉꿉하고 무더웠다. 무엇보다 강 교수를 만나는 일은 몸과 마음이 함께 힘겨웠다.

"이사는…… 잘했니?"

차를 한 모금 삼킨 강 교수가 우아하게 말했다.

"네."

"어머니는?"

"많이 좋아지셨어요."

"다행이네. 뭐, 이만하면 안부는 잘 전해 들은 것 같고 이제 본론부터 말할게. 우리 진우 그만 놔줬으면 좋겠어. 나는 아무것도 모른다 진우 맘이다, 이런 입에 발린 소리 그만하고."

"교수님."

"우리 진우…… 스위스에서 죽을 뻔했어. 꼬박 이 주를 굶었어. 아픈 지 형 옆에서. 형 때문에 너랑 친구로 지내려 했는데 이젠 그럴 수가 없다고 용서하라고 빌더라."

잠시 숨을 고르던 강 교수가 눈살을 찌푸렸다. 강 교수의 얼굴은 장마 시기의 하늘을 보는 것 같았다.

"아직 어린 나이에 두루두루 사귀어보는 것도 괜찮다 말하는 사람도 있겠지만, 그것도 사람 나름이지. 더구나 진우가…… 쉽게 사람 사귀고 말고 하는 애도 아니고. 걘 한 번 마음먹으면 하늘이 두 쪽 나도 하고야 마는 성격인데 저러다 졸업하자마자 결혼 얘기라도 꺼내면 정말 골치 아프지 않겠니. 이혼한 부모에 젊은 여자랑 사는 아버지, 빚에 쫓기는 어머니에 여기저기 시원찮은 널…… 며느리로 삼고 싶은 마음은 조금도 없어. 아니, 잠시 동안 사귀는 상대로도 마땅찮아. 부모로서 난 네가 별로야."

네가 별로라고 똑 부러지게 말하는 강 교수를 보며 진실은 주스를 들어 천천히 마셨다.

"선우도 걱정이야. 선우가 다시 나쁜 마음을 먹으면 그땐…… 어떻게 할 거니? 우리 진우 잘 알잖아. 지 형 그렇게 되면 죄책감에 평생 괴로워할 거야. 그러니 진실이 네가 이만 물러나 줘."

차갑게 번뜩이는 강 교수의 눈빛은 비난이 가득했다.

"진우는……."

잠시 말을 끊은 진실이 고개를 들어 강 교수를 바라보았다. 날카로운 눈빛을 피하지 않고 똑바로 마주 본 진실이 차분한 어조로 말을 이었다.

"진우는 제 앞가림 스스로 할 수 있는 친굽니다. 그건 교수님이 더 잘 아시잖아요. 전…… 제가 다른 사람에 비해 많은 하자가 있다는 거 잘 알고 있습니다. 그래서 여태 진우에게 많은 신세를 지고 많은 도움을 받았습니다."

"잘 아는구나. 우리 진우가 너 때문에 얼마나 많은 손해를 감수하고 살았는지……."

자신의 말귀를 잘 알아들었다고 생각해서일까? 강 교수의 얼굴에 만족스러운 빛이 드러났다.

"……하지만 제가 제 아픔 때문에 남들에게 피해를 준 적 없습니다. 딱 한 사람…… 진우뿐이었어요. 그래서 할 수 있으면 최선을 다해 그 빚을 갚고 싶습니다."

"그래. 말귀가 통하니 다행이다. 네 말처럼 이제 진우에게 빚을 갚아야 하지 않겠니? 내 생각에는 네가 빚을 갚을 길은 그 애를 더 이상 흔들지 않는 거라고 생각한다."

"제가 진우에게 빚을 갚을 수 있는 길은 진우의 의견을 존중하고 따르는 거라고 생각합니다."

강 교수의 얼굴 위로 여러 가지 표정이 스쳐 지나갔다. 그리고 비를 짜내는 먹구름처럼 일그러졌다.

"넌…… 참 이기적이구나. 너 때문에 우리 진우가 얼마나 많은 것을 포기하고 살았는지 한 번 생각해 봐. 너 수술하느라 대학도 부산에서 다녀야 했어. 아픈 널 두고 혼자 갈 수 없다고 일부러 수능시험을 망쳤더구나. 저는 실수로 한 칸씩 내려썼다고 하는데 나는 그 말을 믿지 않는다. 재수하라고 꾸중하는 아버지에게 골프채로 맞아가면서도 부산에서 다니겠다고 고집을 피웠다."

진실도 어렴풋이 짐작은 하고 있었다. 어쩌면 진우가 일부러 시험을 망쳤을 수도 있겠다는 것을. 함께 부산에 남을 수 있다는 사실에 조금은 기뻐하고 있었는지도 몰랐다. 하지만 재수를 하라는 아버지에게 골프채로 맞아가며 버틴 일은 금시초문이었다.

"고등학교 때는 너 때문에 퇴학당할 뻔한 적도 있었지? 대학 들어와서도 마찬가지야. 교환학생 추천도 다 거절하고 계속 여기 남아 있어. 걔는 모든 계획이 네 위주로 돌아가고 있어. 선우 문제를 제외하고라도 우리 진우, 앞으로 살아가면서 얼마나 많은 것을 포기하고 살아야 할지 몰라. 그런 진우를 보면서 우리 가족이 받을 상처를 생각해 줬으면 좋겠어. 너 하나만 마음을 고쳐먹으면 모두가 편안해져. 그러니 진실이 네가 현명한 결정 내려줬으면 좋겠어."

강 교수의 말이 모두 맞았다. 하지만 어떤 것이 현명한 선택인지는 아무도 알 수 없는 일이다.

"진우가 가장 바라는 것이 무엇인지 깊이 생각해 보겠습니다."

"……참 이기적인 아이구나."

"이기적이라고 꾸중하셔도 할 말이 없습니다."

강 교수와 헤어져 버스를 타고 오는 동안에도 비는 계속 쏟아졌다. 우산으로 가릴 수 있는 정도의 비가 아니었다. 정류장에서 집까지 가는 동안 진실은 물에 빠진 생쥐처럼 흠뻑 젖었다. 끊임없이 흘러내리는 빗물을 닦을 겨를도 없이 집 안으로 들어서자 거실에 있던 진우의 모습이 눈에 들어왔다.

"왜 이렇게 비를 맞고 다녀. 전화를 하던가 택시를 타던가. 어서 옷 갈아입어."

마스크로 가리고 있는 얼굴은 가히 충격적이었다. 얼굴 여기저기에 보라색 피멍이 들어 있었다. 물러나 달라고 부탁하던 아인의 심정도 이기적이라며 나무라던 강 교수님의 심정도 이해가 갈 만큼 그렇게 처참했다.

"몽실! 너 왜 그래? 어디 아파?"

하얗게 질려가는 진실의 얼굴을 보며 진우가 물었다.

제 얼굴은 피에로처럼 얼룩덜룩한 주제에……. 진실은 아무 말도 할 수가 없었다. 넋이 빠진 사람처럼 진우의 이름을 불렀다.

"진우야……."

"괜찮아? 어디가 아픈 거야?"

진우가 다가와 진실을 소파에 앉혔다.

"안 되겠다. 병원부터 가자."

두 손으로 진실의 얼굴을 감싼 그는 깊이를 알 수 없는 검은 눈동자로 진실의 얼굴을 찬찬히 확인해 나갔다. 진우의 눈빛이 와 닿는 자리마다 열꽃이 피는 것 같았다. 심장이 터질 것처럼 아프다가 참을 수 없을 만큼 설레었고 금방이라도 멈춰 버릴 것처럼 세차게 뛰기도 했다.

"어지럽고 그런 건 아니지?"

진우가 다시 물었다. 그의 숨결이 진실의 얼굴 위에서 부서졌다. 피부가…… 아파왔다.

"……응. 괜찮아. 아침을 안 먹어서 그래."

천천히 고개를 움직였더니 진우는 그제야 엷은 미소를 짓는다.

"얼굴은…… 왜 이래?"

"현재한테 볼일 있어 갔다가 녀석이 던진 공에 부딪혔어. 녀석이 무식하게 힘만 세잖아!"

진우가 말했다.

"그러게 내가…… 그 무식한 녀석이랑 놀지 말라고 했잖아."

"인생이 가엾잖아. 내가 아니면 누가 놀아주겠어."

진우가 진실의 가방을 받으며 말했다.

"네 얼굴 땜에 마음 아파. 어서 가!"

진실은 태연스럽게 말하는 진우를 보며 말했다.

"멍이 안 빠져서 그렇지 이제 다 나았어. 나 오늘 자고 갈 거니까 저녁에 계란 마사지 해줘."

"싫어. 집에 가서 자!"

"야, 비 오잖아. 너 기다리느라 늦었다고. 나 감기 걸리면 네가 간호해 줄 거야?"

진실은 투덜거리는 진우를 뒤로하고 화장실로 향했다.

선우가 아프면 진우도 아프다는 강 교수의 말이 자꾸 생각났다. 자신 때문에 많은 것을 포기하고 살아가는 진우를 그냥 둬도 되는 걸까? 언젠가 책에서 읽은 글이 떠올랐다. 가장 큰 사랑은 스스로를 버리는 것이라고. 한발 한발 물발자국이 새겨지는 바닥 위로 뜨거운 눈물도 함께 쏟아져 내렸다.

감정을 털어내듯 머리를 감았다.

젖은 옷을 갈아입고 거실로 나오자 소파에 앉아 책을 읽고 있는 진우의 모습이 보였다. 기척을 느꼈는지 책을 보고 있던 진우가 고개를 들었다. 반짝 빛나는 눈동자가 진실을 향했다.

"시원하냐?"

진우가 장난스럽게 물었다.

"아직 안 갔어?"

짜증스럽게 말하자 진우의 입가에 남아 있던 장난기가 스르르 사라져 버렸다.

"무슨 일이냐?"

"가라니까 왜 있어?"

"무슨 일이냐니까?"

날카롭게 외치는 진실을 보고도 정진우의 차분한 목소리는 변함이 없었다.

"피곤해. 너희 집에 가."

"5분만 기다려. 이거 마저 읽고 얘기하자."

폭풍을 앞둔 정적처럼 고요한 긴장 속에서도 변함없이 여유로운 진우를 보며 화가 났다. 그녀는 성큼성큼 걸어가 진우가 보고 있던 책을 뺏어 던져 버렸다.

"그 얼굴을 해서는 지금 글이 눈에 들어와?"

"소리 낮춰. 어머니 깨셔."

진우의 말에 진실은 코웃음을 쳤다.

"우리 엄마 걱정을 네가 왜 해?"

버럭 소리를 지르는 진실을 물끄러미 바라보던 진우가 어깨를 으쓱거리며 일어났다.

"따라와!"

진실은 진우에게 손목이 잡힌 채로 집 밖으로 나섰다.

"이거 놔! 왜 이래?"

진우의 손목을 쳐내며 노려보자 진우가 무덤덤하게 말했다.

"네 어머니니까."

"……뭐?"

"구진실 어머니니까. 그러니까 걱정하는 거야. 다른 사람 같으면 내가 왜 걱정을 하겠냐?"

숨 막히는 정적이 흘렀다. 낡은 바닥이 흔들리는 느낌은 몽롱하고 어지러웠다. 난해하고 복잡한 기분이었다.

"가! 제발 가! 나 지금 너랑 얘기할 기운 없어. 그러니까 어서 가!"

"구진실!"

"가라니까. 너 여기 있으면 나 계속 소리 지를 거야. 동네 사람들 시선 다 받고 싶어?"

진실이 그러지 않으리란 것을 두 사람 다 알고 있었지만 강경하게 나오는 진실을 더 자극할 필요는 없었다. 진우는 한숨을 내쉬었다.

"기분 좀 가라앉혀. 내일 다시 얘기하자."

진실은 진우의 차가 떠나는 소리를 듣고 나서야 겨우 숨을 내쉬었다.

13. 이유는 없어

주차장 잔디밭은 지난밤 내린 비로 촉촉하게 젖어 있었다. 한 뼘이나 자란 나무들은 바람이 불 때마다 물결처럼 흔들렸고 비에 젖은 풀잎들은 강한 여름 향기를 뿜어냈다. 대기는 젖은 풀잎 냄새로 가득했다.

진우는 플라타너스가 길게 늘어서 있는 체육관 건물 뒤편에 차를 세웠다. 현재에게 강아지를 부탁하러 오는 길이었다.

"내리자."

너무 세게 안아서일까? 품 안의 강아지가 신경질적으로 으르렁거리며 몸을 비틀어댔다. '괜찮아' 라며 몇 번이나 머리를 쓰다듬어 주었지만 강아지는 여전히 낑낑거렸다.

"괜찮아, 인마. 금방 적응할 거야."

애써 다정한 목소리를 냈음에도 강아지는 불안한 듯 눈알을 이리저리 굴리고 있었다. 말은 통하지 않지만 부들부들 떨고 있는 강아지가 얼마나 불안하고 초조한지 충분히 느낄 수 있었다.

"얌마. 좀 봐주라."

진우는 짧은 한숨을 뱉어냈다. 강아지가 불편한 만큼 진우도 편치 않았다.

사람이나 동물에게 마음을 열고 살갑게 대하는 일은 그에게 낯설고 서툴고 힘든 일이었다. 그럼에도 불편함을 느끼지 못하고 산 것은 진실의 존재 때문이었다. 언젠가 어머니가 말씀했던 '진실이 때문에 진우가 많은 희생을 하고 있다'는 말은 사실이 아니었다. 도리어 그 반대인 경우가 많았다. 진우가 진실에게 받은 많은 것들……. 눈에 보이는 것보다 보이지 않는…… 공기, 바람처럼 눈에 보이진 않지만 정말 중요한 것들이 있는 것처럼 진실이 진우에게 준 것은 보이지 않는 정말 값진 것들이었다.

진실은 진우에게 있어 세상과 소통하는 가교였으며 세상을 보는 창이기도 했다. 지금 이 자리에 진실이 있었다면 틀림없이 강아지와 진우 사이의 원만한 해결점을 모색했을 것이다.

"낑낑."

품 안의 강아지가 또다시 울어댔다. 진실의 빈자리는 시간이 지날수록 또 다른 무게로 진우를 무겁게 했다.

"자식, 너도 헤어지기 싫구나. 미안해. 오빠가 금방 데리러 올게."

중얼거리는 진우의 앞을 아인이 가로막았다.

진달래색 바탕에 초록색 잎이 프린트된 원피스를 입은 아인은 화사했지만, 눈빛은 품 안의 강아지처럼 불안하고 처량해 보였다.

바람이 강아지의 금빛 털들을 흔들며 지나갔다.

아인에게서 풍기는 화장품 향기 때문인지 강아지가 날카롭게 짖어댔다. 비정상적으로 긴 아인의 그림자를 뚫어져라, 바라보던 진우는 피곤한 기색으로 강아지를 다독거렸다.

"얼굴은 괜찮아?"

파리하게 떨고 있던 아인이 진우의 얼굴을 향해 손을 뻗었다. 이마에 붙여진 하얀 거즈는 스며 나온 피로 붉게 물들어 있었고 마스크 주위는 검은 피멍이 드러나 있었다.

"무슨 일이야?"

진우는 다가오는 손을 피해 뒤로 물러났다. 걱정으로 가득하던 아인의 안색이 순간적으로 흐려졌다.

"교수님이 같이 밥 먹자고 하셔서. 지나다가 네 차가 있는 거 보고 기다렸어."

가뜩이나 벌어진 골을 더 깊게 하고 싶진 않았던 아인이 진우의 눈치를 보며 조심스럽게 말을 했지만 진우는 별다른 대꾸가 없었다. 그저…… 바라보기만 했다. 그 눈빛이 따가워 고개를 돌리고야 마는 아인을 뒤로하고 진우가 천천히 걸음을 옮겼다.

"그래. 먹고 가라."

"……할 말 있어."

등을 보인 채 멈춰 선 그의 뒷모습은 고집스럽고 완고했다. 햇빛 가득한 눈부신 시간과 어울리지 않는 굳은 그의 모습은 슬프고 아파 보였다.

아인은 화가 났다. 돌아보지 않는 그가 미웠고 귀 기울여 주지 않는 그의 고집스러움이 미웠다. 미운 만큼…… 그립고, 그리운 만큼 아팠다. 빈틈을 전혀 주지 않는 진우의 뒷모습을 보며 아인이 다급하게 소리쳤다.

"왜, 왜, 난 안 되는 거니?"

아인은 입술을 깨물며 체념 섞인 목소리로 물었다.

"넌 구진실이 아니니까."

감정이라고는 손톱만큼도 묻어 있지 않은 차가운 음성이 들려왔다.

아인의 뺨 위로 주르륵 눈물이 흘러내렸다. 쉽지 않을 것이라 생각했지만 언젠가는 진심이 통할 것이라 생각했다. 아인은 창피하고 당혹스러웠다.

"나, 난…… 네가 좋은데……. 너무 좋아서 이렇게 아픈데……. 이런 감정, 태어나서 처음이었어."

아인은 소리 죽여 흐느꼈다.

뒤돌아 있던 진우가 한숨을 내쉬며 다가왔다. 아인은 더 구슬프게 울음을 토해냈다.

두 걸음을 남기고 진우가 멈춰 섰다. 더는 움직이지 않았다. 우뚝 서서 자신을 내려다보고 있는 진우의 날카로운 눈빛이 느껴졌다.

"지금, 우리 사이에는 1M의 거리가 있어. 딱 이만큼이 너와 나 사이의 관계야. 우리 사이에 적절한 거리. 절대 좁혀지지 않을 거야."

핑글, 현기증이 돌더니 그대로 쓰러질 것 같았다. 이대로 정신을 잃으면 진우가 잡아줄까? 부질없는 기대감으로 떨고 있는 아인의 귓가에 아무 감정도 섞여 있지 않은 냉랭한 목소리가 들려왔다.

"너 호흡곤란으로 쓰러지면 지나가는 사람에게 보건실에 데려다 주라 부탁하고 나는 갈 거야. 그러니까 정신 똑바로 차려. 쓰러지지 마."

아인은 치밀어 오르는 울음을 삼키며 고개를 흔들었다.

"이유가…… 이유를 알고 싶어. 진실이 어디가 그렇게 좋은지. 어떤 점이 그렇게 좋은지 알고 싶어."

진우가 희미하게 웃었다.

"이유 같은 건 없어. 내 의지대로 되는 일도 아니야. 나도 어떻게 할 수가 없어. 이걸로 대답이 됐으면 좋겠다."

발밑이 울렁거렸다.

다가오지 않으면 먼저 다가가면 되는 줄 알았다. 그런데 진우의 눈빛은 바위처럼 강하고 단호했다.

뒤돌아선 진우가 다시 걸어갔다.

뼛속이 저릴 만큼 정진우가 좋았다. 애타는 마음을 몰라주는 진우가 밉고 원망스럽기도 했지만 도도함과 차가움, 범접할 수 없는 까다로움이 좋았다. 하지만 그의 눈빛을 보며 이제야 깨달았다. 그의 마음에 자신의 자리가 없다는 것을. 더 질척거려 비참해지고 싶지는 않았다.

아인은 눈물을 삼키고 뒤돌아섰다. 지금은 돌아서지만 그가 준

아픔만큼은 고스란히 돌려주고 싶었다.

#잠시 볼 수 있어?

진실의 문자를 확인한 진우는 급히 책을 덮었다. 스윽. 기분 나쁜 소리와 함께 종이에 손가락을 베었다.

#어디야?
#버스 안. 다음이 학교 앞이야.
#알았어. 학교 앞에서 보자. 금세 갈 테니까 비 맞지 말고 just에서 기다려.

금세 피가 맺히는 손가락을 화장지로 닦으며 진우는 자리에서 일어났다.

"베리만은 지극히 사실적인 영화로부터 출발하여 점차 '인간과 하느님' 문제까지 다루게 되었어. 인간에 대한 엄연한 리얼리스트의 눈과 하느님의 존재에 대한 추상적인 사념을 갈라놓을 수 없게 융합하여 일종의 육감성과 북유럽적인 신비적 경향을 동시에 엿볼 수 있게 연출을 한 감독이기도 하지. 자, 바로 오늘 7월 30일은 잉그마르 베르히만이 세상을 떠난 날이기도 해. 나이가 든다는 것은 등산하는 것과 같아서 오르면 오를수록 숨은 차지만 시야는 점점 넓어진다는 명언을 남긴 고인의 작품 세계는 이미 잘 알고 있겠지만 말이야. 오늘 우리가 다시 되짚어볼…… 정진우, 무슨 일이야?"

여름방학 과제인 5분짜리 영화 제작을 위한 세미나 도중, 벌떡 일어나는 진우를 보며 조교가 물었다.

"화장실이요. 급합니다."

세미나실 곳곳에서 웃음이 터져 나왔다.

"너 요즘 수상해……. 얼굴은 여기저기 터져 오질 않나. 세미나 도중 딴생각을 하지 않나, 사춘기냐? 얼른 가라!"

"감사합니다!"

진우는 자리에서 일어나 황급히 세미나실을 빠져나왔다. 등 뒤로 시끌벅적한 웃음소리가 들려왔다. 인적이 드문 복도를 빠른 걸음으로 걷던 그는 백 미터 시합을 하는 사람처럼 달리기 시작했다.

빗방울들이 유리로 된 천장으로 떨어지며 퐁퐁거리는 소리를 만들어냈다.

유리 지붕의 위치와 두께, 경사에 따라 빗방울의 소리는 다 다르게 들린다. 오스트리아 빈의 양철 지붕 덕에 수많은 음악가가 탄생했다는 말을 이해할 수 있을 것 같았다.

진실은 뾰족하게 솟아오른 빈의 지붕들을 떠올렸다. 영화에서 봤던 그곳이 가보고 싶어졌다. 이국적인 바람을 느끼며 낯선 곳을 여행하고 낯선 사람들과 부대끼며 웃고 싶었다. 불과 2년 전이었다면 당장 여행 책자를 뒤지고 있었을지도 모른다.

창문을 두드리는 빗소리를 듣고 있으니 모든 것이 다 꿈결 같았다. 부모님의 이혼도 아빠의 재혼도, 이사도, 진우와의 관계도. 그리고 처음으로 작업한 다큐멘터리 '섬 꽃'도.

"꼭 이렇게까지 해야 해요? 다큐 마무리도 다 됐고 시사회는 보고 가도 되잖아요?"

영화사를 그만두겠다는 진실의 말에 편집기 앞에 앉아 있던 원준은 난색을 표했다.

이렇게 하는 것이 좋겠다며 고집을 피우는 진실에게 결국 고개를 끄덕여 준 원준에게 감사의 인사를 하며 영화사를 벗어났다. 처음으로 참여한 다큐멘터리가 꼭 좋은 결실을 맺길 바라면서.

진실은 투박한 머그컵을 들어 거품이 풍성한 카푸치노를 한 모금 삼켰다. 입안으로 퍼지는 달콤함이 지속되길 바랐지만 금세 사라지고 씁쓸함만 남았다.

탕탕탕!

계단을 힘차게 뛰어오는 소리가 들려왔다.

진우가 틀림없었다. 아무도 가르쳐 주지 않았지만 저절로 알게 되는 심장의 신호.

카푸치노를 한 모금 더 마시는 사이, 카키색 야구 모자가 조금씩 보이기 시작하더니 금세 마스크를 쓴 그가 나타났다.

진우였다.

진우의 따뜻한 열기가 멀리 떨어져 있는 진실에게까지 와 닿았다. 심장이 미친 듯이 뛰기 시작했다.

왜…… 왜 너여야만 하는 걸까? 왜 너에게만 내 심장이 뛰는 거니?

"……진실!"

다가온 진우가 갈라진 목소리로 진실을 불렀다.

"……."

"기분은 좀 나아졌냐?"

"응."

"사람이 왜 그러냐? 다시는 안 볼 사람처럼 쫓아내더니 갑자기 나오래서 얼마나 놀랐는지 알아? 난 또 네가 아픈 줄 알았어. 너 정말 사람 미치게 만드는 재주 있다."

진우가 잔소리를 시작했다. 가쁜 숨을 몰아쉬는 그의 입 주변에는 아직도 멍자국이 선명했다.

"멍이 또 생긴 거야?"

"아냐. 전에 있던 거."

진우가 말했다.

맞은 자리가 당긴 모양인지 장난스럽게 웃던 진우가 살짝 얼굴을 찡그렸다. 푸르죽죽한 피멍이 자꾸만 진실을 아프게 했다.

아빠…….

엄마…….

형…….

현재까지…….

그럼 네 주위엔 누가 남는 거니? 주르륵. 참아왔던 뜨거운 눈물이 진실의 볼 위로 흘러내렸다.

"어……. 야! 울지 마. 바보같이 왜 우냐?"

진우가 당황한 듯 허둥거리며 손수건을 내밀었다.

"……다치지 마."

울음 섞인 목소리를 듣던 진우가 진실의 얼굴을 빤히 쳐다보았다. 보고 있어도 그리운 까만 눈동자가 진실을 뚫어지게 바라보고 있었다. 속마음을 들킬까 겁이 난 진실이 시선을 돌릴 때까지 진우는 바라보는 것을 멈추지 않았다.

"너야말로…… 울지 마."

진우가 고개를 숙였다. 우는 건지 웃는 건지 알 수 없는 표정이 그늘 속으로 완전히 사라져 버렸다.

"네가 울면…… 나도 아프다. 그러니까 울지 마……."

진우가 말했다.

물기 섞인 목소리였지만 그는 견고한 산 같았으며 굳건한 바위 같기도 했다.

왜, 너여야만 하는 걸까?

진실은 자꾸만 치밀어 오르는 울음을 참으며 고개를 끄덕였다.

"구진실…… 사랑한다. 형 때문에 피하려고도 해봤는데…… 역부족이더라. 그래서 이제 내 감정, 내 기분 고스란히 드러내 놓고 살기로 했어."

진우가 고개를 들어 진실을 바라보았다. 멍이 가득한 얼굴 속에서도 굳은 눈빛은 흔들림이 없었다. 그는 지금 이 순간의 지배자처럼 보였다. 머리칼이 설 정도로 뜨거운 눈빛에 진실은 깊은 전율을 느꼈다. 참을 수 없이 숨이 막혔다. 고개를 돌려 유리창을 보았다. 비는 어느새…… 그쳐 있었다. 조금씩 드러나는 태양을 보며 진실은 생각했다. 떠나기에는 더없이 좋은 날이라고.

진실과 진우는 느지막한 점심을 먹고 함께 온천천을 걸었다.

길게 늘어서 있는 가로수 길을 천천히 걸으며 불어오는 바람을 맞았다. 바람 속에 나무 향이 진하게 풍겨왔다.

길가에 세워진 스피커에서 애니메이션 주제 음악이 흐르고 있었다. 귀에 익숙한 멜로디가 두 사람 사이로 파고들었다. 정겨웠다.

"도나리노 토토로다."

어릴 때 진우와 함께 봤던 친숙한 캐릭터. 열다섯 생일에 진우가 선물한 털북숭이 인형은 행복이 기적처럼 쏟아질 것 같다는 포스터의 카피처럼 사춘기의 진실을 행복하게 만들었다.

"여기 무지 오랜만에 와본다."

"응."

진우의 말에 진실은 고개를 끄덕였다.

"철없는 잠자리다."

"응?"

"저기."

진우가 가리키는 하늘을 보니 정말 잠자리가 날아가고 있었다.

"우와. 정말 7월 말에 잠자리가 날아다니네."

"그러니까 철없는 잠자리라고."

진실이 작게 웃음을 터트렸다. 소소한 이야기를 나누며 한가로이 걷고 있으니 마치 꿈속을 거닐고 있는 것 같은 평화로운 기분이 들었다.

"잠은 잘 와?"

"응."

"머리 아픈 건?"

"것도."

"감기 걸리지 않게 조심해. 여름에 감기 걸리면 고생한다."

"응."

"후우. 나…… 점점 잔소리꾼 되어가는 것 같아."

"너 원래 잔소리 많아."

"내가…… 그랬냐?"

"응."

"내가 그랬구나."

진우가 멋쩍게 웃으며 고개를 끄덕였다.

진실은 또 웃음을 터트렸다.

"저기…… 나 부탁 있는데."

어렵게 말을 꺼내자 진우가 걸음을 멈추었다.

"뭔데? 말만 해. 내가 다 들어줄게."

"진짜지?"

"응."

"……나 한잔하고 싶어."

부드럽던 진우의 얼굴이 딱딱하게 굳어졌다.

"예쁘다, 예쁘다 하니까 눈에 보이는 게 없지?"

"나, 정말 한잔하고 싶단 말이야. 응? 응? 진우야아~"

애교를 부렸지만 진우의 얼굴은 변함이 없었다.

"안 돼."

단호하게 말한 진우가 다시 걸음을 옮겼다.

"진우야!"

진실이 진우의 손을 잡았다. 그리고 간절하게 말했다.

"정말, 딱 한 잔만……. 응?"

"휴우……. 좋아. 딱 한 잔만이다."

진실은 열심히 고개를 끄덕였다.

"부대 갈까?"

"아니. 저기."

진실이 손가락을 들어 한양아파트 쪽을 가리켰다. 아직 이른 시간이었지만 아파트 후문 쪽으로 가벼운 식사를 할 수 있는 포장마차 촌이 형성되어 있었다.

꼼장어와 우동, 고갈비를 시킨 두 사람은 소주병을 바라보고 경건하게 마주 앉았다.

"자, 우리 몽실. 부모님도 몰라본다는 낮술 한잔해."

진우가 술잔을 채워주었다.

"넌?"

"난 너 챙겨야지."

고개를 끄덕이고 잔을 비웠다. 곧바로 두 번째 잔이 소리 없이 채워졌다.

"이것만 하자. 내일 알바 가야잖아."

진실은 미소를 지었다.

"……그래야지."

진실은 두 번째 잔을 들었다. 목줄기가 타들어가는 고통이 느껴졌지만 죄어오는 심장만큼 아프진 않았다.

"크으…… 좋다."

걱정스러운 얼굴의 진우가 보였다.

"……선우 오빠 연락 왔었어?"

들었구나, 움찔한 진우가 소주병으로 손을 뻗으려다 멈추었다. 얼굴 위로 복잡한 심경이 스쳐 지나갔다.

"아니."

"오빠 괜찮을까?"

"형은…… 그렇게 하지 않을 거야. 장담할 수 있어. 형은…… 너만큼 그림도 사랑하거든. 형은 충분히 이겨낼 수 있을 거야. 내가 도울 거야."

"하지만…… 아줌마처럼……."

팡! 팡!

어디선가 폭죽이 터지기 시작했다.

잠시 말을 멈추었던 진우가 계속 말을 이어갔다.

"누구는 우울증이 유전이라고도 하고, 또 누구는 아니라고도 하고. 사람마다 말이 다르지만…… 엄마를 치료하셨던 선생님이 그러셨어. 엄마는 우울증뿐만이 아니라 과대망상증까지 앓고 있었다고. 엄만…… 지독한 과대망상증환자였대. 그래서 아빠가 당신을 배신한 것을 더 용서할 수 없었지. 스스로를 파괴하신 거야. 형은 우울증이 심하긴 하지만 심장이 더 문제인 케이스라서 엄마처럼 되지는 않을 거래. 물론 많이 힘들어하겠지만, 이해는 할 거야. 그걸 이해시키는 건 내 몫이야."

진우가 말했다.

팡! 팡!

멀리서 사람들의 함성이 들려왔다.

"너…… 안고 싶어서 미치겠다."

뻗으려다 멈춘 팔이, 머뭇거리는 진우의 눈빛이 너무 간절해 보여서 진실의 가슴도 아팠다. 외면하고 싶어도 마음대로 되지 않는다. 아직도 그를 향한 마음은 그대로이니까…….

"진우야……."

"많이 아프고 힘든데 너 때문에 견딘다. 너만 보고 있으면 기분이 좋아지거든."

진우가 밝게 말했다.

찌르르. 진실은 가슴이 아팠다. 코앞에 닥친 현실이 버거워 도망칠 궁리만 하는 자신이 부끄러워졌다. 자신이 상처받지 않기 위해 진우를 또 아프게 할지도 모른다.

"이리 와. 내 친구."

진실은 진우의 옆으로 다가가 그를 꼭 껴안았다. 진우의 몸을 통해 뜨거운 여름 열기가 생생하게 느껴졌다. 상처 입은 짐승처럼 부들거리던 진우의 몸이 진실의 품 안에서 조금씩 안정을 찾아가는 것이 느껴졌다.

"아하. 편안하다."

허스키하게 갈라진 진우의 목소리가 들려왔다.

"응. 내가 있잖아. 내가 지켜줄게."

"그래. 네가 지켜줘."

진우의 속삭임이 진실의 귓가를 거쳐 뇌리까지 파고들었다.

"응. 너 알지? 나 힘센 거. 내가 또 일당백이잖아."

진실이 등을 토닥이며 말하자 진우가 몸을 움찔거렸다.

"그렇지. 일당백."

진우는 혼잣말을 중얼거렸다.

진실의 품에 안겨 거짓말처럼 안정되는 자신의 심리가 낯설면서도 신기했다. 스스로 생각해도 의아한 일이었다. 오랫동안 느껴보지 못한 엄마의 품 안이 이런 느낌일까? 엄마의 보호가 이런 기분을 들게 하는 걸까? 아무도 없는 황량한 벌판을 헤매다, 안전한 울타리 안으로 옮겨진 기분이었다. 진실이 자신에게 끼치는 이런 영향만으로도 가슴이 벅차올랐다.

이런 느낌을 주는 여자를 어떻게 형에게 양보를 할 생각을 했는지……

울컥, 눈가가 뜨거워진 진우가 진실의 목덜미에 얼굴을 묻었다.

"냄새…… 좋다."

하얀 목덜미에 코를 박은 진우가 웅얼거렸다.

"너 지금…… 여기가 어딘지 잊은 건 아니지?"

진우의 머리 위에서 당황한 진실의 음성이 들려왔다. 고개를 들자 자신을 내려다보고 있는 진실과 눈이 마주쳤다.

예쁘다.

순진하면서도 당차고 든든하면서도 보살펴 줘야 하는 내 친구. 내 여자. 나의 구진실.

"구진실. 너 나 얼만큼 좋아하냐?"

"바보 아냐? 그런 걸 왜 물어?"

뜨거운 진우의 시선을 마주하지 못한 진실이 대답을 회피했다.

예쁘다.

여름비 속에 마법이 섞여 있는 것이 틀림없다고 진우는 생각했다.

"우리 복실이는 잘 있지?"

찰칵! 찰칵!

요란하게 터지는 카메라 플래시를 덤덤하게 바라보며 진우가 물었다.

"잘 있지. 먹고 자고 먹고 자고. 우리 아줌마 복실이에게 빠져서 완전 좋아해. 개팔자가 상팔자라는 말이 딱이다. 근데, 뭘로 맞으면 이렇게 되냐?"

피멍으로 가득한 진우의 이마를 클로즈업하며 현재가 물었다.

"쓸데없는 소리 하지 말고 찍기나 해."

"미친놈!"

찰칵! 찰칵!

현재는 투덜거리면서도 진우가 시키는 대로 카메라 셔터를 눌러댔다.

"정면. 측면, 오른쪽, 왼쪽 다 찍었다. 됐냐?"

"이리 내."

"독한 놈."

카메라를 뺏어가는 진우를 보며 현재는 한숨을 내쉬었다.

"이제 뭐 할 건데? 고소장 넣으러 가냐?"

"병원!"

"치료 안 받을 거라며?"

"협박용 진단서 끊어야지."

"허. 완전 돌았구나?"

"응."

현재는 진우를 보며 기가 막혀 웃음을 터트렸다.

이마가 깨진 진우는 병원을 찾지 않았다. 생살이 찢어지는 아픔을 48시간 동안 고스란히 견딘 녀석은 피멍이 점점 짙어지길 기다려 사진을 찍었다. 그리고 진단서를 끊으러 병원을 찾아가려 한다. 아버지를 협박하기 위해.

기가 막힌 녀석. 진우와 친구란 것이 새삼 안심이 될 만큼 기가
막히고 독한 녀석이었다.

"진단서 끊고, 이제 경찰서 가냐?"

"진실이 보러 가야지."

"만나고 왔다면서?"

"응."

"뭐야? 보고 돌아서면 또 보고 싶고 그런 거야?"

"응."

고분고분 대답하는 진우를 현재는 어이없는 눈빛으로 바라보았
다.

"아주…… 홀딱 빠져서는……. 여태 그 속을 감추고 어떻게 살
았냐?"

"그러게."

"미친놈. 진실이는 왜? 네놈 얼굴 보고 도망이라도 갈까 봐?"

"응."

"엉? 정말? 진실이가 도망갈 거란 말이야?"

가방을 챙기고 일어서는 진우를 보며 현재가 물었다.

"아직은 아닌데…… 조만간 칠 것 같아. 진실이가……."

"진실이가 왜?"

"눈빛이 아주 이상했거든."

"뭐라는 거냐? 진실이 눈빛이 왜?"

"그런 게 있어. 아주 묘한 눈빛."

"미친놈."

현재가 눈살을 찌푸리며 말했다.

"그럼. 미치려면 제대로 미쳐야지."

혼잣말처럼 중얼거리는 진우의 결연한 눈빛은 흡사 전쟁을 앞
둔 맹수 같았다.

14. 그의 진실

　진우의 예감은 적중했다.

　진실이는 정말 바람처럼 사라지고 없었다. 영화사는 그만둔 상태였고, 어머니 역시 '경서와 함께 여행을 떠났다는 것' 외에 아는 것이 없었다. 자세히 묻고 싶었지만 혹시 걱정이라도 하실까 봐 더 이상 물을 수가 없었다.

　"사람이…… 이렇게 미치는 거구나."

　무릎에 얼굴을 묻고 있는 진우를 보며 현재가 걱정스럽게 말했다. 언제나 말쑥하던 진우의 뒤통수는 까치집을 지은 것처럼 헝클어져 있다.

　번쩍, 고개를 드는 진우의 얼굴을 보며 현재는 가슴을 쓸어내렸다. 여자들이 후광이 돋는 인물이라 부르던 진우의 얼굴은 나흘

새 반쪽이 되어버렸다. 거기다 멍으로 얼룩진 얼굴에 면도도 하지 않아 아주 엉망진창이 되었다. 그래도 눈빛만은 살아 있는 것이 천상 하늘이 내려주신 인물임에는 틀림이 없는 것 같았다.

"괜찮냐? 먹을 것 좀 줘?"

현재의 물음에 진우는 고개를 흔들었다.

"아직 아무런 연락 없지?"

"같이 있으면서 왜 묻냐? 넌 괜찮아?"

현재가 다시 물었다. 나흘 동안 진우가 먹은 것이라고는 냉수가 전부이다.

"안 되겠어. 경찰에 신고해야겠다."

벌떡 일어나 불안하게 서성이는 진우를 보며 현재는 한숨을 내뱉었다. 냉정하기로는 둘째가라면 서러워할 진우는 점점 이성을 잃어가고 있다.

"아서. 어머니는 잠시 여행 다녀오는 걸로 안다며. 어머니 걱정하시면 어떻게 해? 그러지 말고 어머니에게 연락이 오길 기다리자. 설마 어머니에게도 연락을 안 하겠냐?"

"더 이상은 못 기다려."

진우가 또다시 시간을 보며 중얼거렸다.

진우가 이렇게 서서히 미쳐 가고 있는 것은 벌써 나흘째 진실과 연락이 되지 않고 있기 때문이다. 진우와 함께 온천천을 걸으며 진우를 안심시킨 그날 저녁, 진실은 감쪽같이 사라져 버렸다.

진우는 흡사 미친 사람처럼 화를 내고 분노했다. 하룻저녁을 미친 사람처럼 날뛰던 진우가 냉정을 찾은 것은 다음날 아침이었다.

"운전 좀 해주라."

그는 무표정한 얼굴로 운전을 부탁했고 현재는 진우를 태우고 그의 집을 찾았다. 멀쩡한 표정으로 나타난 진우를 보며 부모님은 그럴 줄 알았다는 듯 냉정한 반응을 보였다. 하지만 진우가 내려 놓은 서류봉투, 전치 4주의 진단서와 피멍이 든 얼굴을 찍은 사진, 파주댁 아줌마의 증언이 들어 있는 테이프를 확인하고는 하얗게 질린 얼굴로 아들과 서류봉투만을 번갈아 바라보고 있었다.

완전히 할 말을 잃어버린 부모님께 꾸벅, 인사를 마친 진우가 조용히 뒤돌아서기 전 한 말은 딱 한마디뿐이었다.

"우리 사이, 허락해 주시리라 믿습니다."

그렇게 돌아 나온 진우는 그 뒤로 미친 듯이 진실을 찾아다녔고 지금은 완전 폐인이 되어가는 중이었다.

"또 어딜 가려고?"

가방을 챙겨 드는 진우를 보며 현재가 물었다.

"나 영화사 좀 다녀올게."

현재의 오피스텔을 나서는 진우의 어깨가 축 처져 있었다. 그는 점점 미쳐 가고 있는 것 같았다.

—전화기가 꺼져 있사오니…….

벌써 닷새째, 수십 번도 더 듣는 기계음이었다.

진우는 끓어오르는 분노를 억제하며 전화기를 내려놓았다.

"아직 연락이 없습니까?"

옆에서 지켜보고 있던 원준이 조심스레 물었다.

"네."

"짐작 가는 곳도 없어요?"

"네."

"아무 말도 없이 감쪽같이 사라졌단 말입니까?"

"네. 만나기로 해놓고 나오질 않았습니다."

"하. 진실 씨가 거짓말도 하는군요."

여유롭게 말하는 원준의 뒤로 난 창을 통해 맑은 하늘이 보였다.

"어디로 가겠단 말은 없었습니까?"

"글쎄요."

"혹시, 장소 섭외 나갔던 곳 중에서 특별히 좋아하던 곳은 없었습니까?"

"음. 진실 씨가 간 곳은 지심도와 동백섬 두 곳밖에 없습니다. 아, 제주도 촬영 때 같이 못 가서 많이 아쉬워했었습니다."

원준의 말이 끝나자 진우가 그를 노려보았다.

"제주도도 같이 가려고 했습니까?"

"진실 씨가…… 진우 군 허락을 받고 움직여야 하는 겁니까?"

"네."

당당하게 말하는 진우를 원준이 가만히 쳐다보았다. 그는 기가 막힌 듯 어이없는 웃음을 토해냈다.

"아주 자신만만하신데요. 저도…… 그렇게 자신감을 가지고 싶군요."

"꿈 깨시죠."

"후후. 꿈은 이루어진다. 이런 말씀도 모르십니까? 전 국민이다 아는 얘긴데."

여유로운 원준의 웃음을 보며 진우는 주먹을 거머쥐었다. 할 수만 있다면 저 뺀질한 얼굴에 한 방 먹이고 싶었지만, 지금은 그럴여유가 없었다.

"그래서요? 그런 말을 하는 의도가 뭡니까?"

"일종의 선전포고죠. 가만히 있다가 뒤통수 맞으면 아프니까."

"그럴 일은 없으니 걱정 마시죠."

자신만만한 진우의 말에 원준이 눈썹을 치켜 올렸다.

"두고 봐야 알겠죠. 진실 씨의 마음은. 그나저나 진실 씨, 정말제주도로 가진 않았을까요?"

"제주도로 가진 않았을 겁니다."

"왜 그렇게 단정을 하십니까."

"글쎄요. 제가 그걸 왜 가르쳐 드려야 합니까? 시간 내주셔서감사합니다. 나중에 또 뵙죠."

그런 예감이 들었다고 말을 하려던 진우가 비웃음을 흘리며 돌아섰다. 속에서 천불이 올라올 것 같았지만, 그는 애써 태연함을가장했다.

차에 오른 진우는 가방 속에서 울리는 휴대전화기를 꺼내 들었다. 혹시 진실이 아닐까 기대했지만, 화면에 뜬 이름은 서현재였다.

─연락 왔냐?

"아니."

─감독님이 다른 데 숨겨놓은 건 아니겠지?

"제주도 가고 싶다고 이야기를 꺼내긴 했다더라."

─그럼 제주도로 간 건가? 가볼 거야?

"아니. 제주도는 아니야."

진우가 확신에 찬 목소리로 대답했다.

─그걸 어떻게 아냐?

"감독님이랑 연관된 곳은 가지 않았을 거야. 내가…… 아파할 걸 아니까. 절대 그러진 않았을 거야."

─어허…….

한숨 섞인 현재의 목소리가 들려왔다.

─그렇게 자신 있냐?

"응."

─그래, 그럼. 네가 그렇다면 그런 거겠지. 그럼 어머니는?

"연락 없으셨대."

─혹시 어머니랑 짜고 완전 잠수 탄 거 아니냐?

"그럴지도."

─어머니가 같이 떠났다고 알고 있는 경서는?

"전혀 모른대."

─젠장. 도무지 답이 없구나. 하늘로 솟았나?

하늘?

하늘…… 하늘!

현재의 말에 진우의 눈빛이 번쩍, 빛을 발했다.

"끊자!"

─알았다. 운전 조심해라.

왜 진작 그 생각을 못했을까? 진우는 미친 듯이 차를 몰았다.

상하이. 사랑한인센터.

출입문으로 길게 늘어선 줄을 보며 진실은 한숨을 내쉬었다.

무료급식을 받으려는 사람들은 하루하루 눈에 띄게 많아졌다. 공안 정부가 추진하는 개발 덕에 집을 잃은 서민들이 많이 증가한 덕분이라고 했다. 할 수 있는 한 가장 빠른 속도로 국수를 펐지만 늘어서 있는 줄은 줄어들지가 않았다.

"정말? 한국 탤런트가 왔다고? 누구? 누가 온 거야?"

"이름은 몰라. 근데 분명 탤런트야."

"너 지금 늦게 온 거 변명하느라 괜히 그러는 거지?"

"아니라니까. 정말 그 사람 때문에, 그 사람 구경하느라 시장통에 아주 난리가 났었다고."

자원봉사를 하는 중국동포 여학생들이 수다를 떨며 열심히 국수를 퍼 담았다. 이곳의 국수는 면과 말간 육수뿐이었는데 이곳 사람들은 담백한 육수를 좋아한다고 했다.

"고만들 떠들어. 국물에 침 다 튀것다."

선교사님이 수다를 떠는 여학생들을 나무랐지만, 그녀들의 수다는 끊어지지 않았다.

"선교사님, 그 사람 있잖아요? 한국드라마에 나왔던…… 음…… 왜, 가난하고 평범한 연상의 이혼녀랑 사랑에 빠져가지고 부모 반대 다 뿌리치고…… 그 여자 없으면 죽는다고 도망치고 했던, 선교사님도 근사하다고 좋아하셨잖아요. 그 잘생긴 배우 이름이 뭐죠?"

"음……. 잘 모르겠는걸. 근데, 드라마 거의 대부분이 부모 반대 뿌리치고 결혼하는 거 아냐?"

"아이. 그 드라마 뭐지……. 멋진 스포츠카 타고 다니면서 커피집도 하고. 거기 나왔던 배우 같았는데."

"누가? 오전에 시장통에서 만났다는 사람?"

"네. 사람들이 사진 찍고 아주 야단이 났거든요."

"요즘 한국드라마 상하이에서 많이 찍잖아. 나중에 또 오겠지 뭐. 국수 나왔다. 빨리 담자!"

별일 아니라는 듯 흘려버리는 선교사님과 답답한 듯 인상을 쓰는 봉사자 여학생의 수다를 흘려들으며 진실은 열심히 국수를 담았다.

"진실 씨, 얼굴이 아주 안 좋아졌어요. 너무 힘들면 조금 쉬었다 하세요."

수다를 떠는 다른 봉사자들과 달리 묵묵히 국물을 퍼주는 수지 씨의 말에 진실은 작게 미소를 지었다. 중문학을 전공하는 수지 씨는 작은 체구에 섬세한 손을 가진 착한 중국동포 여학생이다.

"아, 아니에요."

마음이 힘든 것에 비하면 이런 육체적 고생쯤은 아무것도 아닌 걸요.

진실은 작게 중얼거렸다.

당장, 눈앞에 보이지 않으면 괜찮을 줄 알았는데…….

견딜 수 있을 줄 알았는데…….

한국이 그립고 엄마가 그립고…… 진우가 그리웠다.

이제 겨우 닷새째잖아……. 시간이 지나면 괜찮아질 거야.

스스로를 설득시키며 진실은 열심히 국수를 담기 시작했다.

도무지 줄어들 생각을 않는 줄과 끊이지 않는 소음 속에서 열심히 국수를 퍼 담던 진실은 누군가 거칠게 잡아끄는 힘에 의해 간이 식탁 밖으로 끌려 나왔다.

"뭐 하냐?"

진우였다.

온몸으로 분노를 표출하는 진우를 보며 진실은 숨을 삼켰다. 놀란 눈으로 진우를 바라보자 그가 피식 웃는다. 그 웃음이 너무 서글퍼 보여 가슴이 아팠다.

"어, 어떻게……."

"저기 봐! 그 사람이야!"

봉사자들이 내지른 비명에 진실의 목소리가 잠겨 버렸다.

사람들이 하나둘씩, 그들의 주위로 모여들었다. 그들은 호기심 어린 눈초리로 진우와 진실을 구경하며 끊임없이 수다를 떨고 있었다. 빠르게 터져 나오는 중국어는 도무지 서로에게 집중을 할 수 없게 만들었다.

"시끄러워서 안 되겠다."

진실의 팔목을 붙잡은 진우가 사람들을 헤치고 건물 안으로 끌고 갔다. 호기심 어린 눈으로 쫓아오는 사람들을 쏘아보던 진우는 한숨을 내쉬더니 제일 처음 나타난 문을 열고 진실을 그 안으로 밀어 넣었다.

"지, 진우야!"

"조용히 해!"

따라 들어온 진우가 쾅! 문을 닫고는 바로 잠가 버리자 외부의 소음이 한결 줄어들었다.

"여, 여긴 어떻게……."

"내가 너냐?"

진실의 어깨를 붙잡은 진우가 거칠게 말했다.

"무, 무슨 말이야?"

"내가 너처럼 멍청하냐고. 네가 연락 끊고 갑자기 잠수 타버리면 내가 널 못 찾아?"

빈정거리는 말투와 달리 진우의 눈동자는 촉촉이 젖어 있었다.

"나, 난……. 아…… 아빠…… 보려고……."

"그러시겠지. 아빠 생각하느라 나 따윈…… 내 생각 따윈 조금도 하지 않았겠지."

툭…….

진우의 눈에서 눈물이 떨어졌다. 너무 놀란 진실은 숨조차 쉴 수가 없었다.

"진우야!"

"구진실!"

진실은 뜨거운 손으로 자신을 당기는 진우의 품에 안겨들었다. 진우의 흔들림이 고스란히 전해졌다. 진실의 눈에서도 눈물이 흘러나왔다.

"늦게 찾아서 미안해. 진작 아저씨께 연락드려 볼 걸 생각을 못 했어. 네가 갑자기 사라져 버려서 정신이 하나도 없었거든."

"조용히 생각을 정리하고 싶었어. 이럴 땐 어떻게 해야 하나 고민하다 아빠가 생각이 나는 거야."

"그래서…… 아버님은 괜찮어?"

"응. 아주 행복하게 잘살고 계시더라. 아직도 완전히 이해한 건 아니지만 행복한 모습으로 살고 계신 아버지를 보니까 마음은 편안해졌어. 그런데…… 어떻게 알고 온 거야?"

"너 없어지고 미친 듯이 찾아 헤맸어. 죽을 것 같더라. 현재랑 이야기하다가 아버님이 떠올랐어. 전화 드리니까 네가 매일 여기서 봉사활동을 한다는 얘길 해주시더라. 와. 그때 정말 죽다 살아난 기분이 들었어."

안도의 한숨을 내쉬는 진우를 보며 진실이 부드럽게 웃었다.

"정진우! 넌 고작 일주일도 못 견뎠지? 난 3주나 속을 썩였거든."

"그러게. 진짜 잘못했다. 다시는 그러지 않을 거야."

진우가 다시 손을 뻗어 진실을 껴안았다.

"아…… 좋다. 우리 몽실이."

"응. 나도 좋아."

"그래서…… 생각은 정리했냐?"

"아직."

"뭐야?"

진우가 진실의 어깨를 잡아 뒤로 밀어냈다. 그리고 두 눈을 빤히 쳐다봤다.

"왜? 왜 정리를 못했어?"

"아무래도 마음에 걸려……."

진우의 얼굴빛이 어두워졌다.

"부모님은 암묵적으로 허락을 하셨어. 그리고 형은…… 견뎌낼 수 있을 거라 그랬지?"

"그게 아니라……. 네 얼굴. 난 네 생김새가 참 마음에 안 들거든."

"이게 어디서 장난질을! 너 죽는다!"

진실을 껴안으며 진우가 안도의 한숨을 내쉬었다.

"이곳에 와서 네 생각 많이 했어. 진우는 잘 있을까? 지금쯤 걱정으로 잔뜩 화가 나 있을 텐데. 밥은 잘 먹는지 나 없다고 술만 진탕 마시는 건 아닌지. 그러다 스위스에서 선우 오빠를 설득시키려 애썼던 네가 생각났어. 아픈 형 옆에서 얼마나 힘들었을까? 한 끼도 못 굶는 녀석이 얼마나 배고팠을까……. 그리고……."

울컥, 눈물이 치솟았다.

"……그리고 내 생각이 나서 어떻게 견뎠을까? 내가 그런 것처럼 내가 아픈 것처럼 너도 나 많이 보고 싶어했을 거잖아. 내가 너 그리워했던 것처럼 너도 아픈 형과 나를 생각하며 혼자 힘들었을 거잖아."

울먹이는 진실을 안고 있던 진우의 팔에 힘이 들어갔다.

"난 이겨냈어. 그러니까…… 너도 이겨야 해."

"떨어져 있으면서 깨달았어. 정진우가 없는 삶보다…… 더 힘 든 건 없다는 걸."

고해성사를 하듯 진심을 고백하는 진실을 진우는 더 세게 껴안 아주었다. 진실은 든든한 그의 품에서 비로소 평안을 맛보았다.

"김 과장, 어때? 이제 잘 돌아가?"

"네, 사장님. 근데, 이렇게 계셔도 돼요? 오늘 한국에서 손님이 오셨다면서요?"

콩 세척 기계 앞에 서 있던 김 과장이 구도진을 돌아보며 물었 다.

"딸아이 남자 친구가 찾아왔네."

"하하. 얼마나 좋으면 이 먼 곳까지 날아왔을까? 사람은 어때 요? 사윗감입니까?"

김 과장의 말에 구도진은 흐뭇한 미소를 지었다.

진실이를 생각하는 진우의 마음이 깊어 보여 흐뭇했다. 부끄러 운 아비였지만, 딸을 사랑하는 진우를 보니 감회가 새로웠다. 무 엇보다 내내 어두워 보이던 진실의 얼굴이 진우를 만나는 순간부터 환하게 밝아진 것이 보였다. 딸이 저렇게 밝은 얼굴로 웃을 수 있게 해준 진우에게 고마운 마음마저 들었다. 아무것도 해준 것이 없는 아비이기에 그 마음이 더 애틋했다.

그날 저녁, 구도진은 한국으로 떠날 준비를 마친 딸과 진우를 마주했다.

"차 들어."

도진은 찻잔을 공손히 받아 드는 진우를 흐뭇하게 바라보았다.

"우리 진실이 잘 부탁해."

"아닙니다. 진실이가 저를 잘 봐주고 있는 거죠."

도진의 시선이 진실에게로 향했다.

도진은 딸의 얼굴을 물끄러미 바라보았다. 몰라보게 건강해진 딸을 이대로 보내기가 아쉬웠다. 조금만 더 있다 가면 안 되겠니? 잡고 싶었지만 내내 불편해하던 아내와 회관에서만 머물던 딸이 생각났다.

"그래. 내일 떠나려면 힘들 테니 오늘은 푹 쉬어라."

흰 머리가 가득한 도진의 머릿결이 불빛을 받아 환하게 빛을 내고 있었다.

꿈만 같던 밤이 지나고 날이 밝았다.

진실과 진우는 공항에서 도진과 작별 인사를 하고 비행기에 올랐다.

"결혼하자. 너랑 어머니 고생시키지 않을 자신은 있어."

비행기 안에서 진우가 말했다. 진우에게서는 비장함마저 느껴지고 있었다.

"결혼이 아이들 소꿉장난이야?"

"장난 아니야. 난 진지해."

"결혼은 순간적인 감정에 휘둘려서 하는 것이 아니라 충분히 생각하고 또 생각해서 하는 거라고."

얼굴이 화끈 달아오른 진실이 대답했다.

"바보 아냐? 결혼을 말하면서 충분히 생각하지 않는 사람도 있어? 아, 됐어. 암튼, 할 거야? 말 거야?"

"하지. 물론 하지. 근데 지금 당장 말고. 나중에."

진실은 입가에 미소를 지으며 애교를 떨었다.

"나중에 언제?"

"학교 졸업하고?"

"싫어. 한 달 시간 줄 테니까 준비 마쳐."

"준비를 마치라니?"

"결혼."

"한 달은…… 너무 빨라."

"왜 못해?"

"좋아하면 다 결혼하니? 결혼이 무슨 소풍이야? 김밥 싸고 음료수 사서 가기만 하면 되는 건 줄 알아? 부모님은 어쩔 거야? 선우 오빠?"

들뜬 마음을 가라앉힐 시간도 없이 결혼을 밀어붙이는 진우를 보며 진실은 이성을 찾아야 했다.

"부모님은 진즉에 허락하셨고 선우 형은 함께 설득하면 돼."

"부, 부모님이 허락을 하셨다고? 어, 어떻게?"

완고하던 부모님들이 허락을 하셨다는 말에 진실이 깜짝 놀라 물었다.

"거……. 조용히 좀 합시다! 비행기 전세 냈소?"

뒤에서 들리는 항의에 두 사람은 목소리를 낮추었지만, 서로의 주장은 굽히지 않았다.

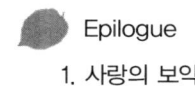 Epilogue
1. 사랑의 보약

　동래 파크호텔 앞에 선 진실과 진우는 20분째, 치열한 승강이를 벌이고 있었다.
　"싫어. 내가 저길 왜 가?"
　"일단 가자. 예약해 놨어."
　"난 싫어. 무섭단 말이야."
　"무섭긴 뭐가 무서워. 내가 옆에 있을 건데."
　진우의 말에 진실이 그를 노려보았다.
　"그래도 싫어. 아프단 말이야."
　"안 아파. 하나도 안 아파."
　지나가던 사람들이 두 사람을 쳐다보며 웃었지만 진우와 진실의 다툼은 쉽게 끝날 것 같지 않았다.

"난 아무래도 안 되겠어. 우리 다음에 오자."

"웃기고 있네. 다음이 어딨냐?"

실랑이를 잠재우기라도 하듯 진우가 진실을 번쩍 들어 어깨에 들쳐 메고는 성큼성큼 걸음을 옮기기 시작했다.

"야. 정진우. 얼른 내려줘. 야. 너 얼른 안 내려?"

진실이 발버둥을 치며 내려오려 했으나 진우는 걸음을 멈추지 않고 계속 걸었다. 호텔을 가로질러 한의원에 온 진우는 바동거리는 진실의 엉덩이를 탁, 소리 나게 때리고 그대로 안으로 들어갔다.

"어서 오…… 어맛!"

접수처에 있던 간호사가 두 사람의 모습을 보고는 깜짝 놀라 웃음을 터트렸다.

"구진실이라고요. 오전에 전화 드렸습니다."

"네……. 어, 어디가 불편하셔서요?"

"아. 저희가 조금 있으면 결혼을 해야 하는데 신부 될 사람이 몸이 너무 약해서요."

버둥거리는 진실을 여전히 들쳐 업은 진우의 말에 간호사가 웃음을 참으며 진료실을 가리켰다.

1시간 뒤, 한의원을 나선 두 사람은 근처 카페에서 또다시 싸움을 벌였다.

"휴학이라니? 누구 맘대로 휴학을 해? 그런 큰일을 왜 네 마음대로 결정한 거야?"

"중국 떠나기 전에 이미 결정했던 거야. 4학년 되기 전에 공부도 좀 더 하고 공모전 준비도 하고 박 감독님도 자꾸 다시 오라 그러시고."

"안 돼. 취소해."

"불가능해. 엄마도 아직 편찮으시고. 아무래도 내 간호가 필요하단 말이야. 휴학하는 게 나아."

휴학을 취소하라는 진우의 말에 진실은 절대 그럴 수 없다며 버텼다. 당분간은 엄마 대신 진실이 살림도 살고 집안을 꾸려 나가야 했다.

"이 답답아! 그러니까 결혼하면 되잖아. 내가 생활비 대고 넌 집에서 어머니 모시면서 그렇게 살면 되지."

진우의 말을 듣던 진실의 얼굴이 빨갛게 달아올랐다. 진우가 돈을 벌고 자신은 살림을 사는 그림은 여느 부부와 다름없게 느껴졌기 때문이다.

"영화사 알바를 다시 하는 게 아니었어."

12월에 크랭크인을 하는 원준의 영화에 진행으로 투입된 진실을 못마땅해하며 진우가 투덜거렸다.

"자꾸 그럼 확 가버린다."

진실이 까칠하게 말하자 진우가 한숨을 내쉬었다.

"휴우. 고집 좀 그만 피우면 얼마나 예쁠까?"

"고집이 아니라 난 단지 떳떳하게 내 힘으로 살고 싶을 뿐이야. 부자 남자 친구 덕 보는 것보단 내 힘으로 하나하나 해결해 나가는 게 훨씬 행복하니까. 진우야? 넌 내가 행복해지는 거 싫어?"

두 눈을 반짝거리며 애처롭게 물어보는 진실 앞에서 진우는 항복할 수밖에 없었다.

"에이씨. 나 갈 거야."

"왜? 밥 먹자며?"

"안 먹어."

"난 배고파. 너랑 먹으려고 아침도 굶었단 말이야."

진실의 말에 진우가 버럭 고함을 질렀다.

"야! 너 죽을래?"

"앗, 깜짝이야. 왜?"

"약 먹어야 하는 녀석이 아침을 거르면 어떻게 해?"

"그니까. 그니까 얼른 밥 먹자고. 밥 먹고 약 먹어야 하잖아."

"얼굴 봐라. 허옇게 떠가지고는. 야. 넌 오늘 추어탕 먹어. 아까 의사 선생님이 추어탕 같은 거 많이 먹으라 그랬지? 그니까 암말 말고 추어탕 먹어. 영양만점 추어탕."

"으. 싫어. 너도 안 먹는 추어탕을 왜 나를 먹이려고. 그러지 말고 나 수제비 먹으면 안 돼?"

"까분다."

"으으응. 수제비 먹자. 수제비에 밥 말아 먹음 되잖아."

진실이 장난스럽게 진우의 귓가에 입김을 불어넣자 진우가 화들짝 놀라며 옆으로 비켜 앉았다.

"야, 야. 너 왜 이래?"

"수제비. 수제비."

"알았어. 대신 내가 먹고 싶은 데서 먹을 거야."

진우의 말에 진실이 고개를 끄덕였다.

"응."

"좋아. 가자!"

진우가 씨익 웃으며 차에 올랐다.

30분쯤 걸려 도착한 곳은 송정의 작은 매운탕 집이었다.

진실은 어죽과 함께 나온 수제비, 그러니까 어죽 속에 들어가 있는 밀가루덩이와 진우를 번갈아 노려보았다.

"이거랑 추어탕이랑 다른 게 뭐야? 생선 간 건 똑같잖아?"

"수제비는 수제비잖아. 몸에 좋아. 얼른 먹어."

"난 깨끗한 국물의 수제비가 먹고 싶다고."

고집스럽게 물러앉은 진실을 바라보던 진우가 의미심장한 미소를 날리며 낮게 말했다.

"좋아. 결정해라. 보신탕 먹고 나랑 결혼할래? 이거 걱고 자모카 아몬드 휘지 먹을래?"

진우가 최후의 협상카드를 내보였다. 자모카 아몬드 휘지는 31가지 아이스크림 중 진실이 가장 좋아하는 커피 아이스크림이다. 평소에는 몸에 안 좋다고 못 먹게 하는 걸 특별히 사준다고 하니 진실의 눈에 갈등의 빛이 떠올랐다.

"이거 먹을래."

진실이 마지못해 매운탕 수제비를 선택하자 진우가 고개를 끄덕였다.

"좋아. 다 먹어. 팍팍 먹어."

진우가 먹음직스러운 어죽을 진실의 그릇에 덜어놓은 뒤 한 숟가락을 크게 떠서 후후 불어 진실의 입 앞으로 가져갔다.

"이리 줘. 내가 먹으면 돼."

"싫어. 아 해봐."

옆의 손님들이 쳐다보는지도 모르고 숟가락을 들고 있는 진우를 보며 진실은 마지못해 입을 벌렸다. 입안에 들어온 생선살과 수제비는 의외로 맛있었다. 더구나 진우가 먹여주는 것이라 그런지 더 맛있는 것 같았다.

"잘 먹는다. 맛있지?"

"응. 이리 줘. 이제 내가 먹을게. 근데, 넌 뭐 먹을 거야? 너도 이런 거 못 먹잖아?"

"나도 먹을 거야."

"우와! 네가 웬일이야? 완전 초딩 입맛이?"

"앞으로 할 일이 많잖냐. 이거 먹고 힘내야지."

점잖게 어죽을 떠먹는 진우를 보며 진실은 벌린 입을 다물지 못했다.

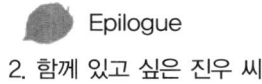 Epilogue
2. 함께 있고 싶은 진우 씨

"벌써 몇 바퀴짼 줄 알아?"

깡통시장을 돌아다니며 이것저것 영화 소품으로 쓸 물건을 고르는 진실을 졸졸 따라다니던 진우가 못마땅한 듯 이마를 찌푸렸다. 자신의 말을 듣지 않고 무리를 하는 진실이 걱정스러우면서도 끝내 자신의 고집대로 밀고 나가는 그 고집이 내심 대견하다. 그러면서도 하루 사이 상한 진실의 얼굴이 마음에 들지 않는…… 진우의 마음은 복잡하기만 하다.

"그러게 따라오지 말라니까."

쌀쌀맞기는…….

종일 저를 얼마나 보고 싶어했는데…….

한 번 쳐다봐 주지도 않은 채, 온 신경을 진열장으로만 쏟아부으며 건성으로 대답하는 진실의 냉정함에 진우는 입술을 비죽거렸다.

"야! 구진실!"

시장 안, 여자들의 시선을 받고 있는 진우는 여자들이 훔쳐보고 있는지 어떤지는 관심도 없이 진실의 뒤만 졸졸 따르는 중이었다.

"이 밥통. 내가 힘들어서 그러는 줄 알아? 다 너 때문이야. 네 얼굴, 지금 아주 팍 삭았어. 윤기라고는 하나도 없다고."

"잔소리 대마왕! 네가 이렇게 잔소리꾼인지 사람들은 아무도 모를 거야."

"이 밥통! 내가 잔소리해 주면 고마운 줄 알고 국으로 '알았습니다.' 할 것이지. 이게 어디서 앙탈이야. 너 오늘 무슨 날인지 알아?"

"오늘? 오늘이 무슨 날인데?"

진실이 고개를 갸웃거리며 물었다. 오늘이 무슨 날이지? 진우 생일도 아니고 진실의 생일도 아닌 그녀가 기억하기로 오늘은 아무런 날도 아니다.

"그럴 줄 알았어. 네가 그렇게 무신경하지. 밥통. 오늘은 우리가 정식으로 사귀기 시작한 지 보름째 되는 날이라고. 이 역사적인 날을 영화 소품이나 사면서 보내야겠냐고."

발끈한 진우가 투덜거리자 진실이 피식 웃음을 터뜨렸다. 그러고 보니 진우와 사귄 지 오늘이 딱 보름째 되는 날이다. 하지만 보름째 되는 날을 기념한다는 말은 여태 들어보지 못했다.

"보름째 되는 날도 기념을 하는 거야? 백 일이나 천 일 이런 날만 하는 거 아니었나?"

"넌, 넌 우리가 사귀는 게 남들이랑 똑같아?"

무신경한 놈!

진우는 진실의 무심함 때문에 화가 났다. 누구는 저랑 사귀기 위해 얼마나 노심초사 가슴을 졸이면서 살았는데……. 그런 마음도 모르고 다른 남자나 바라보고.

"그럴 리가 있어. 우리의 보름은 특별하지. 어이~ 진우 군! 화 났어? 화 풀어!"

손등으로 진우의 배를 툭툭 치며 말하던 진실이 갑자기 의미심장하게 웃었다. 어라, 손등으로 느껴지는 탄탄한 복근이 치는 재미가 제법 쏠쏠하다. 진실은 장난스럽게 진우의 배를 꾹꾹 찔러보았다.

"우와! 복근이 장난이 아닌걸. 이래서 아줌마들이 '복근복근' 하는구나."

"야! 너, 너, 너 지금 어딜 만져? 가만 보면 앙큼한 게 아니라 응큼한 거구만."

화들짝 놀란 진우가 황급히 뒤로 몸을 뺐다. 아무렇지도 않은 척하지만 하얀 얼굴이 불그스레하게 달아오르기 시작했다.

"어라? 너 지금 완전 빨개. 오홋. 혹시 너 느끼는 거야?"

"뭐, 뭐라는 거야? 에이 씨!"

진우의 반응이 우스워진 진실이 바짝 다가가 손을 뻗으려 하자 진우가 재빨리 몸을 돌려 도망치기 시작했다.

"야! 야! 너 꽁지 빠진 달구새끼마냥 어디로 도망가는 거야? 큭 큭."

진실은 도망쳐 버린 진우를 보며 피식 웃음을 터트렸다. 감추려 해도 자꾸만 웃음이 터져 나온다. 진우를 바라보기만 해도 행복해 진다. 그토록 바랐던 일, 진우와 연인 사이가 되었다는 것이 진실 은 아직도 믿어지지 않는다.

"남자 친구세요? 정말 근사하던데."

진우를 생각해 서둘러 물건을 챙겨 들고 계산대에 서자 그릇 집 직원이 부러운 듯 물었다.

"네."

진실의 얼굴에 사랑하는 사람만이 가질 수 있는 행복한 미소가 떠오르자 직원이 동경하는 눈초리로 밖에 서 있는 진우와 진실을 번갈아 보았다.

"뭐 하는 분이세요? 모델? 영화배우? 아니면 연예인 지망생? 완전 꽃미남이시던데."

호기심 가득한 직원의 말에 진실은 고개를 흔들었다.

"그냥 평범한 학생이요."

"어쩜. 평범한 학생이 너무 근사하시다. 남자 친구 분 전공이 뭐 예요?"

"영화연출이요."

"완전 쩐다. 너무 부러워요. 어떻게 만나신 거예요? 소개팅? 먼 저 대시하셨어요?"

"아뇨. 어릴 때부터 친구였어요."

"어쩜. 친구에서 연인으로? 완전 영화 같다. 아무래도 전생에 나라를 구하셨나 봐요."

순정만화에 나오는 소녀처럼 두 손을 가슴에 모으며 두 눈을 반짝이는 직원의 말에 진실은 미소로 답했다.

그렇죠? 저도 그렇게 생각해요. 어쩌다 저렇게 멋진 애가 내 남자 친구가 됐을까요.

진실은 자신도 믿어지지 않는 행운에 감사하며 밖에서 서성이는 진우의 뒷모습을 쫓았다.

사귄 지 보름, 진우는 자신의 말처럼 매일 퇴근을 시켜주는 기사노릇을 잘하고 있었다. 피곤하다고 오지 말라고 해도 말을 듣지 않았다. 아니 오히려 아침에도 데려다 주겠다고 고집을 피우는 바람에 진실이 제발, 참아달라며 말릴 정도였다.

"나도 너희 집 옆으로 이사 올 거야!"

말도 되지 않는 고집을 피우고 떼를 쓰는 정진우.

고집쟁이, 심술쟁이, 성질 잘 부리고 툴툴거리고, 까칠하고 차가운 그 이면에 진실을 걱정하고 챙기는 따뜻하고 부드럽고 섬세한 감정이 고스란히 살아 있음을 너무나 잘 알고 있는 진실이었기에 진우를 좋아하지 않을 수가 없다. 여자라면 누구나 가슴이 두근거릴 은혜로운 외모를 가지고 있지만 진실이 가장 좋아하는 것은 딱딱한 껍질 속에 부드러움을 간직한 정진우, 그 자체였다.

"그런데 신경 쓰이지 않으세요?"

꿈을 꾸는 듯 행복감에 빠져 있는 진실을 보며 직원이 다시 물었다.

"네? 뭐가요?"

"남자 친구 분이요. 너무 근사해서 대시하는 여자들 많겠어요. 요즘은 여자들이 더 적극적인 세상이잖아요. 골키퍼 있다고 공 안 들어가냐고 그러던데."

진실은 장난스러운 직원의 말에 피식 웃고 말았지만 사실 신경이 쓰였다. 왜 신경이 안 쓰이겠는가? 사실, 아직도 진우와 사귀고 있다는 현실이 믿어지지 않을 때가 있는데……. 게다가 가끔씩 생각나는 아인의 존재도 무시할 수가 없다.

"글쎄요. 그럼 인연이 다한 거겠죠. 그럼, 수고하세요."

마음과는 달리 여유롭게 대답한 진실은 구입한 물품들을 챙겨 들고 가게를 벗어났다. 진우가 다른 사람을 좋아하게 된다면…… 아마도 그럴 일은 없을 것이다. 진실이 아는 진우는 언제나 한결같은 사람이니까……. 그래서 진실은 그것이 더 걱정스럽다.

"다 샀냐?"

그릇 집을 나서는 진실의 짐을 냉큼 받아 들며 진우가 물었다.

"응."

"짐 실어놓고 밥 먹으러 가자."

성큼성큼 긴 다리를 옮겨 주차장으로 향하는 진우의 뒷모습을 진실은 가만히 바라보았다. 너와 나, 이대로 영원히 행복할 수 있을까? 구진실은 여자로는 완전 빵점인데, 아기도 가질 수 없을지도 모르고, 암 덩어리가 전이될 위험 부담을 안고 평생을 살아야 하는데……. 나 같은 여자가 너의 사랑을 받아도 되는 걸까? 응? 진우야. 그래도 되는 걸까?

한없이 초라해지는 볼품없이 작아지고 있는 진실의 상태를 알아채기라도 했는지 짐을 싣고 돌아서던 진우의 날카로운 눈이 진실의 아래위를 훑었다.

"표정이 왜 그 모양이야?"

"내 표정이 왜? 예쁘기만 하구만. 심심하니까 표정가지고 시비지? 나 배고파. 밥이나 먹으러 가자."

"점심 제대로 먹은 거야?"

"응."

"뭐 먹었어?"

"김밥이랑 컵라면."

"뭐야? 박 감독은 기껏 그런 거나 먹이려고 널 다시 부른 거야?"

"아니. 감독님은 몸에 좋은 나물반찬이랑 청국장 먹으라고 하셨는데 내가 입맛이 없어서 컵라면 먹었지."

"맞을래? 앞으로는 너도 나물이랑 청국장 먹어!"

진우가 버럭 소리를 질렀다.

"알았어. 나 배고프니까 얼른 밥 먹으러 가자. 배고파서 손발이 떨린단 말야."

배고프다는 진실의 말에 진우가 미간을 잔뜩 찌푸렸다.

"자알한다. 잘해. 어서 타!"

서둘러 차로 향하는 진우의 모습을 바라보던 진실은 문득, 깨닫게 되었다.

혼자서 짝사랑을 하고 있던 그 순간에도 정식으로 사귀기 전에도 진우는 밥을 먹지 못했다는 진실의 말이 떨어지면 이렇게 이맛살을 찌푸리며 그녀를 식당으로 끌고 갔었다. 그래. 그랬었다. 아주 가끔 함께 밥을 먹지 못할 때는 전화를 해서 엄마처럼 잔소리를 했었다.

"밥 먹었냐?"
"여태 밥도 안 먹고 뭐 해?"
"맞을래? 얼른 가서 먹어."

감출 수 없었던 그의 마음을 살짝 엿본 기분. 가슴이 아릿할 정도로 뭉클거린다. 진실은 바보처럼 웃음을 흘렸다.
"흐흐."
"왜 웃어?"
"너 정말 나 많이 좋아하나 보다."
"얘가 또 왜 이러실까?"
"너 내가 밥 안 먹었을까 봐 걱정돼서 승질부리는 거지?"
"걱정 같은 소리 하고 있다. 걱정 하나도 안 되니까 김칫국 그만 드셔. 허헉. 야. 왜 이래?"
자신의 감정이 들킨 것이 부끄러운 듯 투덜거리는 진우를 보니 사랑스러움으로 가슴이 터질 것 같다. 진실은 자신도 모르게 진우의 등을 껴안아 버렸다. 차에 타려던 진우가 흠칫 움직임을 멈추었다.
"나 때문이잖아."

두 팔을 뻗어 진우의 허리를 감싸 안은 진실이 진우의 등에 얼굴을 묻은 채 속삭였다.

"무슨 소리야?"

퉁명스러운 말과는 달리 자신의 허리에 두른 진실의 손을 조심스레 잡는 진우의 손길은 부드럽기만 하다.

"끼니만 놓치면 짜증 너던 거. 나 병 생기고 난 뒤부터였어. 가만 생각해 보니까 예전엔, 나 아프기 전엔 몇 끼를 굶어도 눈 하나 깜짝하지 않았었잖아. 내가 끼니 굶는 거 싫어서 그렇게 재촉하고 서두르고 그랬었구나."

"……."

어디선가 불어오는 부드러운 바람이 진우의 마음을 전달해 주었다. 말하지 않아도 알 수 있는 오래된 진심, 사랑, 걱정…… 들을. 표현하지 않았던 진우의 사랑, 가늠할 수 없는 진우의 사랑이 등을 통해 진실의 볼에 와 닿았다.

진실은 두 눈을 꼭 감은 채, 그의 허리를 감은 손에 힘을 가했다. 단단한 등이 화답이라도 하듯 8월보다 더 뜨거운 열기를 뿜어낸다.

"사랑해. 사랑해. 정진우. 사랑한다."

진실은 그의 등에 얼굴을 묻은 채, 소리 없는 속삭임을 이어나갔다. 조금이라도 소리가 새어나가면 마법 같은 이 순간이 순식간에 사라지기라도 하는 듯 숨 죽여 조심스레 사랑을 고백했다.

이 순간이 이대로 계속되었으면…….

이렇게 꼭 껴안은 채로 시간이 멈춰져 버렸으면…….

아픔 따위, 건강 따위, 환경 따위…… 그따위 것들 상관없이 이 대로 시간이 멈춰져 버렸으면……. 애타는 진실의 마음을 위로라 도 하듯 밤의 융단이 포근히 두 사람 사이로 내려앉기 시작했다.

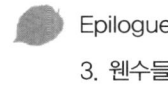

Epilogue
3. 웬수들

진우와 진실의 100일 이벤트를 위해 특별한 저녁을 준비한 스카이라운지에 현재와 무하가 나타났다.

"자식들이 눈치 없게스리 봤으면 그냥 갈 것이지 꼭 끼어들고 있어."

진우는 눈치 없이 끼어든 친구들이 못마땅해 툴툴거렸지만 끄떡도 하지 않은 그들은 역사적인 현장에 자리를 잡고 눌러앉았다.

"무슨 소리. 이렇게 좋은 기회를 놓칠 순 없지. 괜찮지, 진실아?"

현재가 진실의 옆으로 바짝 다가앉으며 말하자 진우의 눈에서 불길이 일어났다.

친구를 자극하는 것에 재미를 붙인 현재가 더 가까이 붙어 앉으며 키득거렸다.

"무하는 무지 오랜만이다. 그동안 더 멋있어졌는데?"

미국에서 잠시 들어온 무하를 보며 진실이 다정하게 웃었다.

"진실이 넌 더 예뻐졌다."

"눈은 높아가지고. 난 원래 예뻤어."

"얘 왜 이러냐?"

무하가 어이없는 표정으로 현재에게 물었다.

"진우 때문이야. 하도 예쁘다, 예쁘다 그러니까 지가 진짜 예쁜 줄 알아."

"우리 진실인 원래 예뻐."

진우의 말에 현재와 무하가 약속이라도 한 사람처럼 푸핫, 웃음을 터트렸다.

"무하 넌 이제 완전히 들어온 거야?"

"응. 그럴 예정."

"아버님은…… 무지 바쁘시지?"

"항상 그러시지 뭐."

다정하게 이야기를 나누는 무하와 진실을 바라보던 진우의 눈꼬리가 점점 위로 치솟기 시작했다. 진우 못지않게 멋진 외모에 목소리마저 근사한 강무하를 진우는 곱지 않은 눈으로 쏘아보았지만 무하는 아무렇지도 않게 그의 눈빛을 묵살해 버렸다.

"너희 안 가냐? 일행들 기다리시겠다."

"사촌 형 아기 돌잔치야. 눈인사했으니 됐지 뭐."

현재와 무하는 타는 진우의 마음을 모르는 체 능청을 떨어댔다.

"새꺄. 조카 돌잔치에 빠지면 어떻게 해? 얼른 가! 얼른 가!"

둘만의 시간을 가지고 싶었던 진우가 다시 눈치를 줬지만, 현재와 무하는 양팔을 의자 위로 뻗고 다리를 꼰 채 고개만 흔들어댔다.

"친구. 걱정은 고맙네만 우린 여기가 더 편하다네. 후후후."

현재의 넉살에 진우가 고개를 돌리며 작은 한숨을 내쉬었다. 아무래도 둘만 있기는 틀린 것 같으니 아예 없는 셈 쳐야겠다 다짐하는 듯했다.

"밥은?"

구박하는 진우를 대신해 진실이 묻자 무하가 와인을 들어 올리며 말했다.

"배불리 먹었어. 우린 이거면 돼. 우리 신경 쓰지 말고 어서 쟈셔들."

"그래, 진실아. 저놈들 신경 쓰지 말고 우리끼리 먹자. 자, 먹어!"

진실은 진우가 밀어주는 스테이크 접시를 물끄러미 바라보았다. 고기를 먹을 때 잘게 썰면 맛이 없다며 한입 가득한 크기로 먹기 좋아하는 진실의 취향을 고려한 맞춤 크기의 스테이크다.

"역시 정진우야. 어쩜 이렇게 먹음직스럽게 잘 썰었을까?"

와인을 음미하던 현재의 말에 진우가 잡아먹을 듯 쏘아보았지만, 진실은 흡족하게 웃으며 포크를 들었다. 접시에 자작하게 깔린 소스를 훑듯이 찍어 입으로 가져가니 아이스크림처럼 스르르 녹아버린다. 이렇게 행복할 수가.

"우와. 진짜 맛있어. 너도 어서 먹어봐."

"알았어. 이거 마시면서 꼭꼭 씹어 먹어."

진우가 와인 잔을 진실의 앞으로 밀어주었다.

"이거 이름이 뭐라고? 샤또 라투스 라강스?"

향도 맛도 툭 쏘는 것이 스테이크와 제법 잘 어울리는 와인이다.

"응."

"우와. 와인도 맛있다. 이거 다 마시고 또 마셔도 돼?"

행복해하는 진실을 보며 현재가 답답하다는 듯 한숨을 내쉬었다.

"둔탱이!"

"둔탱이라니? 나?"

맛있는 스테이크와 와인 덕에 행복에 취해 있던 진실이 놀라 묻자 현재가 고개를 까닥거렸다.

"그럼 여기 너 말고 둔탱이가 또 있냐?"

"내가 왜 둔탱이야?"

"저 자식 봐라. 너 먹는 거 살피느라 밥도 안 먹고 저러고 있는데 좀 챙겨라. 챙겨."

"아냐. 진우는 원래 뜨거운 거 싫어해서 음식이 식으면 먹는단 말이야. 진우 버릇이야!"

"웃기고 있네. 너 없을 땐 뜨거운 거 후후 불어가며 얼마나 잘 먹는지 아냐? 맛있는 부위, 좋은 부위 너 먼저 먹으라고 기다려 주는 거고 너 잘 체하니까 살피느라 안 먹는 거야. 둔팅아."

진실이 놀라 진우를 쳐다보았다.

"야! 서현재. 너 입 안 닥쳐. 죽을래? 너희 어서 가! 자식들이……."

험악하게 말은 하고 있지만, 진우의 얼굴이 빨갛게 달아오르고 있었다.

"알았어. 알았어. 우린 이만 간다. 더 있다간 칼 맞아 죽을지도 몰라."

유들유들 웃으며 자리에서 일어나는 현재와 무하를 보며 진실은 할 말을 찾지 못했다.

"현재가…… 장난친 거지?"

"응."

"정말 뜨거운 거 싫어해서 기다린 거지?"

"응."

"그래. 그런 걸 거야."

천천히 고기를 씹는 진우를 보며 진실이 말했다.

"신경 쓰지 마. 저 녀석이 원래 엉뚱하잖아."

진우의 말에 진실은 고개를 끄덕였다.

현재의 말이 맞는다면…… 정말 너무 미안하니까.

아닐 거라고 스스로를 설득시키며 양심의 가책을 면하려는 진실의 앞으로 작은 선물상자가 내밀어졌다.

"이거."

"이게 뭐야?"

"커플링."

진우가 내민 상자 속에는 작고 앙증맞은 실반지가 있었다. 진실은 떨리는 손으로 반지를 꺼내 들었다.

"커플링……?"

"응. 지금 끼워줄까?"

진실이 눈물을 글썽이며 고개를 끄덕이자 진우는 조심스레 반지를 끼워주었다.

"예쁘다."

"고마워."

"자, 이제 그 발찌는 빼자."

진우가 갑자기 진실의 발목을 잡았다.

"왜, 왜 이래?"

"이거, 별로 안 좋은 거야. 이거 빼자."

"야! 야! 치사하게 줬다 뺏는 게 어딨어?"

"이거…… 사실은 형이 선물한 거야."

"뭐?"

선우의 이야기에 진실의 표정이 어두워졌다.

"오빠…… 잘 있지?"

"응. 많이 건강해졌어. 그림도 다시 시작하고 친구도 생겼대."

"다행이다."

"그곳이 마음에 드나 봐. 어머니 일 아는 사람도 없고. 하얀 피부 놀리는 사람도 없고."

장난스럽게 말하는 진우를 보며 진실의 마음도 편안해졌다.

"그럼, 이제 발찌 뺀다."

"야!"

100일 기념 식사에서 진실은 발목이 잡힌 우스꽝스러운 모습으로 진우에게 발찌를 빼앗겨 버렸다.

"사랑한다. 구진실!"

투덜거리는 진실의 이마에 쪽, 입을 맞춘 진우가 다정하게 말했고 진실은 붉어진 얼굴로 그개를 끄덕였다.

"나도 사랑해. 정진우!"

이렇게 시간이 흐를 것이다. 이백 일, 삼백 일, 천 일이 흐르고 삶이 끝나는 그날까지 함께 있어 자연스러운 그들이기에.

the End

작가 후기

'봄의 노래'는 제 한글 파일 속에 가장 오래 묵혀둔 작품 중의 하나입니다.

저와 함께 나이를 먹어가는 오랜 친구, 진실이와 진우를 이제 세상으로 보내려 합니다.

그들이 어디에 있든지 항상 행복했으면 좋겠습니다.

든든한 기도 후원자이신 권 여사님, 야옹 양, 뻔뻔엄마께 감사드립니다.

수다친구 명숙 언니님과 곁에 있어 고마운 유경 양과 진휘 양에게도 고마움을 전합니다.

연재를 한 지가 꽤 되었음에도 오랜 시간 진실과 진우를 기다려준 사랑하는 진희 양과 CCR 카페 가족 여러분께 머리 숙여 감사 인사드립니다.

아, 원고 기다리느라 애태웠을 예원북스의 경화 님께도 감사드립니다.

마지막으로,

항상 함께하시는 내 아버지께 모든 감사와 존귀를 올려 드립니다.